MEMORY HOUSE
记忆坊文化

罪恶无声

At night and dawn

暗光

郑守伟 著

江苏凤凰文艺出版社
JIANGSU PHOENIX LITERATURE AND
ART PUBLISHING

图书在版编目（CIP）数据

罪恶无声.Ⅰ,暗光 / 郑守伟著. — 南京：江苏
凤凰文艺出版社，2024.4
ISBN 978-7-5594-8157-3

Ⅰ.①罪… Ⅱ.①郑… Ⅲ.①长篇小说 – 中国 – 当代
Ⅳ.① I247.5

中国国家版本馆 CIP 数据核字 (2024) 第 001742 号

罪恶无声.Ⅰ,暗光

郑守伟 著

选题策划	记忆坊 & 美读
责任编辑	白 涵
特约策划	水 格
特约编辑	暖 暖
装帧设计	小贾设计
排 版	天 缈
出版发行	江苏凤凰文艺出版社
	南京市中央路 165 号，邮编：210009
网 址	http://www.jswenyi.com
印 刷	环球东方（北京）印务有限公司
开 本	670 毫米 ×970 毫米 1/16
印 张	65.5
字 数	900 千字
版 次	2024 年 4 月第 1 版
印 次	2024 年 4 月第 1 次印刷
书 号	ISBN 978-7-5594-8157-3
定 价	178.00 元（全四册）

江苏凤凰文艺版图书凡印刷、装订错误，可向出版社调换，联系电话 025-83280257

目
CONTENTS
录

CONTENTS

第 1 章
赌约

人们常说，在死亡的那一瞬间，你在这个世界上所经历的一切都会像放电影般重现在脑海里。

是的，这一切会重现。准确地说，不仅是你的，还有与你相关的所有人、经历过的所有事情都会忽快忽慢、忽远忽近地被你回忆一遍。

那一瞬间，你的灵魂飘浮在空中，能看见所有人的身体，听见所有人的声音，洞穿所有人的心理，只不过，你已经不再是"你"，而是变成了"他"。

我叫朱晓，不，他叫朱晓。

他快死了。

他正在进行死前的回忆。

他是一个警察。

他是一个好警察。

他是一个正义的好警察。

他是一个被开除过的、正义的好警察。

而他们是线人。

南港发生骇人听闻的"美人鱼惨案"时，范雨希在南港支队的"扫黄"行动中被抓了。

范雨希被关在黑漆漆的审讯室里，不耐烦地等待着警察的到来，偶尔能听见审讯室外传来窸窸窣窣的脚步声和听不清内容的交谈。

门终于被打开了，审讯室里亮起了唯一一盏灯，光束令人睁不开眼，范雨希下意识地用手挡住眼睛。

有个警察说："朱队，您要的人我刚从治安队那边给您带过来了。"

紧接着，另一道声音传了进来："嘿，你们这群蠢蛋，怎么把她给我抓来了！"说话的是一个三十多岁满脸络腮胡的男人，不高不矮，不胖不瘦，手臂上爬着一道狭长的疤痕，身上穿着便服，头上裹着纱布，那样子有些狼狈，说不上长得好看，但也谈不上丑。

男人一进门，便赤裸裸地打量着范雨希。

范雨希被盯得浑身不自在，开口质问："看什么看？"

男人身边的警察厉声道："安静！让你说话了吗！"

范雨希愈加火大，拍桌而起："你们凭什么抓我？"

警察没想到范雨希这样嚣张，怔了怔，而后也恼火了："我让你安静！"

警察话音刚落，男人便一巴掌拍在了他的后脑勺上："我也想知道你们凭什么抓她？"

"朱队，她涉嫌卖淫。"警察委屈巴巴地揉着后脑勺，回答道。

"卖淫？！"范雨希和男人的嘴里都惊讶地蹦出了这两个字。

"是的，治安队接到举报，在舞厅抓住了组织卖淫的犯罪团伙，顺带抓了一批嫖客和卖淫女。她叫范雨希，二十五岁，无业，在我们南港的街头名气响亮着呢，那些街头痞子都称呼她为'希姐'。"

男人揉着太阳穴，一副头痛的模样："行了，你出去吧。"

警察还想说些什么，但被男人一个冷厉的眼神吓得立马退了出去。男人的后脚一钩把门带上，然后笑嘻嘻地坐在范雨希的面前，做了自我介绍："我叫朱晓，是这儿的副支队长。"

"你是谁我没兴趣。"范雨希见朱晓没回应，补充了一句，"你们抓错人了，你知道吗？"

朱晓立即点头："我知道。不过，治安队扫黄的时候，你刚好在现场。以前你的妈妈是舞厅女，你从小就出没于舞厅，名声可不太好，这也难怪我手底下这帮傻小子会误以为你是卖淫女。"

范雨希没想到初次见面的朱晓会对自己的身世知根知底，声音冷了几分："你不要侮辱我已经过世的妈妈。"

朱晓摊了摊手，换了一个令范雨希不知所云的话题："你听说了吗？南港刚刚发生了一起'美人鱼惨案'。凶手把受害者的身体拦腰斩断，找了一条不知是什么种类的鱼，把鱼头斩了。那鱼少说也有两米长，比人还大。凶手把鱼的鱼尾缝在了受害者的腰际，造了一条血淋淋的'美人鱼'。"

范雨希凝视着朱晓，良久，站了起来："没兴趣。我可以走了吗？"

"你很快会感兴趣的。"朱晓斜睨着范雨希，不再说话了。

范雨希长着一张漂亮白皙的脸蛋，眼神清澈且明亮，明明是一双温柔的眼睛，目光里却带着刺。乌黑的头发不怎么长，恰好遮颈。她穿着宽松的白衬衣，衣角随意地打了个结，下身是简单的牛仔裤和人字拖。

范雨希敲了敲桌子，一字一句地再次问："我可以走了吗？"

朱晓收起目光，点头回答："当然。"

范雨希收起快要爆炸的气势，绕过朱晓，出了审讯室，临走时，狠狠地关上了门。朱晓仍然坐着，不知在想些什么，直到有人又开了门，他才回过神来，头也不回地说道："不会敲门吗？"

这时，朱晓身后的人干咳了几声，他扭头一看，赶忙站了起来："哟，赵队，审问嫌疑人这种小事也惊动您了。"

这是南港支队的支队长，赵彦辉。

赵彦辉严厉地说道："朱晓，别以为你的小心思能瞒过我，我才是这儿的一把手，你有动作前，必须向我汇报！"

"我能有什么小心思啊。"朱晓挠着头笑道。

"我吃的盐比你吃的米还多！"

"那您有空得去体个检。"

"别贫了！你确定了吗？"

听到这话，朱晓收敛了表情，眉头拧成了一团："确定了。"

"那丫头可不是什么省油的灯。"

朱晓不置可否："是个美人坯子，只可惜脾气暴了点。"

"你有把握？"

朱晓不正经的目光爬上了赵彦辉的手腕："赵队，咱们打个赌？您这手表挺精致的，您看我，浑身上下就缺一块表了。"

"成。"

朱晓嘿嘿一笑，从兜里掏出了一沓偷拍的照片丢在了桌上："这丫头必须拿下。"

那沓照片上的人全是范雨希。

艳阳高悬，人群不息，坐在舞厅大门外的范雨希还不知道南港支队的支队长和副支队长都打起了她的主意。

范雨希从小和妈妈相依为命，她的妈妈到舞厅上班时，总会带着她。天有不测风云，几年前，她的妈妈死于一场车祸。肇事的司机没有逃逸，尽管她百般不愿意，但肇事司机只蹲了两年监狱。

范雨希不知道自己的爸爸是谁，虽然所有人都在说她是个野种，但她知道，妈妈从来都是卖艺不卖身。她不止一次地问过妈妈关于爸爸的问题，但妈妈都闭口不言。

如今，范雨希的疑惑随着妈妈一起埋进了冰冷的坟墓。

"希姐，听说今儿一早您被抓了？"一个满头黄毛的小伙儿撑着伞凑了上来，手往黝黑粗糙的脸上一抹，"希姐，这大太阳的，您坐在这儿不热得慌啊？话说回来，凭您的身手，怎么能被警察抓了呢？"

范雨希收起了思绪，白了一眼黄毛："阿二，你怎么跟你的名字一样二呢？怎的，要不你去给我弄把AK①和他们拼一场？"

名叫阿二的小伙儿坐到了范雨希的身边："希姐，那些警察为什么抓您？该不会是要对恭爷动手吧？"

恭临城是南港街头的大佬，所有人都尊称他一声"恭爷"。传闻，南港要是有一百家舞厅，那其中九十九家都是恭爷开的，剩下的那一家是恭爷的媳妇开的——说到底，全是恭爷的。

生在南港的人没有不知道恭爷的。恭爷不常露面，见过他的人都说恭爷面善，一点架子也没有。

范雨希瞄了一眼阿二："不至于吧，恭爷没做什么违法犯罪的事。"

阿二想了想说："也是。您就说吧，恭爷给我们这些小混混儿提供了多少就业的机会，大伙儿吃饱饭了，便没人闹事了。南港治安这么好，恭爷还真得领个奖呢！"

阿二并不觉得自己说的话夸张。早年间，恭爷带着一批兄弟起家致富，后来念及年轻时闯荡社会的光景，便将舞厅的所有岗位面向街头痞子开放了。如今，恭爷快七十岁了，在他管理的这些年里，所有的街头痞子从未闹过事。

恭爷有话：谁闹事，谁就没饭吃。

恭爷没有孩子，媳妇生病去世后，范雨希成了他最亲近的人。小时候，范雨希的脸蛋肉嘟嘟的，眼睛水汪汪的，恭爷一见她便喜欢得不得了，于是把她认作干孙女，从此呵护有加。

阿二正得意扬扬地说着时，突然一拍脑门儿："完了完了，恭爷要见你，我怎么把这茬给忘了！一定要挨罚了。"

范雨希这才拍了拍裤子，站起了身。

范雨希穿过了几条寥无人烟的胡同，这是去恭家大院的路。恭爷喜欢清

---

① AK：指卡拉什尼科夫自动步枪，是由苏联著名枪械设计师米哈伊尔·季莫费耶维奇·卡拉什尼科夫设计的一系列自动步枪。

静，没有几个人敢来他的宅院喧闹。她朝前走着，隐隐约约察觉到了身后的脚步声，于是停下步伐，回过头去："出来吧。"

一道高挑的影子朝着范雨希缓缓走来，范雨希看清来者有一张俊俏的面孔。他沿着狭长的胡同走到范雨希的面前，侧着身倚在墙上，开始自顾自地鼓捣起了黑得发亮的头发。

"耍什么酷！"范雨希警惕地问，"你是谁？"

"孔末。"

"我认识你？"

孔末足足比范雨希高了一头，身上穿着一身黑色的、没有任何装饰的衣服，脸上不可一世的棱角下夹杂着些许凌厉。范雨希不得不承认，终日和街头混混儿为伍的她第一次看见这样好看的男人。

"杨荣请你走一趟。"孔末带着不容拒绝的语气道明了来意。

"杨荣？南港达的杨荣？"

南港达是南港当地最大的物流公司。杨荣是南港达的老板，四十多岁，与恭爷一样，在南港城也算得上一号家喻户晓的大人物。在大多数人的眼中，杨荣是个商人，但范雨希通过一些特殊的渠道，听说了不少小道消息：杨荣利用南港达庞大的物流网络，私底下干了不少走私枪支和违禁品的勾当。

孔末言简意赅："走。"

范雨希露出了轻蔑的笑容："您家杨老板没那福分，请不动我。"

"不行。"

"如果我非不去呢？"

"废了你！"陡然间，孔末的声音变得暴躁。

范雨希撸起了袖子，从小打到大的她从来没惧怕过任何人。

"帅哥，帅哥，来电话啦……帅哥，帅哥，来电话啦……"范雨希做好了打斗的准备时，一串充斥着土味的铃声响了起来，令她足足愣了好几秒。孔末掏出手机接听了电话，挂断电话后，扫了一眼范雨希："嚣张的死女人，下次见你一次打你一次。"

照理说，道上的男人再坏也不会威胁刁难一个女人。范雨希觉得有些莫名其妙，冲着突然离去的孔末的背影喊道："你有病啊！"

孔末没有回答，消失在了胡同深处，范雨希依稀觉得这不会是她和孔末的最后一次见面。

范雨希继续朝前走，很快，又机警地发觉有人悄悄跟着自己。她有些厌烦了："又是谁，出来！"

许久，空荡荡的胡同里才传来另外一道脚步声。

几刻钟后，范雨希终于踏进了恭家大院。宅子比往日要热闹些，许多西装革履的男人正守在厅堂外。范雨希在这群从未见过的人的注视下，进了厅堂。

恭爷坐在主座上，客座上坐着另外一个男人，有四十多岁。

"恭爷，来客人了？"范雨希冲那男人微微点头，算是打过招呼了。

"小希啊，这是南港达的杨荣，杨老板。"恭爷双眼微眯，手里捧着热茶，即将过七十大寿的他显得老态龙钟，"怎么耽搁了这么久？"

范雨希肆无忌惮地观察起了杨荣。杨荣一手摸着光溜溜的脑袋，一手摸着八字胡，对着范雨希笑道："你就是范小姐了，听说你把我的人给打发走了，所以啊，我就亲自来了。"

范雨希盯着杨荣满是笑意的脸，不客气道："杨老板，您家那位请我的态度可不太好。"

杨荣站起了身："范小姐，你放心，我会重罚他的。那小子是个暴脾气，我见他迟迟没把你请回去，生怕他得罪了你，便赶忙打电话让他回去了。"

范雨希摆了摆手："你要怎么处置他，我不在乎。说吧，要我帮你什么忙？"

杨荣心头错愕。他以拜访为由来到恭家大院，还没道明来意，却被范雨希一眼看穿有事相求的心思。他在心里暗自念叨着，传言不假，这丫头的确有能看透人心的本领。

恭爷放下了手里的茶杯，和善道："这丫头从小在街头长大，形形色色的人见得太多了，连她也说不上什么时候，突然学会了这琢磨人心的本事。杨老板，你就如实说了吧。"

杨荣对恭爷很是恭敬，欠身说明了来意："今儿我来这儿是为了'美人鱼惨案'。"

一天之内，范雨希已经是第二次听人说起这刚刚发生的大案了。

"昨儿，警方在一处鱼塘里捞起了一具尸体。这尸体怪异得很，半人半鱼，准确地说，上半身是人，下半身是鱼。消息被南港警方封锁了，但恭爷神通广大，一定听说了。"

"哦？有这么怪异的事？"恭爷来了兴致，"我年纪大了，两耳不闻窗外事，还真不知道这起案子。"

"杨老板，既然消息被警方封锁了，那您是怎么知道的？"范雨希坐到了一旁，随意地跷着腿问。

"二位有所不知，负责侦破这起案子的是南港支队。我年轻时蹲过号子，是他们南港支队的支队长赵彦辉亲自把我送进去的。虽然我已经洗心革面了，但是南港支队一直紧盯着我不放。半年前，他们支队来了个新任副支队长，名叫朱晓，那倒霉催的，还没踏进支队，就被车撞进了医院，躺了大半年才出来。打那之后，南港支队就将我盯得更紧了，我寻思着，他们怀疑这件事是我干的。"

范雨希轻轻敲了敲桌子："杨老板，要不您说重点？别耽误时间。"

杨荣笑道："是是是。是这样，不知道哪个杀千刀的，把我们南港达的印章偷走丢进了案发的鱼塘里。今儿一早，我就被南港支队给传过去了，这才知道了案情。我琢磨着，是有人想嫁祸给我。"

"我算是听明白了，杨老板之所以找我，是想让我帮您找出陷害您的人。"范雨希盯着杨荣说。

"不错！"杨荣向范雨希和恭爷投去恳求的目光。

"杨老板，您太看得起我了，我也就猜猜别人心思的本事，碰巧几次猜对了，谁知被人传得那么神乎。"范雨希委婉地拒绝，见杨荣还想再说些什么，忽然补充了一句，"而且，您确定您是被人陷害的吗？"

杨荣记不清多少年没有受过被人冷嘲热讽的气，脸色顿时沉了下来，但很快又恢复了笑容："当然了，我呢，是正经人，南港达呢，是正经公司。这种事，我们不敢干，更不会干。"

"杨老板，找我帮忙还不是您的全部来意吧，不如一口气都说了？"范雨希说。

"我说什么啊？"杨荣遮遮掩掩，半天才挤出这句话来，心间升起了些许恐惧。他发现，在范雨希面前，自己的心就像被赤裸裸地挖了出来，展露无遗。

恭爷看在眼里，发话了："杨老板，您先回去吧，今儿过午了，我有些犯困，咱改日再聊。"

"恭爷，我改天再来拜访。"杨荣老实地起身，带着守候在厅堂外的人浩浩荡荡离开了恭家大院，走了很远，才咬牙切齿地骂道，"这个老不死的和黄毛丫头，我迟早要做掉他们！"

论地位，论财力，论人脉，杨荣样样不输恭爷，杨荣的手下个个不解，为什么杨荣要这样忍气吞声。

杨荣心头的算盘只有他自己清楚，或者说，范雨希也清楚了。

恭家大院内，恭爷满心疼爱地责备范雨希："小希啊，有时候，做人需要圆滑些。"

"恭爷，您那些老到的江湖经验，我可学不来。再说，杨荣的如意算盘打得太响了。"

"哦？你说说看，他什么心思。"

范雨希难得端坐起来："道上都在传，杨荣私底下干了不少见不得人的勾当。"

恭爷点了点头："据我所知，杨荣的生意的确不太干净。"

"您想想，南港警方查得越来越严，他的那些武器和违禁品，光靠他们的物流网络是越来越行不通了。而咱这儿呢，虽然不干违法犯罪的勾当，但是手下全是三教九流、街头痞子，他要是能和咱合作，南港所有的混混儿全能帮他们，这对他们来说，不亚于多了一个南港达。"范雨希回想着杨荣的每一个表情，"这才是他难以启齿的真正目的。不过，他倒是说了句真话，他可能真的被人陷害了。警方显然证据不足，不然他不会那么轻易地从南港支队走出来。"

恭爷满意地点了点头："你这丫头片子，什么事都瞒不过你。放心吧，他要是再来，我就把他给打发了。"

"不，我觉得，我倒是可以帮他一把。"

恭爷有些不解了："为什么？"

入夜了，"美人鱼惨案"发生后，南港支队集体警员通宵达旦地加班。

赵彦辉忙得不可开交时，朱晓推开了他办公室的门。

"赵队，咱说话可得算数。"朱晓贼溜溜的眼神直盯着赵彦辉手腕上的那块表。

"成了？"赵彦辉诧异道。

朱晓摸着头上发黄的纱布："成了。赵队，您当真以为这半年来，我光在医院躺着，啥也没干？"

赵彦辉摘下表丢给了朱晓："下次进来前敲门！"

第 2 章
线人

春夏交际的一个清晨，天气还算凉爽，等过了中午，太阳升到最高，就该有些闷热了。

突然间，原本被警方封锁了消息的"美人鱼惨案"登上了南港各大报刊的头条。

南港支队的法医实验室里，朱晓打量着停尸台上躺着的尸体，浑身打了个激灵："这尸体看得我浑身发怵！变态吧！"

朱晓戴上法医递过来的手套后，摸了摸尸体光滑的鱼尾，从上面刮了一层黏糊糊的液体，恶心得他头皮发麻，随即倒吸了一口气："查清楚这是什么鱼了吗？"

法医摇了摇头："还没。"

"怎么，你们打算在尸检报告里写这是一条美人鱼吗！赶紧去查！"

"已经在筛查了！"

"对了，下午，我要把这尸体运出去一下。"

南港达的办公楼位于南港城的中心，十分显眼。一大早，范雨希只身进了南港达大楼。杨荣摸着光亮的脑袋，讪笑地看着眼前的范雨希，立即招呼她坐下，派人奉茶。

"杨老板，茶我就不喝了。昨儿您的请求，我可以答应。"范雨希开门见山地说道。

杨荣疑惑地问："范小姐，今儿你怎么突然改变主意了？"

范雨希回想起了昨天和恭爷的谈话。

"恭爷，杨荣不是个善茬，倘若他真的铁了心打咱恭家大院的主意，不怕他来明的，就怕他要阴的。贩卖违禁品、走私枪支，这些勾当哪一样都不是轻罪，要是哪天他真的弄支枪丢到您宅子外的胡同里，咱怕是不好解释。"

恭爷又捧起了茶盏："你的意思是……"

"既然他找我帮忙，那我就顺道去摸摸他们的底，免得日后麻烦。"

恭爷心底犹豫，他清楚，杨荣干的那些事可不是过家家的把戏，十分危险。

范雨希看穿了恭爷的担忧："恭爷，您就把心放进肚子里，好好准备您的七十大寿吧。我是什么样的人，您心里没数吗，还能让人给欺负了？"

恭爷笑了："我这辈子啊，天不怕，地不怕，就怕警察，所以这才没有走上和杨荣一样的道。这样也好，省得这厮把咱和警察扯上关系，那你就去探探，放心，只要有我在，我谅那杨荣再大胆，也不敢把你怎么样！"

范雨希的心头暖暖的，除了妈妈，恭爷是这个世界上待她最好的人了。

杨荣见范雨希沉默着，出声提醒："范小姐？"

范雨希这才回过神，微笑着说道："昨儿我也不算拒绝您。要是您不愿意，我这就回去。"

杨荣怔了怔，马上改口："是是是，早就听说范小姐仗义，恭爷带出来的人，哪有见死不救的道理。"

"得嘞，等今儿天黑了，我就去案发的鱼塘瞅一瞅。"

"今晚不行，咱们得上午去。"这时，门开了，一道有些熟悉的声音从范雨希的背后传来。

范雨希回头一扫，是昨天与她有过一面之缘的孔末。

孔末穿着一身纯白的衣服，窗外透进来的阳光正好洒在他的脸上。他微笑着，头发打理得整整齐齐，一举一动都显得淡定从容。范雨希感觉到些许怪异：与昨天下午在胡同相见时相比，孔末的穿着装扮完全不一样，就连表情和说话的语气都像极了另外一个人。

范雨希问："为什么不行？"

孔末指着自己的脑袋："下午，我这脑袋就不转了，我们还是趁着正午前去吧。"

"我看，上午的时候，您的脑袋也没怎么转。案子刚发生两天，案发现场还被警方封锁着，您要硬闯进去？您那几年的警校也是白读了。"范雨希奚落道，"杨老板，您年轻的时候，可吃过南港支队支队长赵彦辉的亏，现在还敢留个半路警察在身边？"

才短短一夜，范雨希就把孔末的底细查了个大概。杨荣不动声色地在心里暗叹，恭爷不愧是恭爷，要是真能利用上恭爷的势力，那自己的生意可就更稳妥了。

说起赵彦辉，那是杨荣至今跨不过去的坎。曾经，他们在一个地下团伙里共事，两人称兄道弟，有着过命的交情。但杨荣怎么也想不到，赵彦辉竟然是警方的卧底。赵彦辉潜伏数年，硬是把南港最大的地下犯罪团伙给整垮了。杨荣只是犯罪团伙中的小喽啰，被赵彦辉送进号子后，待了几年便被放出来了。而赵彦辉凭借重大立功，一路高升，如今已经是南港支队的支队长了。

这些年，杨荣做梦都想杀了赵彦辉。只是，一个堂堂的支队长岂是他说杀就杀的。

杨荣什么大风大浪没有见过，表情很快恢复了正常，从容地笑道："范小姐，我杨荣如今光明正大，就算孔末是警察又怎么样？再说，他不是警察。而且，他比任何人都痛恨警察。"

范雨希又瞄了孔末一眼。孔末的来历神秘，在警校期间成绩优异，上到省厅，下到分局大队，各级刑侦队争抢孔末，纷纷向他抛出橄榄枝。后来，不知为什么，孔末没能通过考核，各级警队对他的态度也全变了，从此对他置之不理。

"范小姐，我们现在去吧。今天下午到夜间会有一场大暴雨，我得到消息，南港支队会在大雨前，把现场所有的线索和痕迹都勘查完毕。"孔末看了一眼手表，"这会儿，他们该完事了。"

范雨希点了点头，起身经过孔末身边时，忽地抓住了孔末的手臂，将他翻过肩头，摔到了地上。

孔末吃了一记利落的过肩摔，闷哼了一声，好不容易才从地上爬起来。

"就这本事，昨儿还敢放出'见我一次打我一次'的话？"范雨希感到意外，昨天，虽然没与孔末动手，但孔末的气势令她误以为他的身手不差。

范雨希十分谨慎，即将与孔末共事，决心摸清对方的身手，没想到试探之下，孔末竟然弱不禁风。她原本以为孔末是装的，但看他的表情和毫无防备的模样，确定孔末是真的不能打。

"范小姐，代我向恭爷问好。"杨荣没有追究，尬笑了两声，亲自送范雨希和孔末出了办公楼。

南港郊外，一处废置的鱼塘附近，高耸的林木遮住了毒辣的阳光。范雨希与孔末并肩走着，时不时地用眼角的余光偷瞄身边帅气的男人。

范雨希最擅长识人观色，可竟看不穿孔末。

他们走近鱼塘后，范雨希发现孔末没有说谎，除了警方拉起的警戒线和警用标记，偌大的鱼塘附近空荡荡的，当真连一个警察都没有。

孔末指着绿油油的水潭说："这鱼塘被废置了一年。"

"你怎么知道？"

孔末指着远处的草屋，解释道："你看鱼塘边上的那间草屋。去年夏天，南港下了一场冰雹，那冰雹足有拳头大小，这草屋一定被砸得千疮百孔。现在看去，草屋尚且完好，说明去年夏天之后，有人修缮过草屋。但到了今年，鱼塘里一条鱼都没有，一定是鱼塘主人不干了，所以早早地把鱼塘里的鱼都捞走了。"

"看来，您这脑袋现在还是转的。"范雨希调侃着，又问，"查到鱼塘的主人是谁了吗？"

孔末摇头："杨老板派人查过了，这是私人开挖的鱼塘，规模不大，没有登记。如今发生了案子，鱼塘的主人就更不敢露面了。"

"杨老板？"范雨希揪住了孔末的话，"昨儿你可不是这么称呼杨荣的。"

范雨希记得很清楚，昨天，孔末直呼了杨荣的名字。

孔末笑了笑，继续说："不过，想要找到鱼塘的主人倒也不是难事。很快，鱼塘的主人就会自己露面。"

范雨希不解："你这么有把握？"

孔末非常耐心地解释起来。

案发后，警方也在想办法找鱼塘的主人，但鱼塘地处偏僻，连个知情人都找不到，警方没办法走访证人，唯一的办法就是逼鱼塘的主人现身。今天一早，警方通过南港各大报刊放出了这起案子的消息，但是，没有现场照片，连文字也十分含糊。

各大报刊的头条只有简短的几句：南港郊外的一处废置鱼塘发生了"惨案"。警方没有透露鱼塘的具体位置，依孔末推测，这是警方的策略。倘若"美人鱼惨案"和这个鱼塘的主人无关，那么发生了这么大的事，鱼塘主人一定心急如焚。南港郊外，私人开挖的鱼塘不少，被废置的也不少，鱼塘主人看到警方故意放出来的新闻后，一定想来确认出事的究竟是不是自己的鱼塘，但一定又怕被警方抓个正着，届时，跳进黄河也洗不清了。

孔末说："警方把人撤得一个不留，为的就是下午和今夜的大暴雨。他们猜测，鱼塘主人会趁着大雨偷溜进来确认。"

"所以，你才确定我们现在来不会和警察碰个正着？"范雨希反问。

孔末继续说："为了不打草惊蛇，他们上午撤防，把宝都押到了下午和今晚。负责这起案子的是南港支队的二把手朱晓。他是半年前从京市调过来的，原是京市著名刑警江军①的下属，他和江军一样，都是敢冒险的人，这样的人一定会下这样的命令。"

范雨希在心头暗自佩服，孔末的推测很大胆，但现在鱼塘四下无人，恰好证明一切都如他所料。

孔末穿上鞋套，戴上白手套，又递给范雨希一副，带着她走进了草屋。草屋的地上画着警方的标记线，标记线里是一摊干涸的血迹。除此之外，他们没有在草屋里发现其他东西。

孔末望着发绿的鱼塘，陷入了深思，直到一阵急促的手机铃声打破了寂静。范雨希察觉孔末已经把昨天那串土味铃声换掉了。

不知不觉中，正午已过。南港的天气说变就变，万里晴空顷刻间变得乌云密布，天际暗了下来。

孔末站起了身，对范雨希微笑着说道："是杨老板打来的，小希，我们回去吧。"

"什么也没查出来，这就要回去了？"范雨希避开了孔末温柔的眼神，"我好像没允许你这么叫我。"

孔末望着黑压压的阴云："两点了。"

范雨希也扫了一眼手表："现在是两点半。"

孔末的表足足慢了半个小时。恍惚间，他猛地想起了范雨希的那个过肩摔，手表一定是那时候摔坏的。于是，他拉起了范雨希的手，万分焦急地说道："快走。"

范雨希甩开了孔末的手，怎么也没想到孔末竟敢牵她："你信不信我把你的胳膊拧断？"

孔末的额头冒出了几颗汗珠："你不走，我先走了。"

范雨希拦住他："浑小子，连个道歉都没有就想走？"

---

① 江军：系作者小说《谋杀法则》中的重要角色，是一名优秀的警察，如今是京市公安局刑侦总队的总队长。

孔末的步伐不稳，呼吸越来越急促，看上去很痛苦。二人僵持了片刻，范雨希确信孔末的病态不是装的，这才挥了挥拳头："病恹恹的苗子，快滚，下次再找你算账！"

孔末如获大赦，踉跄着朝外走去，但是还没踏出草屋，骤雨前的大风呼啸着关上了草屋的门，草屋瞬间陷入了阴暗。范雨希倏地听见了一声痛苦的呻吟，隐约看见孔末的身影跪倒在了地上，他捂着头，嘴里不断哀号着。

"你怎么了？"草屋里光线太暗，范雨希看不清到底是什么情况，便伸手将门打开了。风猛地灌了进来，仿佛要将草屋吹散。才短短几秒钟，倾盆大雨从天而降。

范雨希转过身，不小心扑进了一道坚实的胸膛，吓得后退了两步。先前还在地上号叫的孔末，不知什么时候已经直挺挺地站了起来，他眼神冷厉，那样子和昨天如出一辙。

"你要我？"范雨希从未和男人有过亲密的接触，气得一拳挥向了孔末的脸。

令范雨希意想不到的是，孔末牢牢地抓住了她的拳头。孔末的力气很大，范雨希完全挣脱不开，于是她用另一只手抓住孔末的肩膀，想故技重施，来一个过肩摔。可是，无论她怎样用力，孔末都纹丝不动地戳在原地。

"死女人！"突然间，孔末将范雨希推了出去。

范雨希趔趄地后退着，险些跌进脏兮兮的鱼塘，顷刻间，大雨淋湿了她的全身。

孔末展现出来的身手和上午范雨希试探时完全不一样。范雨希不肯吃亏，正要上前和孔末打斗，远处传来一道咆哮声："你俩想把这草屋给拆了吗！"

范雨希回过头，远处，一个穿着雨衣的男人正推着推车向这边走来，推车上装着一个像棺材的木箱子。

范雨希认出来人是朱晓。

朱晓把推车推进了草屋，孔末微微侧身，给他让了道。朱晓冲着大雨中的范雨希喊了声："还不进来，傻呆着淋雨？"

范雨希这才反应过来，随后进了草屋，看着朱晓和孔末，惊讶道："他也是你的线人？"

昨天，拦截范雨希的孔末离开后，又一道在胡同里跟踪范雨希的身影被她察觉到了。

"是你？"范雨希望着对方手臂上的那道疤痕。

"是我。"朱晓磨蹭着鞋底，"恭临城住的什么鬼地方，到处都是狗屎。"

"为什么跟踪我？"范雨希警惕地问。

"和你谈一桩合约。"

"警察什么时候也做生意了？"范雨希走近了，凝眸道，"现在肯说了吗？在审讯室里，我就知道你有话没说完。"

朱晓擤了擤鼻涕："都是爽快人，我就不拐弯抹角了。你听说过线人吗？"

"线人？"

"给警方提供线报的人，为了获取情报，必要时，需要承担卧底的任务，但又区别于警方的卧底，线人没有编制，没有职位，没有工资，没有假期。最多秘密地给你们协警的身份。你们会拥有一个临时代号，等将来任务完成后，代号取消。"

"那又怎样？"

"你在恭爷手下办事，人脉广，能调动的人多，会揣摩人心，是我需要的人。我本想过段日子与你接洽，但今儿我的人不小心把你给抓了，我想，时候到了。"

范雨希像听了一个天大的笑话："你让我给你当线人？"

"不错。我得到可靠的线报，杨荣想找你们帮忙，你恰好可以替我潜伏进南港达，获取杨荣贩卖违禁品的证据，说不定能一道把暗光给揪出来。"朱晓并不在意范雨希的反应。

"暗光？"

"传闻中南港的犯罪团伙，他们犯罪动机不明，专干猎杀警方卧底和线人的勾当，我们有不少弟兄被暗光的人猎杀了。他们的成员被道上称为'猎手'，接受各大犯罪团伙和地下势力的赏聘，替他们猎杀潜伏在他们身边的卧底和线人。他们猎杀线人，而我的线人，任务就是和我一起反猎他们！"

范雨希从未听说过南港存在这股势力。

朱晓不等范雨希回应，又噼里啪啦说了一长串："前京市警方卧底方涵[1]神秘失踪了数年，京市警方怀疑与暗光有关。我之所以被调遣到南港，是因为京市警方怀疑暗光的贼窝就在南港。半年前，我肩负重任来到南港，第一天就被车撞了，直到今儿刚出院，你说怎么有这么巧的事？"

范雨希明白了，朱晓怀疑杨荣是暗光的幕后者。多年前，杨荣栽在卧底赵彦辉手里，锒铛入狱，没有人比他更痛恨警方的卧底和线人。

"我对这些没兴趣。"范雨希留下这句话，转身想走。

"你妈妈的案子你也不感兴趣吗？你真的觉得那是一起交通意外？"

"孔末，线人代号'影子'。"朱晓的话将范雨希从思绪里拉了回来。

"帅哥，帅哥，来电话啦……"孔末倚着墙，手中攥着手机，范雨希亲眼看着孔末把这段音乐设置成了手机铃声。

范雨希盯着举止怪异的孔末，几乎忘了眨眼。

孔末一眼瞪向范雨希："死女人，再看就把你的眼珠子挖出来！"

朱晓脱下了湿答答的雨衣，拉住正要回嘴的范雨希说："每天下午两点半到晚上九点左右。"

"啊？"

朱晓扫了一眼孔末："这段时间里，你最好别招惹这家伙，他可不懂得怜香惜玉。"

范雨希满心不解，但朱晓并没有多做解释。

---

[1] 方涵：系作者小说《谋杀禁忌》中的主角，是一名卧底警察，后离奇失踪。

"好家伙，下这么大的雨，差点儿把尸体给淋湿了。"朱晓掀开了那个像是棺材的木箱子，丢给范雨希一个眼神，"看看'美人鱼惨案'的尸体吧。"

范雨希没有把目光往木箱子里瞄。

"怎么，怕了？"朱晓笑道。

"我从小到大就没怕过什么！"范雨希猛地朝木箱子里一望。

饶是范雨希已经做足了心理准备，但当看清木箱子里面的东西时，心还是"咯噔"了一下。

那是具女尸，下半身像是一条硕大无比的怪鱼。不，那就是鱼！只是没了鱼头，仅剩鱼身和鱼尾。鱼身和女尸的上半身相接，相接处用粗线缝合，散发着恶臭，还混杂着福尔马林的味道。

范雨希险些吐了，下意识地后退了两步。

"绷住咯，要吐别吐在尸体上。"朱晓提醒着，赶紧将木箱子盖上，"大致就是这么一个情况，等尸检报告出来后，我会第一时间给你们。现在你们要做的就是查清楚杨荣到底和这起案子有没有关系。"

休息片刻后，范雨希平复了不少："朱晓，希望你言而有信，办妥后，给我看我妈妈那起案子的卷宗。"

"放心吧，我向来说话算话。"说罢，朱晓尖锐的目光忽地望向草屋外，那里出现了一道鬼鬼祟祟的影子，"比我想象的要早，鱼塘的主人来了。"

第 3 章
人鱼

两天前，附近的派出所接到了一起失踪报案。

走丢的是一个快五十岁的酒鬼，报案的是他的一双儿女。酒鬼是派出所的常客，过去几年里，派出所少说为他立了十多次失踪案。

酒鬼不听劝，每天都得喝上一斤烈酒，喝了酒就要撒酒疯，还时不时要离家出走，没个一天一夜不肯回家。但这次，酒鬼已经两天没回家了。派出所又立了案，派了些人出去找他。

就在南港支队和酒鬼的儿女急得团团转时，酒鬼正拎着酒瓶，打着醉嗝，在南港郊外的一处林子里晃荡着。他趁着醉意，迷迷糊糊走到了这儿，一不注意，脚下被石头绊了一下，跌进了不远处的一个鱼塘里。

冰凉的湿意没能让酒鬼马上醒来，反而让他陷进了梦里。他梦见自己跌进了散发着清香的蓝色湖泊里，水里游荡着大大小小的鱼群，对了，还有一条美人鱼。美人鱼上半身赤裸着，头发顺着水波荡漾，鱼尾慢悠悠地摆动着。

酒鬼盯着美人鱼的胸，忘了眨眼，色眯眯地扑上去，抱着美人鱼就往岸上游。酒鬼心想，这可不得了，美人鱼啊，带回家给自己的两个孩子当个后妈，多好！

酒鬼把美人鱼拖上了岸，累得筋疲力尽，倒在地上动弹不得。他醉醺醺地眯着眼，紧紧地抱住美人鱼，还往人家脸颊上亲了一口，心满意足后，沉沉地睡了过去。

朱晓听着酒鬼的描述，不自觉地扫了一眼法医实验室的方向，不由得一阵干哕："美人鱼？您还真下得去嘴，啥都亲！"

朱晓的面前坐着刚刚从医院送过来的酒鬼。自从被找到那天起，老酒鬼就被送进了医院，打了两天吊瓶，现在终于缓过劲来。

酒鬼万分笃定："那不像梦，我确定，那湖里有美人鱼！"

"还蓝色湖泊嘞，您跌进的是一个水已经发绿的臭鱼塘！您知道您拖上岸的是啥吗，要不我带您去瞅一眼？"朱晓调侃着拉起了酒鬼。

这时，询问室的门打开了，赵彦辉走了进来："朱晓，别闹了，送他回去。"

"美人鱼惨案"的尸体是和酒鬼一同被警方发现的，朱晓听醒了酒的酒鬼自述后，摸清了事情的来龙去脉：尸体被凶手丢进了鱼塘里后，酒鬼不小心跌进鱼塘，求生的本能让他往岸上游，趁醉还稀里糊涂地顺带把尸体拖上了岸。

朱晓冲着酒鬼嘿嘿一笑："得嘞，您没眼福，下回吧。"

酒鬼被打发走后，赵彦辉问："你抓回来那人是谁？"

"鱼塘的主人。"朱晓抹了一把脸，衣服还湿漉漉的，沾了一身泥。他刚把人抓回来，酒鬼就被从医院送过来了，于是先来见了酒鬼。

赵彦辉叮嘱："南港从没发生过这样的案子，省厅总队对这案子关注得紧，你可别办砸了。"

"您放心。"朱晓随意地摆了摆手，大步流星地朝着审讯室走去，心头压力陡增。他办了这么多年案，从未遇到过这样变态的案子。

朱晓猛地踹开审讯室的大门，里头坐着的是个浑身脏兮兮的中年男人。中年男人被吓得一哆嗦，牙齿都开始打战了。

"名字！"朱晓厉声道。

"张……张涛。"

"把舌头捋直了！"朱晓杀气腾腾，"那鱼塘是不是你的，人是不是你杀的？"

张涛慌忙地点头，又赶紧摇头："鱼塘是我的，但人不是我杀的！"

"既然人不是你杀的，那你跑什么？和老子冒着大雨在泥里滚着玩？"

翌日清晨，范雨希被手机铃声吵醒，点开手机屏幕，看见了陌生号码发来的信息："胡同见。"

范雨希翻身下床，洗漱完便出门去了。以前，这小房子住着两个人，如今只剩她一个人了。恭爷不止一次地让她搬进恭家大院里，可她舍不得她妈妈仿佛残留在这儿的气息。

范雨希小心翼翼地进了胡同，扫了四周一眼："你非得选这儿见面吗？"

"这儿离恭家大院近哪，没人敢来，最危险的地方就是最安全的地方。"朱晓把手里的一份文件丢给了范雨希，"受害者的身份信息、初步的尸检报告、现场的痕迹勘查报告都在这复印件里，阅后即焚，别留底。"

范雨希接过文件，迅速地过目。

朱晓说："从今儿起，你的代号是'猫'。"

范雨希翻着资料，心底无语，显然对朱晓瞎起的蠢代号不满，随口问："为什么是'猫'？"

"猫总能更快发觉别人察觉不到的变化，而且，猫有脾气，和你一样。"朱晓见范雨希盯着受害者的照片出神，打起了精神，"怎么了，有问题？"

"受害者和她丈夫的关系不好。"范雨希一语道破。

资料里附着受害者和她丈夫的合照。照片是夫妻俩为了养活刚出生的孩子而去办理借贷业务时拍的，照片中，两人的嘴角都向上微扬着，没有露齿，眼里没有一丝笑意。范雨希指着照片说："他们都在假笑。而且，虽然男女并肩站着，但都刻意地没有紧贴对方，甚至与对方保持着一定距离，挨着对方的那只手也是，尴尬得不知该放在哪儿。"

"我会重点调查的。发现尸体那天，咱支队几乎全员出动，还从治安队、附近派出所借了人，把那片鱼塘所在的林子搜了个底朝天，还好这起凶案只有一名受害者。"朱晓点了支烟，"我的人跳进了鱼塘，在里面摸了半个多小时，在鱼塘底找着了南港达的印章。"

朱晓从范雨希手中接过翻阅完毕的资料，用打火机将其点燃，等文件快烧到手了，才把它丢在地上。

"嘶！烫手！"朱晓吹着手指，"印章上没发现指纹，至少泡了一天水，痕检室和法医实验室一致认为印章和尸体是同一天落水的。"

"我不认为凶手会是杨荣或南港达的员工，有谁杀人抛尸时，身上还带着公司印章？"范雨希琢磨着。

"丫头，这世上没什么是不可能的。总之，南港达和这起案子算是有了关系。如果凶手是南港达的，那咱就把他揪出来；如果凶手不是南港达的，那咱就把陷害南港达的人给找着。"朱晓掐灭了烟，"还有件事，昨儿我带回去的鱼塘主人已经被我们放了。"

"放了？问出结果了吗？"

朱晓也不太愿意放人："那浑小子一口咬定自己是回去收拾鱼塘的，装傻充愣，拘传期限过了便只能放了。"

范雨希也不相信张涛的说法："会有人趁着大暴雨去收拾鱼塘吗？"

朱晓啐了一口："这法律也没规定下雨天不能收拾鱼塘不是？证据不足，我们扣不了人。有些事警察干不了，但你可以。"

范雨希听懂了朱晓的言外之意："成，我会去办。"

"得嘞。"朱晓正要朝胡同外走去，又说道，"对了，孔末那小子还没看过文件，你把你了解到的信息转述给他。"

"你为什么不自己告诉他？"范雨希问。

朱晓没回头："杨荣是个疑神疑鬼的主，跟在他身边的人手机通信都会被非法监控，他还是联系你比较安全。你是恭家大院的人，杨荣暂时不敢监控你，等哪天他怀疑你了，你就要小心了。"

范雨希离开胡同后，来到南港达，在总经理秘书办公室找着了孔末。杨荣也在这儿，不知两人正在交谈什么。范雨希进门后，他们停止了对话。

"范小姐，昨儿辛苦你了，听孔末说，你们是淋着大暴雨回去的。"杨荣表面上客气道。

范雨希望着斯斯文文的孔末，心里又想起了昨天他那副狂暴的模样。片刻后，她扭头对杨荣说："借您秘书一用，我找着一些线索了。"

杨荣喜出望外："不愧是恭爷的人，这么快！"

范雨希若无其事地带着孔末往外走，时刻记得朱晓的提醒，不在南港达办公楼内与孔末有不正常的交谈。她猜测，整栋办公楼都处于杨荣的监视和监听下。

出了办公楼很远，范雨希才打趣道："孔秘书，原来您也是有正经职务的人。"

孔末笑着整理了一下衣领："检验报告出来了吧？"

范雨希朝周遭扫了一眼，见四下无人，这才点了点头："尸检报告上显示死者死于尸体被发现的前两天，落水于被发现的前一天，到昨儿我们见到尸体，死者已经死了四天了。"

"尸体体内应该检验出了迷魂药之类的化学物质吧？"孔末问。

范雨希确认："发现了一种化学物质，叫C……什么的。"

"$C_{17}H_{12}C_{12}N_4$，是三唑仑，过量服用会令人嗜睡以至昏迷。医用三唑仑片是处方药，不容易弄到手。"孔末分析着，"死者被泡在水里，皮肤发白，除了腰部被截断的伤口，上半身没发现其他反抗型伤口，说明她与凶手之间没有打斗。"

一般而言，若死者与凶手激烈打斗或反抗，双手和上身会出现伤口和痕迹。他们见过"美人鱼惨案"的尸体，并未发现反抗型伤口，这证明死者在落入凶手的魔爪前就已经是任人摆布的状态了。孔末是据此推测出死者遇害前被凶手下了药。

"尸检报告上显示受害者体内三唑仑的剂量不多不少，大致能让一个成年女性处于半梦半醒的状态。"范雨希咬紧了牙根，"死者很可能是眼睁睁看着自己的腰被斩断的，但又无能为力。"

孔末表情严肃："准确地说，不是被斩断的，而是被割断的。尸体上半身和下半身分离的位置在腰部最细处，排除被水浸泡后伤口组织臃肿、外翻的干扰，伤口较为平整，不是被人暴力斩断的，更像是用小型利器一点一点割开的。"

范雨希发现孔末正确推断出了很多尸检报告上的内容，突然觉得朱晓让她把尸检信息转告孔末的要求有些多余。

"法医实验室和痕检室联合推断，凶器为水果刀之类的小型利器。至于尸体内的骨组织，断裂痕迹不规则，有许多碎骨，推测凶手是用石头将骨头砸断的。"范雨希补充，"但在鱼塘周围，警方没有发现凶器和带血迹的石头。"

"鱼塘不是第一案发现场，尸体被发现前的几天，南港没有下雨，如果凶手在鱼塘附近作案，一定会留下大量难以清理的血迹。"孔末的眉头深锁，"凶手等到死者死后不再淌血了，才将尸体带到鱼塘附近并抛进了鱼塘里。"

"是的。"范雨希说，"警方痕检室在鱼塘附近发现了一些被铲过的土壤，有脚掌大小，他们推测土壤上应该留下了凶手的脚印，所以凶手逃离现场时，踩着来时留下的脚印，把身后的脚印全铲了。除此之外，警方没有发现可供侦查的痕迹。"

"鱼塘土质疏松，易留下足迹，那里又太偏僻，没几个人去，只要凶手不傻，就会这么干。"一切都在孔末的意料之中，"死者的下半身找着了吗？"

"还没有，但是身份确定了，死者名叫孙媛媛，三十三岁，无业，失踪好些天了。"

"死者有家人吗？"

"有。孙媛媛已婚，去年生了一个孩子。警方接触了她的爱人，但她的爱人情绪不太稳定。"

"去拜访一下吧。"

"不。现在我们有更重要的事要做。"范雨希盯着孔末。

半个小时后，范雨希和孔末来到了恭家大院里。

恭爷正坐着品茶，见到范雨希和孔末，笑道："孔末，好久不见哪。"

范雨希无比惊讶："恭爷，您和孔末认识？"

孔末不卑不亢地点头："恭爷，近来身体可好？"

恭爷招呼范雨希和孔末坐下："阿二，去我房里拿些茶叶。"

阿二跟着恭爷有些年头了，闻言，心头暗自吃惊，忍不住多瞄了孔末几眼。恭爷房里的茶价值连城，恭爷珍藏了好多年都舍不得喝，再有名望的客人前来拜访，也不曾见恭爷取出来过。

阿二不太确定地问："恭爷，您是说您房里的茶叶？"

"快去。"恭爷眯着眼和蔼地笑，阿二走后，才慢悠悠地叹了一口气，回答孔末的问题，"都要七十岁了，身体也就那样。人到了这把年纪哪，多多少少有些伤病。就说我这眼睛，是越来越看不清楚了，谁知道还能活多久。"

"恭爷，您可别胡说，您一定长命百岁！"范雨希听了，有些不乐意。

"就你的嘴巴甜。"恭爷笑逐颜开，说罢，又看向孔末，"孔末，上次我们见面还是三年前吧。放眼南港，有多少人希望能到我的身边来，你可是第一个拒绝我的人。"

说话间，恭爷的手下带了一个畏畏缩缩的男人走进了恭家大院，孔末认出来人，这是昨天在鱼塘被朱晓抓走的鱼塘主人。

"恭爷，希姐，张涛带到了。"

范雨希站了起来，绕着张涛转了一圈。张涛的双腿打战，不知道自己怎么就得罪恭爷了。

"张涛，说说吧。"范雨希拍了拍张涛的肩。

张涛吓得下跪："恭爷，我说什么啊？"

"张涛，你不用怕，你可听说过我什么时候平白无故找人麻烦？"恭爷让张涛站起了身，"我家小希帮朋友一个忙，要查查你家鱼塘发生的事，你如实说就是了。"

"我什么都不知道，昨儿我回去收拾鱼塘，结果被警察抓了。我是清白的，所以警察放了我。"张涛不停地摇头。

"你早不收拾，晚不收拾，为什么趁着下雨收拾？"范雨希盯着张涛惊慌失措的脸，一眼便看出他在撒谎，"别以为我们那么好糊弄，你要想平平安安走出这儿，就把话说清楚了！"

阿二端着沏好的茶走过来了，他和恭爷的手下再清楚不过，虽然范雨希平日里大大咧咧的，但心地比谁都善良，每次她故意耍狠，他们都觉得好笑。

张涛被吓得大汗淋漓："我是看到报纸上说鱼塘发生了命案，所以回去看看出事的是不是自家的鱼塘。"

"这才像话。"忽然，范雨希语气一凛，"还有呢！一口气说完！"

张涛胸口一闷，犹豫了起来。

范雨希见了张涛的反应，更加笃定他的肚子里藏着不少秘密，于是干咳了一声。张涛打了一个激灵，不敢再隐瞒了："我们那里还有好几个私人开挖的鱼塘，过去两三年里，周遭的鱼塘里都捞起了像美人鱼的尸体，就我的鱼塘没捞起来过……"

又一个小时后，范雨希和孔末揪着持着铲子的张涛来到了鱼塘附近。

"快，在哪儿！"范雨希厉声道。

张涛咽了一口唾沫，贼头贼脑地辨认着四周，随后颤悠悠指向一棵大树旁的位置。

"挖！"范雨希高声道。

张涛不敢拒绝，撸起袖子，又惊又怕地挖着土。

孔末站在不远处，逗乐道："小希，你吓唬人还真有两手。"

范雨希白了一眼孔末："我说了，我没允许你这么叫我。不过，你是怎么和恭爷认识的？"

孔末轻描淡写地说道："偶然就认识了。"

"偶然？你知道吗，恭爷给你沏的茶有市无价！"范雨希不相信孔末的说辞，但又偏偏看不穿孔末的表情，无从推测。

孔末仍然不肯说："你还是回去问恭爷吧。"

范雨希换了个问题："那你说说，你怎么神经兮兮的，一会儿这样，一会儿那样。"

范雨希还没得到孔末的回答，就听张涛支支吾吾地唤了一声："范……范小姐，挖到了。"

范雨希和孔末健步如飞地走了过去。张涛已经在大树下挖了一个坑，范雨希朝坑里瞄了一眼，不自觉地退后一步。

孔末严峻道："果然，这是一起连环杀人案。"

只见张涛挖的坑里露出了一个白色的骷髅头骨。

孔末以命令的口吻说："继续挖。"

不久后，一口大坑完全成形，六具尸体暴露在了空气里，张涛早已经弯腰到一旁狂吐不止。只见那六具尸体中的四具全成了白骨，只不过上半身是人骨，下半身是鱼骨。

另外两具的白骨还没露出来，周身被像是灰褐色又像是红黄色的泥包裹着，被风一吹，恶臭扑鼻而来。

第 4 章
规律

半年前的京市，正值快要入冬的季节。

"老大，您当真要把我调去南港啊？"

办公桌前的男人放下手里的报纸："晓啊，你跟着我有些年了吧？是时候出去闯闯了。"

朱晓面前的男人正是京市刑侦总队的队长——江军。

"不是，老大，您这话说的，我们又不是江湖混混儿，出去闯啥啊？"朱晓不乐意道，"再怎么说，现在我也待在直辖市的刑侦总队里，如果您真的要把我调走，也别调去南港支队啊，调到他们省厅总队去。"

"干警察可比混江湖要难多了。你当真以为警察只要坐在办公室里喝喝茶，就能破案了？"

朱晓嘀咕着："我看您不就天天坐在办公室里喝茶吗？"

"要喝茶，你上南港喝去！上头已经决定了，把你调去南港支队，担任副支队长一职。"

朱晓的眼睛突然发亮："副支队长啊？得嘞，我这就回去收拾收拾。"

江军叫住了正要转身的朱晓："这南港支队的茶可没那么容易入口。就在昨天，他们的前任副支队长余严春遇刺牺牲了，凶手没有落网。"

朱晓的身形一颤："竟然有人敢对副支队长动手，那人是谁啊？"

江军的表情严肃："我再和你说一件事。你该知道，方涵是谁。"

方涵是警界的传奇卧底，多年前神秘失踪，至今下落不明。

"您不是明知故问嘛，有谁不知道我最崇拜的警察就是方涵。怎么，他也和这事有关？"朱晓表情严肃了起来。

"你听说过……暗光吗？"

恭家大院外的胡同里，范雨希目不转睛地盯着打着哈欠的朱晓。

范雨希问："所以，南港支队的前副支队长余严春是被暗光的猎手杀死的？"

"不出意料的话，是的。"朱晓回答。余严春的胸口被刺穿，切口呈"十"字形，推测是被横截面为"十"字形的非常规利刃杀害的。

范雨希不解道："可是，你不是说过暗光是一个专门猎杀警方卧底和线人的犯罪团伙吗，怎么盯上一个副支队长了？"

朱晓收敛了睡意，凝重地说道："南港四面环海，江河众多，大大小小的港口数都数不过来，是犯罪分子用于偷渡、走私和流亡的绝佳城市。所以，南港也是全国线人网络和卧底网络最发达的地界。前副支队长余严春是南港支队部署卧底网络和线人网络的负责人。"

南港支队为了保护线人和卧底的安全，对他们的身份高度保密。整个南港支队内知晓线人和卧底身份的警察并不多，相关行动更是只由余严春直接部署。警方推测，南港的线人网络和卧底网络已经严重威胁到所有犯罪分子的利益，而警方保密工作做得太好，犯罪分子想要一个一个揪出潜伏在身边的卧底和线人难如登天，于是暗光选择直接杀死负责部署线人和卧底的人，试图摧毁线人网络和卧底网络。

"这半年来，警方已经想方设法让原有的线人和卧底从潜伏工作中脱身。"

范雨希问："他们都不能用了？"

"余严春死前一周，几名跟着他许多年的老线人遇刺身亡。余严春一死，人心惶惶，线人身份面临着全面暴露的危险。我一到南港便遭遇车祸，命悬一线，大家更像极了惊弓之鸟。为了他们的安全，他们不再适合继续潜伏。警方由线人和卧底组成的情报网已经瘫痪近半年，我的任务是重新组建线人网络。住院的这半年，我已经接触了一些目标。"

"其中就包括我吗？"范雨希不屑道，"还有孔末那奇怪的家伙。我想知道，现在你笼络了多少个线人，都是谁？"

忽然，朱晓的瞳孔像蛇的眼睛一样慢慢地收缩，凝视着范雨希，犹如盯上了一只猎物。

南港达大楼内，孔末正与杨荣交谈着。

"照你这么说，'美人鱼惨案'是连环凶杀案？"杨荣有些担忧了，"凶手是谁，竟敢嫁祸给我们！"

孔末眯着眼笑："杨老板，我替您打听过了，朱晓的能力不错。他一到南港就吃了亏，好不容易才出院，一定会用尽全力挽回面子。他新官上任，会在短期内破案，找出凶手的。"

杨荣晃着脑袋："我可信不过警察。你说，能接触到公司印章的员工就几个人，我们要是一个一个查，是不是就能把嫁祸的人给揪出来了？"

孔末想了想，摇头说道："这是下策。能接触到印章的的确只有几个人，但不能排除印章是在他们带出公司后被偷的可能性。杨老板，您一旦调查自己人，怕是底下的人要失望了。"

杨荣摸着八字胡："有道理。枪口不能对着自己人。"

"昨天，我和范小姐找到了鱼塘的主人，挖到几具尸体后，便让他报案去了。"

"你们可别把自己牵扯进去。"

孔末自信道："您放心，不用我开口，范小姐已经让鱼塘主人把挖到尸体的事一个人扛下来了。恭爷势大，那鱼塘主人不敢得罪。"

说话间，一个高大的男人走了进来，他留着寸头，两条壮硕的胳膊被文身装饰成了大花臂。

"吴强啊，你回来了！"杨荣笑呵呵道，"这几个月出差辛苦你了。"

吴强扫了一眼站在杨荣身侧的孔末，随后才躬身："干爹，为您办事，应该的。我有事向您汇报。"

杨荣明白了过来，对着身旁的孔末说："你先出去吧。"

孔末点了点头，与吴强擦肩而过，感受到吴强阴毒的目光，仍然镇定自若地往外走去。

杨荣关上门后，才急迫地问："怎么样，那批货都出去了？"

"干爹，都办妥了。"

杨荣拍桌大笑："吴强，你果然没让我失望过！"

"干爹，这人就是您几个月前招来的孔末吗？"吴强面露担忧，"我可听说了，他以前是个警校生，您就不担心？"

杨荣胸有成竹地望着自己的手掌："你放心吧，一切都在我的掌握之中。这孔末和别人不一样。"

巷子里，朱晓突然发飙："别问不该问的！"

范雨希白了朱晓一眼："怎么，要我替你卖命，还不肯把话说清楚？"

朱晓冷哼一声："范雨希，我会用你，并不代表我完全信任你。你在姓恭的手下办事，你觉得我会把其他几个线人的身份透露给你？"

范雨希怒了："你这话什么意思？"

"你当真以为姓恭的手底干净？"

范雨希突然出手揪住了朱晓的衣领，把他按到了墙上："朱晓，我警告你，恭爷是什么为人，我再清楚不过。你要是敢对付他，别说是我，南港所有的街头混混儿都饶不了你！"

朱晓拨开了范雨希的手，啐了一口："我早就把自己的脑袋别在裤腰带上了，要是连这点觉悟都没有，敢接南港这茬？范雨希，我警告你，最好别让我找到证据，否则，管他恭爹恭爷，我都抓进去。"

范雨希冷笑着要走："您就放心吧，恭爷没有把柄能让您惦记。"

朱晓拦住了她："老子话还没说完，你就要走？"

"有屁快放！"范雨希直直地盯着朱晓，"朱晓，如果我妈妈的案子有问题，我自己也能查，不要以为我离开你什么都做不了。但是，你非我不可，记住了，以后对我说话客气点！"

范雨希清晰地记着朱晓要求她当警方线人时的反应。

"你知道吗，看穿你太容易了。作为谈判对手，在提出交易条件时，你的鼻尖忽然冒汗，鼻孔不自觉地张大，这代表你很紧张，急于达成协议，唯恐谈判失败，对你造成巨大的损失。"

尽管范雨希不知道朱晓为什么那么急需她的帮助，但她不在意，要查妈妈的案子，有朱晓的帮助，能少走不少弯路。

朱晓紧绷着的脸忽然露出了满意的笑容："我需要的就是你这本事。"

"那我实话告诉你吧，我的本事时灵时不灵，有的人我能看穿，有的人我看不穿，许多时候，这要靠运气。"范雨希翻了一个白眼。

"这就足够了。范雨希，我知道你对我不满，但我想告诉你，你妈妈的案子真的有问题。现在我不告诉你，不仅仅是吊着你替我办事，而是时候未到。"朱晓叹了一口气，"加上你和孔末，我还有很多个线人。在接下来的行动里，你们一定会有交集，我无法保证你们当中谁会背叛我，所以，为了保护你们的安全，我不能对你们当中的任何一个人透露其他线人的身份。让你知道孔末的身份是迫不得已，他潜伏在杨荣身边，所有通信设备都被监控，我时常无法与他联络，这就需要有一个人充当我们之间的纽带。"

下午两点一刻，孔末端着一杯热咖啡，站在高楼上的落地窗前，眺望这座被烈日折磨的城市。

"小子！"

听到身后来者不善的声音，孔末刚转身，脸上就迎来了扎扎实实的一拳。

杯子落地，黑咖啡洒在了孔末纯白的衬衫上。

吴强打量着险些跌倒的孔末，嘲讽道："就这身手，也配在干爹身边待着？"

孔末擦了擦嘴角，面不改色地微笑："吴强，你的见面礼很特殊。"

吴强的声音沉了几分："你也配叫我的名字？你知道我和干爹说话的时候，为什么要让你回避吗？希望你有自知之明，你不可能赢得干爹的信任！"

孔末不在意，瞄了一眼手表，想要离开。吴强步步紧逼，不愿轻易放孔末离去："听说，我不在的这几个月，你和干爹走得最亲近。"

"嫉妒不是一件好事。"

吴强被孔末说穿了心思，更是怒火中烧。他不否认，当他第一眼看见孔末站在杨荣身侧时，嫉妒心让他恨不得杀了孔末。要知道，从前，杨荣的身旁只有他一个人能站。吴强用了十几年时间才换来那个位置。可短短几个月，杨荣身边竟然有了孔末的一席之地。

吴强从小便跟着杨荣，为了成为杨荣最信任的打手，他十几年如一日地苦练，每每身上的旧患还未痊愈，便会添上新伤。哪怕在杨荣落魄入狱时，他也未曾想过投奔他人。

被激怒的吴强丝毫没有注意到孔末脸上痛苦的表情。

"我要杀了你！"吴强突然出手，一拳挥向孔末的咽喉。

这一拳竟被孔末牢牢地抓在了手里。吴强猛地一怔，这才发现，先前看上去文文弱弱的孔末，眼底爬上了一抹暴戾。一股浓烈的不安感从吴强的心底油然而生，他还未反应过来，就被孔末推了出去，重重地撞在了墙上。

"再惹我，我就弄死你！"孔末舔着嘴角，威胁道。

"住手！"吴强正要还击，杨荣带着一批人阻止了他，"吴强，不准为难孔末！"

吴强咬牙切齿地点头："是！"

吴强从来都对杨荣的命令言听计从，但这一次他下定决心，一定要让孔末死无葬身之地！

"孔末有两个人格吧？"

巷子里，朱晓和范雨希的交谈尚未停止，范雨希说出了心中的猜测。

朱晓没有否认："只要你不是傻子就能看出来，没什么好隐瞒的。每天晚上九点钟左右到次日下午两点半的孔末比较招人喜欢，下午两点半以后到晚上九点钟左右，那家伙就是个闯祸精。"

"为什么会这样？"范雨希问。

范雨希听说过人格分裂症。人格的分裂往往需要某一刺激性条件的触发，既可以是光线，也可以是声音，也可以是某件事，但依照时间如此有规律地变换人格，她还是第一次听说。

"我答应过那小子要替他保守秘密。你要是想知道，自己去问他吧。"朱晓提醒，"两点半之前的孔末性格温和，头脑聪明，擅长推理，两点半之后的他性格暴戾，四肢发达，身手绝佳。接下来，你们之间会有更多接触，以下午两点半和晚上九点钟为界，你要时刻关注孔末的变化。"

范雨希更加觉得奇怪了，就算是人格分裂，也不太可能会让一个人在某一特定的时间内毫无身手可言，而在另外一段时间内身手卓绝。练成一身好武艺不是一蹴而就的，而是需要日积月累。而且，推理能力也不是一朝一夕就能养成的。很明显，虽然两个孔末的性格不一样，但记忆是共享的，范雨希百思不得其解，既然记忆是共享的，为什么两个孔末的能力却天差地别。

"法医已经在对新挖出来的六具尸体进行尸检了，我们会尽快想办法确定死者身份的。"

范雨希问："那六名死者都是这三年间遇害的吗？"

"六具尸体中有四具完全呈现白骨化，但白骨化的程度不一样，法医初步鉴定，两具尸体死于三年前，两具尸体死于两年前。另外那两具最恶心的尸体，尸蜡裹身，组织还未完全分解，死亡时间应该是去年。"

法医的鉴定与孔末粗略看过尸体后做出的推断如出一辙。

"凶手作案是有规律的。"朱晓又打了一个哈欠，"虽然鱼塘的主人张涛撒了谎，但他没有作案动机。我审了他一晚上，已经基本排除了他的作案嫌疑，关不了他多久。现在要找的是张涛供出来的其他鱼塘主人。"

据张涛供述，这些年，除了他的鱼塘，那片林子中的数个鱼塘里陆续打捞起了几条"美人鱼"。其余几个鱼塘的主人害怕惹祸上身，经过商量后没有报警，而是一起把"美人鱼"给埋了。如今，警方发现了鱼塘的秘密，那几个鱼塘主人全部弃塘而逃了。张涛见过他们，但与他们并不熟悉，甚至连他们的名字都不知道。全是私人开挖的鱼塘，光是找一个张涛，警方就已经大费周章，要想找出其他几个鱼塘的主人，可谓难上加难。目前，警方的测绘师已经根据张涛的描述，测绘出了几个鱼塘主人的画像，力求在最短的时间内锁定他们的身份。

"对了，杨荣的干儿子回南港了。几个月前，他突然离港，我们怀疑他是替杨荣运货去了。他是个狠角色，你们小心点，最好不要和他有冲突。"朱晓并不知道他口中的"闯祸精"早已经从头到尾将吴强得罪了个遍。

南港支队法医室，朱晓和赵彦辉站在停尸台旁，表情凝重。

法医室报告："赵队，朱队，已经确定鱼类了。"

朱晓打起了精神："什么鱼？"

"达氏鳇。"

"达氏鳇？"朱晓的嘴里不断重复着，"达氏鳇，这玩意儿是保护动物吧？"

"是的，野生达氏鳇是国家二级保护动物。"

"赵队，我这就让人去查查南港的地界里有谁卖这玩意儿。"朱晓正要往外走，赵彦辉叫住了他，又让法医都出去了。

"你又去见'猫'了？"赵彦辉问，见朱晓没有否认，拍了拍朱晓的肩膀，"你是用什么手段说服她的？"

"几年前，这丫头和她妈妈去了一趟京市，当时她妈妈遭遇了车祸，我怀疑那起案子有问题。"朱晓说。

赵彦辉愣了愣，厉声呵斥："朱晓，有你这么办事的吗！警方的案子也能让你用来当条件？出了问题谁来扛这雷？"

"赵队，您这说的是哪里话？京市那案子是我操办的，如果真有问题，就算没有范雨希，我也会查清楚的！猎手潜伏、伪装的本事不输咱们的线人和卧底，如果能在第一次见面就对可疑者保持警惕，我们的行动将会占据上风！有这本事的只有范雨希。"朱晓问，"赵队，您不了解范雨希妈妈的案子，要不我和您说说？"

"不必了！"赵彦辉打着官腔，"要是出了问题，别怪我摘下你的警衔！"

朱晓指着停尸台："咱还是赶紧把眼前的案子破了吧。"

放眼望去，法医室里一共有七具怪异的尸体。

"朱晓，你应该知道事态的严重性。"赵彦辉提醒道，"再不破案，你我都要挨处分！"

"看来，今年还有一起大案要发生。"朱晓说道。

朱晓见赵彦辉一脸茫然，解释了起来。经法医鉴定，后面发现的六具尸体分别死于三年前、两年前和一年前，一年两起。而且，法医已经通过技术手段，把死者的死亡时间精确到了每年的五月和七月。

朱晓从一旁拿过来一份尸检报告，赵彦辉翻阅后，也发现了问题：凶手作案的时间是有规律的。从三年前开始，凶手每一年杀两个人，同年作案的时间分别为五月和七月。

"现在是五月，如果凶手按照这个规律作案的话，一个多月后，还有一名受害者将遇险。"朱晓忧心忡忡，"我们必须尽快查出所有受害者的身份，尽快抓住凶手，或将凶手下一个要动手的目标保护起来。"

赵彦辉叹着气："让人以事发鱼塘为中心，对周围进行地毯式搜查，看看有没有更多的受害者。"

朱晓推测道："凶手应该是从三年前才开始实施作案的，应该不会有更多的受害者。"

南港支队法医室对六具尸体进行勘验后，发现了一个细节：凶手于三年前杀害的两名受害者的腰骨上有不少利刃的划痕，往后几年乃至今年发现的尸体的腰骨处除了凶手为了分离尸体上下半身而用石头砸断骨头留下的痕迹，并没有发现利刃的划痕。

朱晓据此推测，三年前的两名死者是凶手第一次和第二次作案的目标。因为那时，凶手的手法并不利落，无法准确地找到最容易将尸体上下半身分离的部位，从而在用利刃割断尸体的皮肉组织时，也在腰部骨骼处留下了划痕。自那之后，凶手在实施后续几起案子时，手法越发娴熟。

"不过，搜一搜也好，毕竟尸体的下半身还没找到。"朱晓说，"赵队，我让法医室和痕检室都过来看看，能否用颅骨还原技术复原这几具尸体的面貌。"

"等等，"赵彦辉叫住了朱晓，"我对'影子'那小子有印象。他是南港警校最优秀的学生。两年前，上到省厅刑侦总队和咱市局刑侦支队，下到各分局刑侦大队和派出所，抢他都抢疯了。只是后来啊，他被诊断出患有严重的人格分裂症，不适合任职警察。南港支队拒绝使用此人的文件还是我签的。这样的人，你有把握管住他？"

"赵队，您放一千个一万个心！"

"'影子'有一个人格，暴戾嗜血，一旦见了血，怕是会失控。我很想知道，你用了什么手段劝服两个人格都成了你的线人。"

朱晓伸出了自己的手掌："赵队，孙猴子再皮，还能逃得出如来佛的手掌心？"

第 5 章
钓鱼

翌日上午，范雨希前往南港达找孔末时，和吴强擦肩而过。

范雨希没躲，吴强也没躲，两人的肩撞在了一起。

"不长眼吗！"吴强杀气腾腾地怒斥。

吴强的手下立即提醒："这是恭爷的干孙女儿，范雨希。"

吴强打量着范雨希，收起了黑脸："原来是范小姐。"

范雨希瞥了吴强一眼，掠过了他，招呼也没打。

等范雨希走远后，吴强才命令手下："去查查，我要这个人的所有资料。"

范雨希找到孔末，同他离开了南港达大楼。

"凶手的作案时间非常有规律，或许他选择目标也具有某种规律。六具尸体里有男有女，目前看不到什么相同点，我们需要等警方确定所有受害者的身份，再逐一调查，一定要赶在七月之前抓住凶手，或找出下一个被凶手锁定的目标。"

孔末与朱晓做出了一模一样的推测。

"都成白骨了，还能确定受害者的身份吗？"

孔末肯定地说道："当然。警方会利用颅骨复原技术恢复几名受害者的面貌，再通过数据库比对，确定受害者信息。近三年来的失踪案都是警方关注的焦点。"

"我们要联系朱晓那家伙，告诉他凶手作案的规律吗？"

孔末摇头："不需要，朱队比你想象的要聪明，我能想到的，他都能想到。"

范雨希鄙夷道："那家伙哪有那么厉害。"

孔末不争辩："死者的残肢还没找到，我想，警方会以事发鱼塘为中心，通过技术手段进行地毯式搜查。"

范雨希默默地在心底佩服起孔末，在她看来，眼前的孔末比另外一个连女人都威胁的孔末强多了。

"按照张涛的说法，凶手每次杀完人，都将尸体丢进了鱼塘里。将那几具尸体埋起来的是各个鱼塘的主人。凶手没有埋尸的行为，那尸体的下肢或许只是被丢弃，并没有被埋藏。但三年来，警方没有接到关于残肢的报警，那下肢应该被丢到了比较偏僻的地方，所以没人发现。"

范雨希不太理解："为什么一定要找到残肢？"

"'美人鱼惨案'中，凶手的作案手法带有非常浓烈的主观色彩，虽然没有推测出凶手的犯罪动机和目的，但可以肯定，制造'美人鱼'才是凶手最重视的犯罪环节。尸体的下半身残肢应该不会太被凶手关注。所以，为了便利，凶手很可能在作案地附近就近抛弃残肢。"

范雨希明白了过来："也就是说，找到了残肢，也就找到了凶手制造'美人鱼'的地方？"

"我们称它为第一案发现场。"孔末解释，"第一案发现场比之抛尸现场往往更具侦查价值。"

范雨希摩拳擦掌："那我们只需要等待就行了吗？"

"残肢和'美人鱼'的抛尸地应该不在同一个地方。虽然鱼塘附近偏僻，但是几个鱼塘主人终日在鱼塘附近走动，倘若残肢也被抛弃在附近，他们应该会发现才对。残肢没有和'美人鱼'被几个鱼塘主人埋在一起，也许是几个鱼塘主人压根儿没有发现残肢。"孔末的手指轻轻地在桌上敲着。

"所以，警方要无功而返了？"

"总之，残肢要找，其他几个鱼塘主人也要找。以警方的先进技术，找残肢非常在行。"孔末望向了范雨希，"但找几个鱼塘主人，恐怕你比较在行。"

几乎在同一时间，南港街头议论纷纷。听闻恭家大院放出了消息，要找几个鱼塘的主人。人们很快就联想到了不久前南港各大报刊放出的那则模糊的信息：鱼塘附近发生了命案。

"孔末，你这招行不行啊？咱都蹲在这儿两天了，连个鬼影都没等到。"范雨希撑着伞，闻着从海里飘来的鱼腥味。

"放心吧。"孔末自信道，"这是南港最大的水货交易码头，我查过了，张涛养的鱼在这里出货。其他几个鱼塘主人的鱼塘和张涛的紧挨着，应该也在这儿出货。"

"今年的命案发生后，他们不是都躲起来，连鱼塘里的鱼都不要了吗？还敢来出货？"范雨希狐疑地问。

孔末被太阳晒得出了汗，忽然凑上来，也躲到了伞下："所以，我才让你向南港的街头痞子放出消息啊。"

范雨希和孔末挨得太近，有些不自在，反问："然后呢？"

"恭家大院这么不遗余力地找人，那几个鱼塘主人听到消息后，一定猜测'美人鱼惨案'的受害者和恭家大院有关系。南港的普通人家哪敢得罪恭爷？他们一定会跑路。"

"那你怎么确定他们会从这儿跑？"

孔末耐着性子解释："他们被警方盯上了，不会通过需要实名登记的机场和车站离开南港。一般来说，他们也不会通过码头离开，但是，这码头里恐怕有愿意搭送他们离开的船只。"

恭家大院放出话后，一般人不会帮助他们离开南港，除非是与几个鱼塘主人关系特别好的船家。几个鱼塘主人长期在这里出货，一定会结识一些码头里的朋友。

"钓鱼就该多钓几条，我猜几个鱼塘主人会一起出行。"

送几个鱼塘主人出港，不仅可能得罪恭爷，还可能被警方盯上，没有船家愿意一个一个地送他们离开。麻烦事，遇到一件就够了。所以，孔末猜推测想要出逃的几个鱼塘主人会商量好结伴离开。

据此，孔末和范雨希在这儿蹲守了两天。

"你不早说！"范雨希气结，"我应该多带点人！目标有好几个，万一抓他们的时候，他们跑散了，你准备让你身体里的另外一个家伙也出来一起帮忙抓人吗？"

范雨希还想说什么，这时，人群里几个并肩而行的人引起了她的注意。那是几个男人，皮肤被晒得发黑，头上戴着斗笠，身边跟着不少女人和小孩。

"那几个人有些可疑。"范雨希悄声对孔末说，"他们的眼神飘忽，东看西瞧的，怕是心里有鬼。养鱼的人天天风吹日晒，皮肤一定白不了，而且，鱼塘主人出逃时一定拖家带口。这么多鱼塘主人，带的小孩和女人当然不少。"

孔末拉住了她："小希，不用我们抓人。"

孔末的话刚说完，人群乍然间骚动，一群穿着便衣、先前不知躲在哪里的警察蹿了出来，将那些人团团围住了。范雨希这才明白过来，孔末利用恭家大院放出消息不是为了抓人，而是为了给警方提供抓人的机会。

"您这线人当得可真够格！"范雨希气得不行，在这儿晒了两天，却不能亲自动手抓人，性格使然，难免有些沮丧。

"线人要做的只是为警方提供情报和一些帮助罢了，抓人和破案这事还是由朱队来做更名正言顺。"孔末扬起了嘴角，"虽然张涛不知道其他几个鱼塘主人的身份信息，但是都见过面，警方根据他的描述，测绘出目标的画像不难。这两天，被这毒太阳晒的可不止咱俩。"

范雨希终于相信，朱晓不是什么省油的灯。恭家大院要找人的消息发出后，朱晓就明白了孔末的心思，于是便摸索到了这里。

远远地，范雨希瞅见了躲在一处角落里的朱晓。朱晓正擤着鼻涕，隐蔽地朝她挥了挥手。

下午两点半，孔末大摇大摆地走进了南港达，吴强又一次拦住了他。

孔末舔了舔嘴角："不想死就滚开！"

吴强还没回嘴，杨荣就大步走了过来，看了一眼手表："吴强一回来就替我打听了一番。之前范雨希那丫头被南港支队抓了，但又毫发无损地出来了，这事有蹊跷。过两点半了，孔末，你陪我去恭家大院走一趟吧，我需要一个打手。"

吴强立马请缨："干爹，我也去。"

杨荣摆手："你刚回来没两天，先休息着吧。"

吴强望着杨荣和孔末离去的背影，双拳不自觉地攥紧了。

此时，范雨希和朱晓正在恭家大院外的胡同里。

朱晓开心得不得了："干得不错，几个鱼塘的主人已经带回警局了，我一会儿就回去审他们。"

"您和孔末真是下得一手好棋！求您了，以后要是有什么计划，提前告诉我成吗？"范雨希依旧觉得不解气。

"线人可不是那么好当的，你慢慢摸索着吧，那句话怎么说的来着？"朱晓摸着下巴，"有时，无声胜有声！"

话音且落，胡同外传来了数十道脚步声。

"嘿，看来这恭家大院也不安全！"朱晓说着，朝四处看了看，眼见退无可退，便攀上了胡同两侧的墙，慢慢地往上挪，姿势十分不雅，翻出胡同前，小声对范雨希喊道，"你被我的人抓了，这事瞒不住杨荣，你要想办法圆过去。"

在杨荣带着人进入胡同前，范雨希回到了恭家大院。不一会儿，阿二前来向正在喝茶的范雨希和恭爷汇报："杨荣来访。"

杨荣进了厅堂，这一次，他不像先前那样客气了，恭爷还未招呼，他便自顾自地坐下。阿二呵斥："杨荣，来了这儿，就得守规矩。偌大的南港城，还没有哪个人进了恭家大院不向恭爷请安的。"

杨荣瞥了一眼阿二："你算什么东西？"

"阿二，你退下吧。"范雨希站了起来，"杨老板，你带了这么多人不请自来，就是为了耍脸色的吗？"

杨荣冷哼："范小姐，你给我解释清楚，你是不是警方派到我身边的线人！"

范雨希的心一沉，但没有表现在脸上，回以冷笑："杨老板，找不到陷害你的人，现在要往我身上泼脏水了吗？"

"你还敢狡辩？几天前，你被南港支队抓了，不到一个小时，你就被放出来了。你要是和南港支队没点纠葛，这点时间还不够他们录口供的吧？"杨荣开门见山，"恭爷舞厅的生意干不干净，南港支队再清楚不过。既然有机会逮着你，除非你是警方的人，否则南港支队不会轻易放人的！"

范雨希观察着杨荣的表情，片刻后，拍桌而起："杨荣，叫你一声杨老板是给你面子。怎么，现在连老脸也不要了，遇见人就像疯狗一样乱咬吗？"

杨荣的一个手下指着范雨希怒喝："嘴巴放干净一点！"

恭爷忽然将手里的茶盏摔在了地上，微眯着双眼："这么多年了，还没哪个不长眼的敢指着小希说话。"

范雨希和阿二都是一愣，他们从未见过恭爷发火。暖意涌上范雨希的心头，她冲着恭爷笑了笑："恭爷，您犯不着生气。"

说完，范雨希走到了杨荣的面前："杨荣，我为什么会被抓，又为什么那么容易就被放出来了，这都与你无关。南港达消息灵通，你要是想知道，可以自己去查。我是不是警方的人，没有义务向你汇报。你给我记清楚了，是你亲自登门找我帮忙的！现在，带着你的人，滚！"

来此之前，杨荣就在心底盘算好了。吴强带来的消息令杨荣心有不安，为了弄清楚范雨希的身份，他带着人登门试探。倘若范雨希真的是警方的线人，那面对他的质问，为了继续潜伏在他身边，范雨希一定会百般示弱。

而现在，他被范雨希骂得狗血淋头，反倒安心了。

杨荣突然站起了身，哈哈大笑："范小姐，开个玩笑，怎么能当真呢？"

范雨希在心底长舒了一口气，好在她看穿了杨荣的心思。

"杨荣，恭家大院是由得你随便开玩笑的地方吗？"恭爷指着先前呵斥范雨希的那人，"把他的手指留下，我就当什么也没发生过。"

杨荣脸上的横肉抖了抖，范雨希不可置信地望向恭爷，耳边回响起朱晓说的那句话："你当真以为姓恭的手底干净？"

第 6 章
反猎

　　恭家大院里挤满了人，四周弥漫着让人快要窒息的闷热气息。恭爷发威后，一批人从厅堂外闯了进来，将杨荣等人团团围住。孔末倚在厅堂里的大柱子上，手中撩着头发，仿佛这里的一切动静都与他无关。

　　冷汗从杨荣光溜溜的脑门儿上滴滴渗出，他自以为摸准了恭爷的性格，这才敢蹬鼻子上脸，大胆地试探范雨希。没想到，平日里和善的恭爷竟然会大发雷霆。

　　范雨希如鲠在喉，愣在原地，阿二在一旁紧张地嘟囔："希姐，怎么办？"

　　范雨希回过神，刚要开口劝阻，恭爷便突然爽朗大笑："杨老板，我的玩笑比起你的，谁的好笑？"

　　杨荣的那名手下双腿发软，瘫在了地上，觉得手指差一点儿就没了。杨荣擦了擦脑门儿上的汗珠："恭爷，那今儿没什么事，我就先走了。"

　　"去吧。"恭爷没有为难杨荣，气定神闲地闭上了眼睛，"你可以走，孔末留下。"

杨荣微惊："恭爷，您这是要……"

"我有一批货要通过你们南港达运出去。你们这些人里，我只信得过孔末。"恭爷没有睁眼，"作为报答，小希会继续帮你们。"

杨荣不再多问，带着人离开了。恭家大院一下子又变得冷清起来，孔末坐了下来，不耐烦地开口："死老头儿，有话快说。"

范雨希皱起了眉头："孔末，你讲话客气点。"

恭爷笑呵呵地摇头："无妨。"

"恭爷，您就不觉得奇怪？孔末上次见您时不是这样子的。"范雨希瞄了一眼恭爷的神情，惊讶道，"难道您也知道孔末他……"

恭爷笑而不答，对孔末说："孔末，这次我要你们帮我运出南港的货正在准备中。我要求你们在我七十大寿那天将这批货运出港。"

"嗯。"孔末跷着腿。

恭爷问："你就不问问是什么货？"

孔末抬眼："无所谓。"

"也是，无论我要运什么，你们运货的时候总会知道。"恭爷慢慢地站起了身，"既然来了，就在这儿吃个便饭吧。"

"没空。"

"我让阿二准备了核桃汤。"恭爷说着，拄着拐杖，进了房间。

范雨希没搭理已经站起身的孔末，跟着恭爷进了房间。

天黑了下来，屋内，范雨希替恭爷沏了一壶茶。

范雨希仍旧心有余悸："恭爷，今儿您真是吓死我了，我还以为您真的要切了那人的指头。"

恭爷接过茶杯，笑道："傻丫头，我要真的做了这事，你还不得失望死？杨荣对你太不客气，我哪能让你这丫头受气，我只是吓唬吓唬他们罢了。"

"对了，您和孔末是怎么认识的？还有，您怎么知道他有人格分裂的事？"

恭爷见状，慈爱地刮了刮范雨希的鼻梁："怎么，丫头长大了，看上他了？"

范雨希想起孔末张口闭口的"死女人"，"呸"了一声："我看上谁也不会看上他。"

"丫头，我答应过孔末要替他保守秘密，我可是向来说话算话的，你不想让我做小人吧？"

朱晓不肯说就算了，范雨希万万没想到，就连恭爷也对孔末有过承诺。

恭爷咳嗽了两声："小希啊，杨荣年轻时吃过亏，生性多疑，要不还是别与这样的人有来往了。"

"恭爷，我之所以接触杨荣，只是想摸摸他们的底，防止他们耍阴招对付我们而已。我又不是警方的人，就算他再多疑，也找不到证据。"范雨希想起了恭爷说的那批货，"您要南港达替您运的货是什么？"

"一批普通的货而已。如果他们真想通过卑鄙手段逼我替他们干见不得人的勾当，我推测，他们会趁机在这批货里动手脚。"

"您是怀疑他们会在您的货里掺点料，以此来威胁您？"

恭爷望向了窗外的夜色："我给他们制造了一次陷害我的机会，如若什么事都没有，自然最好；如若真到了那一步，我也该出手了。"

范雨希放心不下："您要怎么做？"

恭爷摸着范雨希的脑袋："在南港承蒙警方照顾这么多年，也该给警方一些报答，为民除害了。"

晚饭时，范雨希盯着饭桌上的孔末，看直了眼。

范雨希原以为孔末不会留下来吃晚饭，想不到几碗核桃汤对孔末有那么大的吸引力。孔末的面前摆着七八个碗，阿二准备的那些核桃汤全让孔末一个人喝了，范雨希和恭爷连残渣都没吃到。

令范雨希感到更奇怪的是，孔末喝得眼眶发红，眼角还闪烁着泪光。这顿饭足足花了大家两个小时。孔末放下最后一个碗，打了一个饱嗝，这才回眼："死女人，我说过，再这么盯着我看，我就把你的眼珠子挖出来。"

"挖我的眼睛？"范雨希放下碗筷，"你动手啊，看谁挖谁的！"

孔末拍桌起身："死女人！"

范雨希吐着舌头："你这个自恋狂，要么就是靠着墙耍帅，要么就是鼓捣头上那几根毛，还给自己设置那么蠢的手机铃声！"

孔末咬紧了牙根，手指关节"咔咔"作响："死女人，你再说一句，我就不客气了！"

范雨希继续刺激孔末："你还是个暴力狂！对待一个女人，又是威胁，又是动手，你算什么男人？"

此时，孔末的脸已经涨红了，张牙舞爪地扑上去时，只见范雨希的手里拿着一块表，表上的时针刚刚对准了数字"9"的方向，她得意道："自恋狂，明儿见！"

孔末的手还未触到范雨希，身体就扑倒在了地上。当孔末捂着脑袋站起来时，脸上的表情像是变了一个人。

范雨希心满意足地坐下，重新拿起了碗筷："您这变得还真准时。不过，那家伙真是讨人厌！"

孔末对着范雨希和恭爷点头："不好意思，见笑了。"

范雨希与孔末闹嘴仗时，恭爷看在眼里，却并未阻止，那模样像极了一个正在看两个孩子打闹的长辈。

深夜，南港支队终于找到了一名在孙媛媛遇害前见过她的目击证人，那人是孙媛媛的邻居。目击证人称，孙媛媛遇害的那个晚上，孙媛媛的丈夫加班，家里没人，孙媛媛抱着孩子出了门。

"抱着孩子出门，但孩子没事。"朱晓暗自嘀咕着。他去走访过孙媛媛的丈夫，可对方对这件事只字不提，孩子也毫发无损。

"凶手给孙媛媛下了药，把她带走杀害了，照理说，孩子也应该落到凶手手里。"一名警察问朱晓，"朱队，就算这凶手良心发现，没有伤害孩子，可一岁大的孩子是怎么回家的？难不成是凶手大发慈悲，把孩子送回家了？"

如果孙媛媛的丈夫是凶手，那倒是有可能。但是，由于范雨希通过照片分析过这对夫妻关系不好，所以朱晓重点调查过孙媛媛的丈夫，他在案发时间内有不在场证明，不可能是凶手。

　　"凶手选择目标应该不是随机的，他观察过孙媛媛，知道她的家住在哪儿。"朱晓说道。

　　"朱队，您当真觉得是凶手把孩子送回去的？凶手这么干是图什么啊！"

　　"凶手杀害了孩子的妈妈，却又大费周章地把孩子送了回去。这已经不是单纯地对孩子没有杀心了，而是非常关心孩子。倘若孩子与他非亲非故的话，那原因只有一个。"

　　"是什么？"

　　"人的同理心。"朱晓站起了身，"看来，这两天我得再去一趟孙媛媛家里。"

　　次日，南港支队出动警犬和各种勘查设备进入鱼塘时，杨荣从吴强的口中得知了这一消息。

　　"也不知道孔末和范雨希查得怎么样了，千万要赶在警方抓到凶手前把人扣住。"杨荣盯着桌上的水果刀，"敢陷害到老子头上来，我要让他死无全尸！"

　　吴强冷嘲热讽："干爹，您真的相信那个奇怪的孔末和一个丫头片子？"

　　"吴强，你可不要小看孔末。当初，南港各队疯抢这个警校生是有理由的。"

　　"那他怎么没去当警察？"

　　杨荣笑道："以后你就知道了。"

　　吴强见杨荣这样信任孔末，不好再多说孔末坏话，将话锋转向了范雨希："那恭爷的干孙女儿呢？"

　　"昨儿我试探过她了。这人你也不要小看。她的那双眼睛总能看穿人的心思，不好对付啊！"杨荣感叹道。

"听说昨儿您吃了亏，需要我去教训一下恭家大院的人吗？"

"这个时候千万不要给我捅娄子！还不到对恭家大院动手的时候。"杨荣赶忙摆手，回想起昨天的事情，又乐呵呵地说道，"我正愁着怎么逼姓恭的把全南港的街头混子交给我们调遣，这不，昨儿他自己送上门来了。"

"您是说他要运的那批货？"

"不错。他把孔末单独留下，今儿一早我就问过孔末了，那姓恭的神神秘秘的，目前不肯透露要运什么货。"杨荣不屑道，"我就不信那姓恭的真的一点脏东西都没沾。"

吴强听懂了："要是他的货不干净，我们什么都不用做，就可以逼他们和我们合作，否则，就把货交给警方。"

杨荣顺着吴强的话继续说："就算干净，我也有办法把它变脏！"

吴强透过落地窗，望向了大楼下一个正朝大楼里走来的人影，那是身着白衬衫的孔末。

"干爹，恭爷的七十大寿近了，既然要开战，是不是还得做点什么？"

杨荣斜视吴强："你这浑小子，讲话越来越拐弯抹角了。"

"恭爷要运货，为什么要把孔末留下？您不觉得奇怪吗？"

杨荣释然道："放心，孔末曾经和姓恭的认识，孔末第一天进南港达，就已经告诉过我了。"

吴强气得差点儿跺脚，于是换了一种说法："就算您相信孔末，但还是得防着范雨希。她和孔末在码头蹲了两天，最后那些人却被警方捷足先登，您不觉得奇怪？您千万不要忘了，当初您是怎么被赵彦辉背叛的。"

杨荣听到赵彦辉的名字，肩头一颤。吴强将这一幕尽收眼底，心中暗笑，只有他知道怎么轻易地戳中杨荣的软肋。

一切如吴强所愿，杨荣沉声问："你有办法替我确认？"

"当然。干爹，您听说过暗光吗？"

杨荣腾地站起了身，脸色有些慌张："你是说，请一个猎手？"

郊外，朱晓顶着大太阳，带着人搜索了两个多小时。

"朱队，咱会不会猜错了？"一个穿着警服的男警问，"大伙儿都有疑问，这第一案发现场不是更有可能在鱼塘附近吗，咱怎么跑这么远来了？"

朱晓打量了这名三十多岁的男警一番："你就是赵队给我的实习协警？"

"朱队，我叫白洋，您叫我小洋就行。我脑袋笨，三十多岁了还没考上警察。明年再试试，要是运气好，就不是协警了。"

朱晓用手背擦了擦鼻尖："小洋是吧？这样，咱打个赌，这'美人鱼惨案'的第一案发现场和尸体残肢就在这附近。但是赌什么好呢？"

白洋被朱晓贼溜溜的目光一扫，即刻摆手："朱队，这赌咱就不打了。我都打听过了，您老爱和同事打赌，这才正式入职没几天，已经有好多同事的宝贝被您顺走了。听说赵队戴了很多年的手表也被您赢走了。"

"老赵全身上下也就那块表值点钱，估摸着值个五百块钱吧。"朱晓得意扬扬地说道。

"朱队，您真厉害。不过，您和赵队打的什么赌啊？"

朱晓刚要回答，立刻闭上了嘴，盯了白洋很久，才狠狠地朝着白洋的脑门儿敲了一下："你这小子，好的不学，套话倒有一套，赶紧忙活去！"

白洋捂着脑袋，疼得龇牙咧嘴地跑开了。朱晓望着白洋的背影，突然间笑意全无。半年来，他接连收编了数个身份特殊的线人，南港警方对此褒贬不一，其中最备受争议的便是像孔末这样的不稳定因素。他力排争议，使行动得以继续，但南港警方还是担心他出乱子。他很清楚这个时候赵彦辉在他身边安插一个实习协警的用意。

不久后，警犬在草丛里狂吠了几声，紧接着，朱晓便听见有人喊他："朱队，找到了！"

朱晓凑上前去一看，那是一具早已呈白骨化的半尸。

"朱队，您果然猜对了！尸体的下半身就被抛在这片区域！"白洋兴奋道，"那第一案发现场就在附近！"

昨天，朱晓连夜审问了几个鱼塘的主人。

"都甭给老子扯谎，说实话！"朱晓踹开审讯室的大门后，吓住了所有人。

有了张涛的指认，他们无从抵赖。几个鱼塘主人称，三年前的五月，其中一人在捞鱼的时候捞起了一条"美人鱼"。这人怕鱼塘遭殃，没了生计，于是悄悄将尸体埋了，没敢报警。

不承想，同年七月，另外一个鱼塘主人也在自家的鱼塘里发现了一具尸体。慌张之下，这人把临近的几个鱼塘主人都找去商量对策。第一个发现尸体的鱼塘主人这才对大家讲了实话。

鱼塘主人靠养鱼为生，生怕事发后生计遭封，于是大家商量许久，一致决定不要报警。

案发的第一年在几个鱼塘主人的忐忑不安中过去了。不承想，第二年五月，又有一具尸体被抛进了他们的鱼塘里。这下，他们彻底慌了，意见也产生了分歧，有人想要报警，有人想要继续隐瞒。可当有人提及头年埋尸的事时，大伙儿又都没了报警的勇气。

"发现尸体，拖了一年不报案，还私自把尸体给埋了，这得坐牢的！"其中一个鱼塘主人对朱晓哭诉，"我们也为难哪！没有办法，我们只好又把第三具尸体埋了。"

责任就像雪球，越滚越大，第二年七月，几个鱼塘主人又埋了第四具尸体。鱼塘主人们提心吊胆地过了三年，一共埋了六具尸体。他们发现，凶手好像并没有害他们的心思，只是将他们的鱼塘当成了抛尸地而已。

张涛的鱼塘距离其他几个鱼塘较远，直到今年前，张涛的鱼塘都未出过事。张涛与其他几个鱼塘主人的关系不算亲近，商量对策时，从来都是默默站在一旁，从不发言。哪承想，他撒手不干的第一年，他的鱼塘也出事了。

"尸体的下半身呢？"朱晓狠狠地拍了拍桌子。

"警官，我们真没看见过尸体的下半身，不是我们埋的！"

第 7 章
声音

一个星期前，初入五月。一辆小车行驶在南港郊区蜿蜒的公路上，车里的男人双手握着方向盘，嘴里吹着口哨，手指随着路途的颠簸不断地在方向盘上敲打着。远处是幽夜里的溪流，溪水映着月色发出亮光。

突然，口哨声戛然而止，男人踩下刹车，摇下车窗，望向那条小溪，阴森森地自言自语："又到鱼群产卵的季节了。"

男人的肩膀抖动起来，紧握着双拳，指甲几乎要陷进掌心。他擦干眼角闪烁的泪光，回过头扫了一眼倒在后座上的迷迷糊糊的女人，那正是几天之后被警方发现的死者孙媛媛。

半个小时后，男人扛着孙媛媛走进了一间早就没人居住的破砖房。孙媛媛被扔在地上，疼得醒了过来，她朦朦胧胧地看见一个男人正手持匕首朝自己缓缓走来，男人的脚边躺着一条偌大的怪鱼。

孙媛媛身体里的力气宛如被抽空了，动弹不得，用尽全身力气却只能挤出一句没有力道的话："求求你，不要！"

孙媛媛的求饶刺激了男人的神经，男人举着匕首，歇斯底里地怒吼：

"你有什么资格求饶！你该死，你们都该死！"

孙媛媛再也没有力气说话了。她无比后悔，如果有重来的机会，一定不会轻易地喝下陌生人递来的那杯酒。

男人点了一支烟，一屁股坐在了那条大鱼的身上，一刀扎进了怪鱼的身体，他一边切着鱼，一边心满意足地笑着："你知道你会经历什么吗？"

男人很费劲地把鱼头切了下来，斩断鱼骨后，才继续说："我会在你腰上砍一刀，把你分成两段，然后把鱼的尾巴缝到你的腰间。"

男人波澜不惊地说着，仿若只是在讲一件寻常小事。

"见过美人鱼吗？我会把你变成美人鱼。你一定很无助吧，明明清醒着，却反抗不了。眼睁睁地看着自己被杀，多残忍哪。"男人说着，突然哭了起来，"但是，你能比我无助吗！你活该，这是对你的惩罚！你们这样的人活着只会害了更多无辜的人！"

话音落下，男人从被截断的大鱼身上站起身，将烟头弹到砖房外，然后蹲到孙媛媛的身边，撩起了她的衣服。孙媛媛无力地挣扎着，当泛着寒光的刀尖触到她的腰际时，一身的汗毛霎时立了起来。

终于，刀尖还是刺入了孙媛媛的皮肤。

当警犬带着一堆警察闯入这间破砖房时，天已经暗了下来。与想象中满地血迹的场景不一样，虽然砖房破旧，但还算干净，所有人都以为找错了地方。

白洋问身旁的朱晓："朱队，这砖房应该是当初拆迁没拆干净留下来的，看样子是没人住了。"

警犬对着房内不断地狂吠着，朱晓指着警犬，又指了指屋顶："你这不是废话吗，屋顶都没了，还能有人住？有时候，人真的不如狗。"

白洋挠着脑袋："您是说，这就是第一案发现场？"

"痕检呢？"朱晓喊了一声，"别戳在那儿了，进来看看！"

痕检员们开始忙活起来，朱晓朝白洋勾了勾手指："既然是赵队给我派来的实习协警，那今儿我就给你上第一课。"

白洋兴奋起来："您说。"

"你是真蠢呢，还是装愣？怪不得考不上警察，你也就是当协警的料。看这里，连屋顶都没了的砖房，地面能这么干净？这地儿要是没问题，那就有鬼了。"朱晓的话音刚落，痕检员就发现了端倪。

原本光溜溜的地面四处散发着蓝光。

"朱队，我们用鲁米诺做了显血测试，血迹和鲁米诺发生了反应，也就是说，散发蓝光的地方原本都留有血迹，只不过被人清洗过了。"

朱晓持着手电筒在墙上摸索良久，找到了一块被人硬塞进墙里的砖块，他把砖块抽出来后，又在墙洞里发现了一把锋利的水果刀。他戴上手套后，把小刀取了出来："哟，好刀，被塞在这地儿都不带生锈的。"

"美人鱼惨案"的第一案发现场终于被确定。

朱晓在附近抽烟的间隙，不断地有人前来向他汇报情况。

破砖房内，除了血迹和凶器，警方还在墙上的另一处角落发现了用于缝合人体和鱼体的针线。痕检室试图第一时间提取凶器上的指纹，只可惜，凶手可能是戴着手套作案的，凶器上没有发现任何痕迹。目前，痕检员正在勘查案发现场，寻找其他有价值的线索。

以砖房为中心，警方先后在方圆数百米范围内的杂草丛中找到了四具已呈白骨化和两具呈半白骨化的下肢，以及被凶手随意丢弃在路边的多副鱼骨。

朱晓发现了蹲在不远处的白洋，把他唤了过来："你替我转告赵队一句话。"

白洋尴尬地笑着："朱队，您和赵队见面的机会比我多了去了，要我传什么话？"

"你就告诉他，照理说，带实习协警不在我的任务范围内。不过，既然他有心栽培，我配合。"朱晓把烟掐了，"但是，就你那干巴巴蹲在那儿监视人的技术，以后出去了，千万别说是我教出来的徒弟。"

"朱队，您这说的是哪里话。赵队是担心您的安全，所以才让我跟紧您。"白洋的脸一阵青，一阵白，立即转移了话题，"听说那几个鱼塘的主人压根儿不知道下肢被丢到哪儿了，您是怎么推测到案发现场在这附近的？"

此处距离鱼塘至少四五公里，当朱晓带着警队来到附近时，所有人都认为朱晓是在瞎指挥。

"凶手是看准了鱼塘主人为了生计而不敢报警的心理，这才会在第一年抛尸后的几年间，不断地将尸体抛进鱼塘里。话虽如此，但如果将第一案发现场选择在距离鱼塘太近的地方，凶手没有办法保证杀人分尸的时候不被四处走动的鱼塘主人发现。"朱晓解释，"所以，凶手选择的第一案发现场一定是在鱼塘主人靠步行或骑行不太可能接近的偏僻地段。但是，凶手又不会把作案现场选择在距离抛尸地点太远的地方，距离越远，凶手在运输尸体途中被发现的可能性就越大。"

于是，朱晓估摸出了一段距离：四公里到六公里。

白洋仍然不解："可是，距离鱼塘这么远的地方多了去了，也都地处偏僻，您怎么就确定了这儿呢？"

"这么大一个人，这么大一条鱼，你认为凶手会扛着'人鱼'去抛尸？"

白洋恍然大悟："距离鱼塘四五公里的范围里，只有一条可供汽车通行的公路！"

不仅如此，虽然前三年的六名死者身份还没确定，但孙媛媛居住在城市里，她是被下药后带到作案现场的，这一过程中，凶手用的一定也是汽车。所以，作案现场除了具备靠车行能到抛尸现场的条件外，还要具备靠车行能抵达市内的条件。

这样一来，排查范围被大大缩小。警方用了一天，总算找到了第一案发现场。

不久后，又有人来汇报："我们在附近又找到了一具女性尸体的下肢，怀疑是孙媛媛的残肢。"

第一案发现场已经勘查得差不多了，朱晓刚做出收队的决定，这时手机响了，屏幕上显示"未知号码"。白洋凑过来，朱晓把手机藏到身后，把他推开了："怎么，老子女朋友打电话过来，你也要向赵队汇报吗？"

朱晓将白洋打发走后，确定四下无人，才接起了电话："喂？"

"杨荣请了一名猎手。"

朱晓的双眼微眯："是谁？"

南港支队会议室里，朱晓揉着充血的眼球，带着一群疲惫得快要睡着的手下熬夜等候着。白洋快要困疯了："朱队，要不咱打一会儿盹儿？"

"法医室和痕检室都在加班，你们这群崽子好意思睡？"朱晓拍了拍桌子，"今儿都别准备休息了，我让你们去查达氏鳇的线索，这么多天了，有头绪了吗？"

朱晓的手下叫苦连天："朱队，我们走访了几个重点关注的黑市，询问了很多人……"

"废话少说，说结果。"

"没查到。"

朱晓气得发笑："南港支队白养活你们了，行了，这事交给我了。"

一个小时后，法医和痕检员进了会议室。

"我们通过颅骨复原技术还原了过去三年间死亡的六名受害者的面貌，通过数据库比对，已经确定了受害者身份。"

"能联系受害者家属吗？"朱晓问。

"六名死者中，只有两名在近几年的失踪名单中，我们可以通过失踪案信息联系这两名死者的家属。至于其他四名死者家属，我们还需要进一步调查。"

朱晓摸着下巴："只有两名死者的家属报了失踪案。"

白洋轻声问："朱队，有问题吗？"

"问题大了。"朱晓指着痕检室的头儿，"现场还有什么发现吗？"

"通过显血反应，我们发现了几团呈近椭圆形的血迹，怀疑是凶手穿着脚套沾染鲜血后在地上留下的足迹。通过足印长度和步间距推测，凶手是男性，身高在一百七十五厘米到一百八十厘米之间。"

"这个身高范围内的男性多了去了，还能进一步缩小排查范围吗？"

痕检室将一份连夜整理出来的文件递给了朱晓，文件袋里还有一根染血的烟蒂。

一大早，范雨希还没走进杨荣的办公室，就被吴强拦下来了。

"范小姐，杨老板正在见很重要的客人。"

范雨希瞥了吴强一眼："孔末呢？你替我转告杨荣，我要带孔末出去一趟。"

"孔末去接杨老板的千金了。"

昨天，范雨希和孔末约好今天一起替朱晓去暗中走访孙媛媛的丈夫。眼看过了约定的时间，她有些头痛，着实不想和下午两点半之后的讨厌鬼待在一起。她气呼呼地坐在杨荣的办公室外等着，吴强挡在门前，不让她靠近，可见杨荣和客人谈的事十分机密。

一直快到中午，孔末才独自回来。

办公室的门也在此刻打开，杨荣带着一个卷发男人走了出来。

"孔末，我女儿呢？"杨荣着急地问。

"小姐说她累了，先回酒店休息。"孔末答道。

"又不是没家，住酒店干什么！"杨荣无奈地叹了一口气，问清酒店地址后，匆匆离开了。

卷发男人一眼就盯上了范雨希："您就是范小姐吧？我叫申靖。"

"我认识你？"范雨希看着申靖伸过来的手，问道。

申靖把手缩了回去："这不就认识了吗？早就听闻范小姐大名，现在恰好听杨老板说起，您正在帮助杨老板。我和杨老板有生意上的往来，杨老板的朋友就是我的朋友，不知我有没有这个荣幸能请范小姐共进晚餐？"

"没有。"范雨希没有领情，对着孔末使了一个眼色，"走吧。"

申靖饶有兴致地望着范雨希和孔末离去的背影，直到吴强拍了拍他的肩膀，才回过神来。

"范雨希可不是三言两语就能被搞定的角儿。"

申靖摸着指间的钢戒，扬起了嘴角："还没有我搞不定的人。"

远离南港达大楼后，范雨希才问孔末："那个申靖是什么来路？他看我的眼神不太寻常。"

"小希，你真当我完全取得杨荣的信任了吗，我怎么可能会什么都知道。当初，朱队让我说服杨荣去恭家大院找你帮忙花了我不少功夫呢。他那双疑神疑鬼的眼睛盯得我心里发虚。"

范雨希停下了脚步："好啊，原来你是朱晓的帮凶！"

孔末直摆手："把你安插到杨荣身边只有这一个办法。"

范雨希还想说什么时，手机收到了短信，朱晓约她见面了。

"和我一起去吗？"范雨希问。

孔末摇头："他只约了你。我先去找孙媛媛的丈夫吧，快两点半了。"

"那我晚点再和你会合。"

孔末在身后叫住了她："小希，或许这条路比你想象中危险得多。如果没有做好准备，趁着还可以脱身的时候，回头吧。"

范雨希微微驻足，随后背对着孔末挥了挥手，为了妈妈，她是不会回头的。

午后，孔末在殡仪馆发现了孙媛媛的丈夫李印。这是一个看上去十分沧桑的男人，满脸胡楂儿，双目无神。

警方的尸检已经结束，孙媛媛的尸体交还给了李印。孙媛媛的葬礼很冷清，李印没有邀请任何人，参加仪式的只有他和他怀里才一岁多的孩子。

天气有些热，李印却穿着长袖，他抱着孩子，静静地站在遗体前。孔末在不远处发现了两名盯梢的男女，推测那是便衣警察，于是没有贸然接近李印。范雨希向他转述了不少朱晓提供的信息：警方确定了孙媛媛的身份后，第一时间找到了李印。李印听闻孙媛媛的死讯后，表现得非常怪异，先是愣了许久，而后哭得痛彻心扉，紧接着又像发了疯一样地笑。接连好几天都重复着同样的行为，情绪非常不稳定。

孙媛媛和李印结婚十年了，一直蜗居在市内的出租屋里，没有自己的房子。据说，孙媛媛家境殷实，为了和一穷二白的李印结婚，不惜和父母闹翻。后来，孙媛媛的父母带着她的哥哥移居海外，彻底抛弃了这个不听话的女儿。

　　这么多年来，李印为了生计四处奔波，在经历了几次创业的失败后，如今在一家化工厂里干着又脏又累的活。李印几乎没有朋友，警方走访过他工作的化工厂，大家都说他性格孤僻，从不主动与人搭话。相比李印，孙媛媛的朋友则要多一些，大伙儿都说孙媛媛喜欢泡酒吧，一喝醉便喜欢埋汰丈夫。

　　孔末在远处盯着李印的背影许久，还是没有找到机会接近对方，他瞄了一眼手表，眉头爬上一抹担忧："糟了，时间到了，希望那家伙不会误事。"

　　话一说完，他的眼神立马变了。

　　胡同里，范雨希与朱晓面对面站着已经十分钟了，范雨希耐不住性子，催促道："您就准备这么干站着？倒是说话啊！"

　　朱晓又掐灭了一支烟，脚下堆满了烟头："范雨希，我想问你最后一遍，你真的要当我的线人吗？现在后悔还来得及。"

　　"你一个大男人怎么婆婆妈妈的？我范雨希答应的事从来不会反悔。"

　　朱晓擤了擤鼻子："听我把话说完，再说大话。我得到线报，杨荣请了一个猎手。"

　　范雨希心头一惊："情报来源可靠吗？"

　　前副支队长余严春有一个神秘的线人，代号"声音"，这则情报就来源于"声音"。包括余严春在内的警方高层，没有人知道"声音"的真实身份。"声音"通过电话和余严春保持联络，声音经过了变声器处理，通信进行了反跟踪处理。朱晓接管"声音"后，不止一次地试图调查他的信息，但什么都没出来。

　　朱晓的眉头深锁，介绍着这位神秘线人："他神秘却又神通广大，我没有主动联系他的方式，每次只能靠他联络我。尽管他有些可疑，但到目前为止，他提供给我的情报无一出错。"

"那个猎手是谁？"

朱晓摇头："不知道。这些天，杨荣身边有什么可疑的人物出现吗？"

忽然间，范雨希想起了白天的卷发男人："申靖！"

第 8 章

暗市

申靖回到酒店的房间后，将腰间的枪取下藏进了床底。他脱下衬衣，换了一身轻便的衣服，坐到了电脑前。

"今天是死者出殡的日子，范雨希和孔末会去接触死者的丈夫。"申靖回想起不久前吴强透露给他的范雨希和孔末的行踪，在电脑屏幕上搜索出殡仪馆的位置。

申靖离开酒店前，往身上喷了不少香水，嘴角露出了一抹狡黠的笑容。

殡仪馆内，孔末早已经等候得不耐烦了，从兜里取出了黑色的口罩和帽子戴上后，大步地朝着仍然木在遗体前的李印走去。

在远处蹲守的两名便衣发现了可疑的孔末，正要上前，手机突然响了。一名便衣接起了电话："朱队，正有事要向您汇报，有一个男人好像试图接近孙媛媛的丈夫……啊？不蹲了！可是，那男人戴着口罩和帽子，非常可疑！"

"朱队下了死命令，要我们立刻赶回支队开会。"两名便衣互相对视，无奈离开。

孔末来到了李印的身后，扫了一眼躺在水晶棺里的尸体。尸体身下的鱼体被取下了，殡葬师已经将警方找到的下肢缝合到尸体上。如今，穿着衣服的孙媛媛看上去再寻常不过。

"你死了，对我们的孩子来说，或许是一件好事吧。"

孔末听到背对着他的李印说出这句话后，把手搭在了他的肩膀上。李印回过头，布满红血丝的眼中夹杂着一丝疑惑："你是谁？"

孔末低头瞄了一眼李印的怀里，突然动手抢过了孩子。

李印慌张地想要夺回孩子，但孔末一只手抱着孩子，另一只手抓住了他的手腕用力一扭，使他半跪在了地上。

"你是谁！你要干什么！"李印慌乱地呼救，这引起了周围三两个人的注意。

孔末将李印的长袖撸起，发现了他手臂上密密麻麻的疤痕。趁着还未引起更大的动静，他松了手，将孩子还给李印后，大步流星地离开了殡仪馆，在大门外，遇到了刚到这儿的申靖。

申靖一眼认出了他："你是杨老板的手下，孔末？"

孔末没有搭理他，从他的身边走过，申靖却抓住了他的手臂："等等，范雨希呢？"

孔末将胳膊抽了出来，嘴里吐出了一个字："滚。"

申靖没想到孔末竟敢对他这样无礼："今儿我就替杨老板好好教训你一下！"

申靖一拳挥向孔末，不料拳头还未砸到孔末脸上，自己腹部就被重重地踹了一脚，踉跄着退了几步。他眼看孔末将手探向腰间，也下意识地在腰间摸索了一番，但腰间空空如也，什么也没有。

孔末轻蔑一笑，便离开了。

孔末与范雨希会合时，天已经暗了下来。

"有人跟踪吗？"范雨希谨慎地问。

孔末不回答，范雨希朝他翻了一个白眼，带他进了一家日料店的包厢。

朱晓已经坐在包厢里面等了许久，此刻指着孔末的脸："就知道你会惹麻烦，幸好把两个便衣撤了。把口罩和帽子摘了，这儿很安全。过来，吃点东西。"

孔末坐下后，动了筷子。

"先说暗光的事，'声音'给了我情报，杨荣请了一个猎手。"朱晓开门见山。

孔末一点也不惊讶，仍然自顾自地吃着，范雨希心中有了推测，看来，孔末早就知晓了"声音"的存在。

"你在殡仪馆闹事的那会儿，我让人查了一下申靖。申靖，三十岁，来自外市，今天刚到南港。资料上显示，几年前，他从普通的岗位离职后，杳无音信，非常神秘，很可能是情报中的猎手。"

孔末放下了筷子："他有枪。"

朱晓一怔："你看见了？"

"试探。"

范雨希挤对道："你多说几个字会死？"

"死女人，关你屁事！"

原来，孔末将申靖踢飞后，把手探向腰间的动作是在试探申靖。申靖误以为孔末要拔枪，也将手伸向腰间，暴露了取枪的习惯性动作。

"原来你小子也不是完全没有脑子。"朱晓得知事情的经过后，叮嘱道，"他也去了殡仪馆，看来真的盯上了你们。猎手一旦找到证据确定线人的身份后，会毫不留情地出手猎杀，你们一定要当心。"

"案子呢，有头绪了吗？"范雨希追问。

"我们推测凶手是男性，身高在一百七十五厘米到一百八十厘米之间，年龄在十八岁至三十岁之间。"

"您这给出的年龄范围也太大了。"范雨希抱怨着，"怎么找？"

"丫头，你知道凶案现场有多干净吗？能给出一个年龄范围已经很不错了。"

勘查人员在案发现场周围发现了一个铁桶，铁桶里有烧灰的痕迹。警方从里面摸出了一块衣服上的金属挂件，据此推测铁桶是凶手用来烧毁染血衣服的工具。靠着那块金属挂件，警方锁定了衣服品牌，又根据服饰品牌对客户年龄层的销售定位，推测出了凶手的年龄。

　　"更有可能是二十五岁到三十岁。"朱晓补充道，"人重，鱼也重，搬运'人鱼'的尸体是个力气活，凶手肯定已经成年。鱼塘边不通车，从车上到鱼塘，凶手大约需要拖行尸体一公里。刚成年的男性骨骼和肌肉还未生长完全，要完成那么远的拖行有一定难度。凶手第一次作案时，一定会量力而行，所以，凶手在三年前第一次作案时，应该已经成年许久了。再加上连续三年作案，现在凶手的年龄应该在二十五岁到三十岁之间。"

　　"还有其他信息吗？"范雨希问。

　　"凶手的家境殷实，或者说，十分富裕。"

　　范雨希有些摸不着头脑："这又是怎么推测出来的？"

　　"凶手用的鱼是鲟鳇鱼，学名达氏鳇。成年的达氏鳇有可能达到两米多长。"朱晓解释着。

　　"达氏鳇？这是什么鱼？"范雨希问。

　　孔末正举着勺子，舀了一勺鱼子酱塞进嘴里，感受到朱晓不怀好意的目光，回瞪了他一眼。

　　"你吃过鱼子酱吗？"朱晓回答范雨希，"鱼子酱的鱼子就来自达氏鳇。"

　　范雨希想起"美人鱼惨案"中恶心的尸体，瞬间愣住了，嫌弃地瞥了一眼正在吃鱼子酱的孔末。孔末的脸黑了下来，起身站起来，先是慢慢地往外走，而后胃里的翻滚终于让他绷不住了，以百米冲刺的速度奔向卫生间。

　　朱晓拍着桌子，笑得前俯后仰："你看看他，那表情就像吞了屎！让他以后还对我那么嚣张！"

　　等孔末吐完回来，时间已过九点。

　　"朱队，您要整他，别连带我一起遭罪啊。"孔末擦着嘴角，无奈地苦笑。

朱晓不再嬉笑了："达氏鳇是保护动物，主要分布在东北地区的水域，凶手不太可能千里迢迢前往东北抓鱼。再者，就算凶手愿意奔波，这种鱼也不是那么好抓的。"

孔末顺着朱晓的话揣测道："所以，凶手很可能是通过黑市购买的。"

"不错。问题就出在这儿，在黑市里，这鱼按斤算都很贵，更甭提整条购买了。到目前为止，凶手一共杀了七个人，这就是七条鱼，你们想想，如果不是特别富裕，能花得起那么多钱？我们的人查了很多天，始终没有查出黑市里谁在卖达氏鳇。"

孔末看向范雨希："小希，朱队的意思是，这事得靠你。"

黑市里鱼龙混杂，耳目众多，经验不足的范雨希进入黑市，很有可能暴露身份。朱晓原本不想这样做，但南港支队迟迟没有找到达氏鳇的线索，他觉得不能再等下去了。

"黑市啊，我没打过交道。但我手下那群混子应该认识黑市里的人。"范雨希琢磨着。

"除此之外，几名受害者的身份都确定了，我总觉得有些奇怪。"朱晓的手指在桌子上敲着，"对了，你去接触孙媛媛的丈夫有什么发现吗？"

"不是我。"

"得得得，另外一个你有什么发现？"

南港有一条老街，街上四处都是吆喝的小摊贩，卖什么的都有。就是这不足百米长的小街，向来是警方关照的重点。在老街刚开市的清晨，范雨希和孔末来到了这里。

才等了一会儿，阿二就攥着一把伞跑了过来。

"太阳都没出来呢，打什么伞。"

阿二委屈巴巴道："希姐，咱来这地方总得有些气势嘛！哪有大姐大出门，没有小弟撑伞的。"

"得，让你找的人找着了吗？"范雨希无语地问。

"哪有恭爷找不着的人。"阿二嘿嘿一笑，"南港卖鲟鳇的黑商只有一个，道上人称'黑鼠'，好像在外市有些势力。"

"怎么着，你怕了？"范雨希问。

"有恭爷撑腰，咱怕啥？"大二拍着胸脯，但旋即又补充了一句，"不过，希姐，咱还是不能掉以轻心，这条街经常有警察来溜达。"

对此，范雨希倒是一点也不担心。为了配合她和孔末的行动，朱晓早早地就吩咐过片警了。

阿二带着范雨希和孔末来到了一个阴暗的仓库里。

"各位，我恭候多时了。"一个中年的胖子带着一群人，拍着手走了出来，"这还是我第一次和恭爷打交道，不知恭爷要多大的鲟鳇？"

"你就是'黑鼠'？"范雨希打量了油腻的胖子一番，"这次来是向你问一些事。"

顿时，所有人将范雨希等人团团围住，"黑鼠"脸上的笑容僵住了："我这儿只卖鱼，不卖情报。"

朱晓顶着大太阳，带着白洋接连走访了两名受害者的家属。

两名受害者是一男一女，分别于一年前和三年前遇害。他们都已经结婚，并且有孩子。他们的妻子和丈夫也是过去三年的六起案子中，仅有的两名向警方报警登记失踪人口的受害者家属。

当他们得知爱人惨遭杀害后，均没有表现出过度的悲伤。对此，朱晓觉得有问题，便多问了几句，但是，对死者生前的生活，两名家属只是有一句没一句地描述，没有任何可供侦查的价值。

"朱队，六起案子中，还有四名受害者的家属没有联系到，现在我们去哪儿？"白洋热得满头大汗。

"孙媛媛的家里。"

"您不是已经见过李印了吗？孙媛媛已经下葬了，还有什么问题遗漏了吗？"

朱晓若有所思地开着车，白洋闭上了嘴，没有打扰他。

车子停在了孙媛媛和李印居住的出租楼外，他们刚上楼，就听见了屋里传来孩子的哭闹声。

门铃响了几声后，门开了。

见到朱晓和白洋，李印沉默着把他们邀进了家里。

朱晓一边说着，一边扫视出租屋："您不介意我到处看看吧？"

没等李印同意，朱晓就擅自打开了卧室的门。

出租屋不大，没两分钟，朱晓就走完了，坐到沙发上，接过李印递给他和白洋的热茶："当年孙媛媛为了你，不惜和家人闹翻，您这事做得不够地道啊！"

白洋瞪大了眼睛，猛地站了起来："朱队，凶手该不会是他吧？"

李印吓得手一抖，把茶托打翻在了地上。朱晓猛地抓住了他的手腕，喝道："大夏天的，穿长袖不热吗！"

仓库里弥漫着烤鱼的香味，"黑鼠"热情地招呼着范雨希："范小姐，这鱼的味道真不错，您真的不试试？"

范雨希扫了一眼手表："'黑鼠'，你们也酒足饭饱了，是不是该和我好好谈谈了？"

"黑鼠"装作没听见："不喜欢吃鱼肉，那来点鱼子酱怎么样？"

这时，安静地坐在一旁的孔末忽然双肩一颤，胃里又泛起了恶心。范雨希站了起来："'黑鼠'，我们陪你们耗了几个小时，别怪我没有提醒你，过了两点半，你们可有苦头吃了！"

"黑鼠"抬头扫了一眼范雨希，又往嘴里塞了一块肥鱼肉："干我们这一行的，信誉最重要，要是买货人的身份从我这儿泄露出去了，以后还有谁敢和我做生意？"

阿二替范雨希出头了："'黑鼠'，恭爷的面子你也不给了吗？"

"在南港混的都得给恭爷几分薄面。只是啊，这事我真的办不到。您还是回去，请恭爷高抬贵手，别难为我了。""黑鼠"表面上客气，但范雨希却从他嘴角的弧度里看出了不屑。

范雨希猜透了"黑鼠"的心思：在南港，恭爷是有威望，但恭爷手段干净，这是人人皆知的。给恭爷面子，那是尊敬，倘若不给，也不会给自己招惹麻烦。

伴随着一声惨叫，烤鱼台被孔末掀翻，几块滚烫的煤球落在了"黑鼠"的脸上。"黑鼠"疼得满地打滚儿，他的那些手下立即向孔末攻去。狂暴的孔末动起手来毫不留情，没一会儿，一大半的人就被孔末撂翻在地，痛得无法起身。

范雨希晃着手腕上的表："过两点半了，我早就提醒过你们了。"

剩下的那些人都被孔末暴戾的眼神吓退，不敢贸然上前，被范雨希的声音吸引后，他们不约而同向范雨希攻去，准备拿下范雨希来要挟孔末。

孔末啐了一口，站在一旁，完全没有要出手相助的意思。

白洋掏出对讲机，正准备要求增援，朱晓阻止了他："你小子要干什么呢？"

"找人抓他啊！"白洋觉得莫名其妙。

"抓他干什么？"

"他不是凶手吗？"

朱晓瞪了一眼白洋："谁跟你说他是凶手了！"

白洋尴尬地挠着头："他不是凶手啊？看您这阵仗，我还以为找到凶手了呢！"

朱晓的目光重新落到李印身上："哥们儿，老婆刚死，就把结婚照扔进床底了，这不够地道吧？"

这时，孩子哭得更厉害了，李印用力挣扎着，但瘦弱的他根本无法挣开朱晓："关你什么事！"

朱晓撸起了李印的袖子，孔末给他提供的情报果然不假，李印的两条手臂上密密麻麻的全是伤痕，其中有旧伤，也有看上去新鲜一些的，有的呈弯月形，还有的看上去像是牙印。

朱晓松开手："哟呵，女人动起手来还真的就是靠指甲盖和满嘴牙。说说吧，这些年，作为一个大男人，是怎么被老婆欺负的。"

李印低着头，沉默不语。

"瞒不住了哥们儿，说吧，咱是受害者，这事不丢人。"

范雨希和孔末从仓库里出来时，已经是傍晚了。阿二紧跟着范雨希："希姐，您这打架的功夫还真的没有谁能比得上。"

"还说呢，恭爷派你来保护我，你就躲在角落里看着？"

阿二笑嘻嘻道："我这不是怕妨碍了您吗？希姐，恭爷就是太和善了，'黑鼠'才敢不卖面子。今儿您这一出要是传出去，以后更没人敢得罪恭爷了。"

孔末低着头，走在他们身后。

"希姐，我有件事不明白。"阿二问，"'黑鼠'都已经服软了，您为什么不套出买达氏鳇的买家，而是只要求'黑鼠'今年卖鱼只按斤切片卖，不能整条出手？"

"咱不能把'黑鼠'逼急了，你不是说了嘛，'黑鼠'在外市有些势力，如果他狗急跳墙，就是给恭爷树敌。我已经摸透'黑鼠'这人的性格了。他只是想赚钱而已，挨一顿打，这口气他能咽下。但要是真的让他透露买家的信息，还真没人敢再和他做生意，这相当于断了他的财路，他忍不了。"

阿二拍起了马屁："希姐，您这招高明！这鱼，咱让他继续卖，也不要求他透露买家的信息，这样，只要他还想在南港混，就不会找咱报复。"转瞬，阿二又不解了，"可我还是没搞清楚，咱不是要抓凶手吗？让他今年只能切片卖鱼和抓凶手有什么关系？"

第 9 章
旧案

十年前，天空下着瓢泼大雨，刚刚坠入爱河的女人被父母拒之门外。

"你要是真的和那穷小子在一起，以后就不要再回来了！"伴随着咆哮声，门被重重地关上了。

孙媛媛无助地蹲在雨里。不知道过了多久，孙媛媛忽然发觉雨水不再冰冷，她抬起头，看见了为她撑伞的李印。

李印伸出了手掌："跟我走吧，我会照顾你一辈子。"

孙媛媛的眼眶发热，从这一刻起，她愿意将自己的一生托付给这个自己深爱的男人。

这样一段原本浪漫的爱情，却在他们婚后的几年间变了模样。再一次创业失败的李印蜷缩在出租屋的角落里，盼望着孙媛媛像当年自己对她伸出手一样，将自己拉起来，但是，迎来的却是孙媛媛伤人的质问："你要靠什么养活我？"

李印第一次觉得孙媛媛有些陌生，尝试拥抱她，但被狠狠地推开。醉醺醺的孙媛媛打了李印一巴掌："你就是这样照顾我一辈子的吗？"

孙媛媛几乎要站不稳了，但她觉得这是自己最清醒的时刻。她终于明白，再义无反顾的爱情，也无法抵抗现实的鞭笞。年轻时，她渴望浪漫的爱情，现在，她只想过再也不用四处借债的生活。人总是会变的，但她不愿意承认自己变了，因为就连她都知道，这种变化并不美好。

清脆的巴掌声让孙媛媛觉得悦耳，她见李印没有还手，于是又打了李印一巴掌。从这一刻起，她为就连自己都不齿的改变找到了借口：是她的丈夫太没用了。每当看见李印打不还手、骂不还口的窝囊模样，她便会觉得心安理得。

朱晓和白洋回到了南港支队。

"朱队，我觉得李印真可怜。"白洋突然对朱晓说。

"这世上可怜的人太多了，你同情不过来的。"

感受到朱晓的冷血，白洋叹了一口气："原来男人也会遭遇家暴。李印一定很爱孙媛媛，否则不会被家暴这么多年，一次都没有还过手。"

朱晓大步地朝前走着，就在刚刚，他召集了所有人开会。

"朱队，我还有一个疑惑。"白洋跟上了朱晓，"李印都被孙媛媛打成那样了，怎么还敢碰孙媛媛，你说，他们的孩子是怎么生的？"

"浑小子，你这脑袋里一天到晚都在想些什么？"朱晓往白洋头上狠狠敲了一下，然后进了会议室，"剩下的四名受害者家属找到了吗？"

"全部找到了。所有受害者均有配偶，据受害者家属称，死者失踪前，喜欢外出喝酒，经常出没在酒吧，甚至夜不归宿。"有人汇报道，"他们暂时没给出死者失踪那么久都没报警的原因。"

"受害者与配偶是否育有孩子？"朱晓重点问了这个问题。

汇报的警察翻看资料后，确认道："所有受害者或受害者配偶在案发前均已产子。"

朱晓听后，当即下了命令："从今儿起，重点摸查身高在一百七十五厘米到一百八十厘米之间、年龄在二十五岁到三十岁之间、家庭富裕、有过被家暴经历的、经常出没酒吧的男子。"

"家暴？"

朱晓解释："我已经从李印那里证实他有被家暴的经历。其他六名受害者当中，有四名家属在受害者失联后没有报警，另外两名受害者的家属虽然报了警，但是得知受害者的死讯后，表现得很不在意。所以基本可以确定所有的受害者都有家暴倾向，对受害者的配偶来说，他们的失踪和死亡是解脱。"

在一部分人眼中，被家暴并非光彩的事，直言被家暴甚至有可能让警方误将自己当成杀害配偶的嫌疑人，因此，受害者家属隐瞒被家暴的经历情有可原。为了确定这一推测，朱晓又派出了几名警察继续接触、开导六名受害者家属。

"李印承认，孙媛媛遇害当晚，家中门锁遭毁，孙媛媛失踪了，但是孩子仍躺在床上，他以为是孙媛媛发酒疯时撬了门锁，所以没有报警。"朱晓分析，"或许可以从凶手送回家中的孩子着手推理其犯罪动机。"

白洋问："孩子怎么了？"

家暴倾向及家暴行为是凶手选择目标的条件，根据所有受害者经常出没酒吧的共同特征，可以推测，凶手是以酒吧等场所为据地，靠与醉酒者搭讪、套话等手段筛选确定目标，而后实施犯罪行为。凶手的作案手段极其残忍，表现出对受害者超乎寻常的恨意。但是，孙媛媛一案中，凶手又表现出了对孩子不同寻常的关心。

朱晓大胆地刻画凶手的犯罪心理："凶手幼时很可能有过被家暴的经历，或是出生在暴力氛围浓烈的家庭。他出于同理心，把孙媛媛的孩子当成了幼时的自己，所以才在杀害孙媛媛后，将孩子送回了家中。所有受害者都有孩子，或许凶手觉得杀死受害者是在拯救那些与自己有相同经历的孩子，这才是他真正的犯罪动机。"

这时，朱晓的手机振动了一下，看过范雨希发来的短信后，又命令："监控'黑鼠'和他手下所有的通信记录。"

"'黑鼠'？是黑市里的'黑鼠'吗？朱队，这人咱盯了很久了，现在刚好有点他洗黑钱的证据，要不要直接把他抓了？"

"别介。"朱晓摸着胡楂儿，"让他再蹦跶一阵，我留他还有用。"

南港达大楼内，申靖摩拳擦掌地挡住了孔末的去路："你小子，我找了你两天！"

孔末冷静地佯笑："申先生，这两天，我都在外面替杨老板办事，您找我有什么事吗？"

"什么事？"申靖冷哼，"解释清楚，那天为什么试探我？"

孔末只能装傻："申先生，您这话从哪里说起？"

申靖想要继续纠缠的时候，杨荣经过时把孔末带走，替他解了围。吴强来到申靖的身后："申先生，我劝您还是别招惹孔末了，您怕是惹不起他。"

申靖一听，顿时火冒三丈："连你干爹都要敬我三分，一个小小的秘书，我还不放在眼里。"

"这孔末怕是有警方撑腰的人。"吴强笑道。

申靖愣了："你不是说那范雨希可能是警方的线人吗？怎么又成孔末了？"

"这两个人都有问题。想必您也看出来了，孔末就像个双面人，但干爹偏偏对这样奇怪的人万分信任。我劝您还是别去踢铁板了。"

申靖攥紧拳头，关节"咔咔"作响："我要拿下那范雨希，至于孔末，我也少不了让他吃些苦头！"

另一个房间内，杨荣关切地问孔末："我那宝贝女儿回来这么久了，就是不肯见我，你有什么办法吗？"

"杨老板，小姐还小，不懂事，您再等等吧。"

杨荣长叹："家家都有本难念的经哪！罢了，不提这事。对了，你得罪申靖了？"

"我们之间有些误会。"孔末顺势问道，"申靖看起来有些势力，他究竟是什么人？"

杨荣正往嘴里送热茶，听孔末这么问，又将杯子放在了桌子上，盯了孔末良久。孔末脸不红心不跳地与他对视，脸上保持着若无其事的笑意。

"一个生意上的客人。"杨荣答道，"别得罪了人家。"

"是。"孔末并不沮丧，他早就料到杨荣不可能轻易向自己透露秘密。跟随杨荣的这半年，他无数次地试探过杨荣，但多疑的杨荣还没对他交心，传闻中的那些非法勾当不仅不会交给他去干，还会对他有所隐瞒。

想要替警方找到南港达和杨荣犯罪的证据并非一朝一夕就可以做到的。

"听说你和范雨希那个丫头去黑市了？事情有进展吗？"

"我们查到'黑鼠'的线索之后，匿名提供给警方了。"

"提供给警方？为什么？"

"查案不是咱的专长，多提供一些线索给警方，让警方替咱查清楚，不是更省时省力？"线人夹在敌人和警方之间，不断地与二者产生关联，很多事迟早瞒不住。杨荣很快就会知道警方也盯上了"黑鼠"，与其届时被怀疑，不如趁早找个合适的理由对杨荣坦白。

"妙招！不过，我要你在警方之前抓到陷害我的人，别让人落到警方手里去了！"

"请您放心。"

时刻戒备的还有范雨希。自从成为朱晓的线人后，她不仅要提防杨荣，还要想着法子应付恭爷。

"小希啊，听说你把'黑鼠'那群人狠狠地揍了一顿？"

范雨希吐了吐舌头："恭爷，我是不是给您惹麻烦了？"

"黑市里的那些人干着偷鸡摸狗的事，揍就揍了。我是担心你啊，一个女孩家，成天大大咧咧，不怕以后嫁不出去？"恭爷慈爱地摸着范雨希的头。

"嫁不出去就嫁不出去呗。"范雨希不在意。

"自从你潜伏到杨荣身边去，我这眼皮就一直跳。你可得答应我，这件事过去之后，不能再继续了。"

范雨希不知道应该怎样回答，她知道自己走上的这条路不会那么早到头。

"听阿二说，你向南港所有的酒吧和舞厅放出了消息，要找七名受害者常去的地儿？"

范雨希点头："死者的体内检测出了迷药，凶手很有可能是在鱼龙混杂的场所迷晕受害者的。"

"小希啊，以你的性格，可不是真的想帮杨荣找出陷害他的人，你是有别的心思吧？"

范雨希被恭爷这么一问，心跳猛地加速。

"孔末替杨荣办事，你这丫头是在帮心上人吧？"恭爷笑呵呵地又问。

范雨希不解释，被误解总比告诉恭爷，她是在替警方破案要好。

临近午夜，范雨希和孔末在一家舞厅碰了面。

"你特地挑了九点之后，是不想和那家伙一起办事吧？"孔末猜到了范雨希的心思。

范雨希气得咬牙切齿："你不知道那家伙有多无耻！'黑鼠'的手下攻击我的时候，他就站在一旁看戏，太不男人了。"

"怎么样，打听到什么消息了吗？"

范雨希掏出了一张地图递给了孔末，地图上标记了七名受害者生前常去的舞厅和酒吧。孔末扫了一眼，分析道："他们常去的舞厅和酒吧都聚集在市中心，不是很分散，还好，找起凶手来应该不算太难。"

"是不太难。这家舞厅是孙媛媛生前最后一次喝酒的地儿，我看过监控录像了，是一个戴着帽子和口罩的人扶着迷迷糊糊的孙媛媛走出舞厅去的。按照判断，那人的身高真的快到一百八十厘米了。"范雨希不愿意承认朱晓的厉害，"不过，看不出对方年龄，指不定朱晓猜错了。"

不久后，阿二带着一堆人跑了过来："希姐，这过去三年的事打听起来还真不容易。警方也锁定了这些舞厅和酒吧，正在打听呢。我们和他们撞了个正着，怕被怀疑，就赶紧撤了。"

"打听到一些门道了吗？"

阿二拍着胸脯："难归难，但咱有全南港的混子帮忙呀！有个目击证人说，去年死的那名受害者在另外一家酒吧被一个戴着帽子和口罩的男人扶着走了。"

范雨希急了："又戴着口罩和帽子？"

"小希，别急。"孔末安慰着，转向阿二，"阿二，能帮我一个忙吗？去打听打听那些偷偷卖迷药的人有没有见过这人。"

"得嘞。"阿二带着人又跑开了。

"线索断了，怎么看你还这么有信心的样子？"

孔末伸了一个懒腰："不是还有你的招吗？"

范雨希一愣："你知道我让'黑鼠'今年不要一整条鱼出售的用意？"

"我又不是阿二。"孔末扬起嘴角，"达氏鳇在黑市里价格那么高，还真没有几个人会整条买的。虽然还不知道凶手为什么执着要制造'美人鱼'，但他想完成犯罪，就一定会向'黑鼠'整条购鱼。虽然'黑鼠'干的事不光彩，但他们这样的人重信义，答应你的事一定不会反悔。"

近来由于警方盯得紧，"黑鼠"与客人，尤其与已经多次交易的熟客之间，一定不会每次都见面，在正式交易前，他们更可能通过电话联系。为了不被警方盯上，"黑鼠"与客人之间的联系一定是越少越好。

"在南港，除了黑市里的达氏鳇，还真没有哪种得来简单，又大到可以满足凶手需求的鱼。所以，'黑鼠'是凶手作案绕不过去的一环。按照往年凶手作案的规律，七月，他会再杀一人，这正是他急需购鱼的时候。"

范雨希没想到孔末竟然这么聪明。

"今年'黑鼠'只按切片卖鱼，七月马上就要到了，凶手一定着急，这一急，又不能次次见面，那凶手给'黑鼠'打电话的次数一定比别人多。"孔末打了一个响指，"所以，警方只要监控'黑鼠'那群人的手机通信，查出多次与他们通信的人，就有可能锁定凶手了。"

南港支队，朱晓正准备带人出警。就在刚刚，警方接到报警，南港郊外发现了一具不同寻常的尸骨。

白洋跑了进来："朱队，技术队那边有消息了。这两天，有个手机号码主动联系了'黑鼠'，而且次数特别多，足足有七八次。"

"有法子查出手机号码的主人吗？"

"这个手机号码没通过合法登记，查不到户主信息。包括'黑鼠'的手机号码也是，技术队说'黑鼠'的手机号码才启用两个月，猜测'黑鼠'那些人每隔一段时间就会换一次手机号码。话说，您是怎么知道'黑鼠'的手机号码的？"

"别问那么多。"朱晓自然不会对白洋透露范雨希的消息，飞速地往外走，"技术队有办法锁定那个手机号码的位置吗？"

"技术队说了，户主的手机应该经过特殊处理了，除非那个号码正在通信，否则无法锁定位置。"

说话间，朱晓来到了技术队。

"给那个手机号码打个电话过去，装成推销员。"朱晓下命令。

技术队马上照做，但是，打过去之后，手机却提示对方正忙。

"朱队，这个号码应该设置了白名单，普通电话打不进去。"

朱晓习惯性地摸着下巴，琢磨道："他和'黑鼠'有联络，看来只有'黑鼠'能打进他的电话。"

凌晨两点，好几个药贩子被阿二带到了范雨希面前。阿二气愤道："希姐，这些浑球儿都在舞厅里工作，私底下卖药。他们仗着恭爷的名气，挤对其他药贩子，我敢肯定，凶手的迷药就是从他们几个人当中出手的！"

"好啊，你们几个敢坏恭爷的规矩和名声！"范雨希往每个药贩子头上敲了一下，"想要将功折罪的话，就都给我老实交代，见过这人没有？"

范雨希已经将监控录像里凶手的模样打印成了照片。

几个人吓得浑身发抖，观察了好一番之后，没人敢认。其中一个药贩子引起了范雨希的注意，他在辨认照片的时候，始终将双手插在兜里。按理说，面对范雨希，这样的动作极为不礼貌。

范雨希推测药贩子是为了掩饰双手因紧张而做出来的小动作，这才把手插在兜里，于是指着他说："你，就你！你应该知道没人能瞒得过我吧？"

药贩子顶着巨大的心理压力承认了："前些天和今天，这人都向我买过药。"

"你确定是这个人？"范雨希追问。

"确定，前些天和今天，他都穿着一模一样的衣服，戴着一模一样的帽子和口罩。"

推算过时间后，药贩子说的"前些天"正是孙媛媛死的前两天。

"能认出他的模样吗？"孔末问。

药贩子摇头："他戴着口罩呢，裹得严严实实，认不出。上次向我买药的时候，他只用手势和我交流，今天倒是说了几句话，听声音，少说快五十岁了。"

"五十岁？"范雨希一怔，"你确定，不是二十多岁？"

"上次我没注意看他的脸，今晚，我多瞄了几眼，他的眼角有些皱纹，五十岁上下，错不了！"

范雨希和孔末对视了一眼，迟迟没有说话。

南港郊外，朱晓带队出警。

"朱队，您看那棵大树下不知道被谁挖了一个坑。不久前，一个夜行人经过这里的时候，跌进了坑里，发现了里面的白骨。"几名警察介绍着，将朱晓带到了大坑旁。

朱晓往坑里面瞄了一眼，顿时愣住了。

那具尸体早就成了白骨，而且只有上半身，不知下半身在哪里。

朱晓第一时间想到了"美人鱼惨案"，赶紧问："发现鱼骨了吗？"

"没发现。"

但是，无论怎么看，这起案子都和"美人鱼惨案"的作案手法如出一辙。

朱晓叫来了法医："鱼骨会比人骨先分解消失吗？"

"鱼骨比较细，如果土壤条件特殊的话，倒是有可能。"法医说，"朱队，我们几个法医讨论过了，恐怕这起案子得和'美人鱼惨案'并案侦查。"

朱晓点了支烟："是得这么干。这具尸体多少年了？"

法医不太确定："需要带回法医实验室鉴定。不过，初步判定，有二十年上下。"

白洋狐疑地问："朱队，您猜错凶手的年龄了？"

朱晓缓缓地吐了一个烟圈："本以为还需要一些时间，没想到，凶手倒自己送上门来了。"

第 10 章
父子

二十年前的南港还没现在这么繁华，少了车子和工厂，即使在夏天，也没那么炎热。郊外的潭水映着月光，草丛里飞舞着星星点点的萤火虫，这样安谧的夏夜却被推车嘎吱作响的动静打碎了。

干瘦的男人奋力地推着木车，皮鞋在乡间的泥土上留下一道道深浅不一的印子。木车上渗出来的鲜血一路流淌进车辙里，其中还混杂着男人流下的泪水。男人依稀记得，三十年来，打他记事起，就没有流过这么多眼泪。

男人推着木车，来到了鱼塘旁，顾不得喘上一口气，揪住车里那具血淋淋的尸体的肩膀准备往下拖时，被尸体的两只瞪得圆滚滚的眼珠子吓退了好几步，险些跌进了身后的鱼塘。

男人瘫坐在地上，哭得撕心裂肺，自言自语："是意外！我不是故意的！"

就在一个小时前，男人亲手杀死了自己的妻子。他回想起了妻子死前的一幕。深夜，家里的绞肉机仍然轰轰作响，这是他家里最值钱的一台大机器了。每天他起早贪黑，靠着这台绞肉机养活女人和孩子。

今天，女人又一次揪着男人的耳朵，嘴里骂着脏话："没用的东西，跟着你成天受气，你这样的男人有什么资格娶老婆！"

男人挣扎着，无意间推了女人一把。女人一个趔趄，又被横跨在身后的长椅绊了一跤，翻了一个跟头，掉进了绞肉机里。

伴随着一声惨叫，鲜血顿时飞溅，男人眼睁睁地看着女人的下半身被绞肉机卷了进去。

男人不是故意的，那的确是一起意外。只是，当他仓皇地拉住女人求助的手时，陷入了复杂的思绪中。结婚这么久了，女人几乎每一天都对他拳脚相加，他没有一天过得舒坦。这是他最不敢透露给他人的事，因为自尊不允许。他几度想要自杀，却从来没有想过要杀害女人。而那一刻，男人萌生了这样的念头。

最终男人没有施以援手，看着绞肉机吞掉了女人的下半身。

"都是因为你！一切都是因为你！"男人魔怔地咆哮着，揪起尸体的双肩，将其狠狠地抛进了鱼塘。

鲜血在鱼塘里晕开，吸引了一大片鱼群。月光下，黑压压的鱼群跟着尸体游动，争夺着这一顿美味佳肴。尸体浮在水面上，远远望去，水面下追着漂浮的尸体的狭长鱼群把女人的半尸装饰得像极了传说中的美人鱼。

凌晨三点，范雨希和孔末来到了一条偏僻的巷子里。这条小巷便是先前凶手向药贩子买药的地点。

范雨希抱怨道："我们来这儿干什么，你该不会以为凶手傻乎乎地在这儿等着被抓吧？"

孔末反问："你不觉得奇怪吗？这才六月，按照凶手以往的作案规律，他这次买药的时间是不是太早了？"

"凶手是要提前作案了？"

孔末摇头，指着巷子里闪烁的绿灯："这地儿有监控探头，怕是事有蹊跷。联系朱队，把今晚的事全告诉他。"

范雨希嘲讽："告诉他有什么用？好不容易推测出来的凶手特征，年龄还错了。"

不过，范雨希还是照做了。她得到了朱晓回复的指令：原地待命。

范雨希有些犯困，坐到了一旁："话说回来，为什么会有家暴存在呢？既然不爱，为什么要结合在一起？"

"这个世界上存在着许多暴行，既有男人对女人的暴行，也有女人对男人的暴行，暴力从来不分男女。或许凶手有过被家暴的经历，只是以暴制暴从来只会放大罪恶。"孔末的目光放空，"可是，没有几个人真正知道除了暴力，还有什么可以解决暴力，包括我。"

范雨希盯着孔末的侧脸，轻声问："你要不要对我讲一讲你的故事？"

南港支队紧急召开了一次侦查会议，连夜赶来的赵彦辉亲自参会了。

"朱晓，说说情况吧。"

朱晓起身："一个小时前，南港郊区发现了一具半尸，法医检验了尸骨，初步判断这是一起二十年前的旧案。虽未发现鱼骨，但尸体特征与近三年发生的'美人鱼惨案'十分相像，可并案侦查。"

"二十年前的旧案？"赵彦辉厉声道，"之前你不是推测凶手的年龄在二十五岁到三十岁之间吗？难不成二十年前，凶手只有不到十岁？"

会议室陷入了死寂。

赵彦辉怒道："你查了这么久，就给了我一个错误的推测？你知不知道，我已经将你先前的推测上报了，你让我怎么向上头交代！"

"赵队，现在不是追究责任的时候。我觉得，今晚凶手会有大动作。我建议立即抓捕'黑鼠'，让'黑鼠'联系凶手。"朱晓拍板道。

朱晓的建议立即遭到了许多人的反对："朱队，机会只有一次，如果今晚不能抓到凶手，那今后他将更加警觉，到时，我们再抓人就难了。"

一时间，众人僵持不下，所有人都将目光聚集到了赵彦辉的身上。

赵彦辉思忖了一会儿，问朱晓："你有多大的把握？"

"老实说，没什么把握。但今晚不行动，恐怕以后更没机会抓到凶手了。"

"如果行动失败了呢？"

朱晓摆手："您放心，要是上任的第一起案子都给办砸了，不用您开口，我引咎辞职，绝不连累您！"

"我能有什么故事？"孔末故作轻松地笑出了声。

"甭瞒我，你忘记我的本领了？看你心事重重的模样，脸上只写了两个大字：故事！"范雨希没来得及多问，就接到了朱晓的电话，"朱晓让我们蹲机场国际航站楼去。"

孔末拍了拍裤子，站起了身："我就知道事有蹊跷！"

范雨希和孔末驱车来到了国际航站楼。这时天还没亮，航站楼里已经等候了不少要赶早班机的旅客。他们找了一个不起眼的角落坐了下来，向四周观察着，寻找可疑的目标。

距离机场几公里外的南港老街响彻着警笛，一大队警察从警车里钻出来后，闯进了"黑鼠"的老巢。顷刻间，熟睡的黑市商贩四处仓皇逃窜，"黑鼠"趁着骚乱，翻墙出逃，但是他双脚刚落地，就撞倒了一个人影。

"嘿！今儿这点儿背的，走在路上都能被人撞倒！"

听着那人的埋怨，"黑鼠"定睛看了看，见那人满脸胡楂儿，邋里邋遢的，好心劝道："哥们儿，警察正到处抓人呢，快跑吧！"

那人也看清了"黑鼠"的脸。

一双手铐铐住了"黑鼠"。

"你是谁！""黑鼠"惊恐道。

"看来我这是时来运转！"那人笑嘻嘻地说道，"睁大您的眼睛看清楚了，还能把我当成贼！老子是南港支队的副支队长！"

"黑鼠"被带到审讯室后，急得双脚打战。

朱晓坐在他的面前，给他丢了一个手机："这手机是你的吧？我们掌握了一个号码，快，拨过去！"

"黑鼠"在南港混了这么多年，这还是第一次被抓进警察局。他没有马上照做，而是和朱晓谈起了条件："我这么做有什么好处？"

朱晓敲了敲桌子："老哥，现在您是没摸清楚状况啊！您知道您摊上什么事了吗，杀人案！连环杀人案！"

"黑鼠"不敢与朱晓对视："警官，您可别胡诌，我只是卖点鱼，怎么就杀人了？"

"最近我们在查什么案子，您一点风声都没听到？您那鱼被人拿去干了什么，您心里没点数？"朱晓有些不耐烦了，"您数学没学好，我给您算一笔账，您卖保护动物，顶多判个十年以上有期徒刑，但要是成了连环杀人案的帮凶，那是奔无期和死刑去的，明白了吗？"

被朱晓一吼，"黑鼠"彻底蒙了。

"这个时候讲信誉，值吗？您要是聪明人，就配合我们行动，立点功，几年后出来，还是一条好汉。这电话打不打，您自个儿琢磨。"

"黑鼠"被朱晓说动了，立刻接过手机，拨通了号码。

朱晓把"黑鼠"交给了白洋，自己进了技术队。

很快，技术队锁定了对方的位置。

"朱队，找到了。目标一直在移动，并且移动速度有些快，应该是在乘车。"

朱晓指挥道："把那一带的安防监控调出来。"

在"黑鼠"与对方僵持的十分钟里，警方锁定了目标车辆，并根据车牌号锁定了车主。

"车主姓安，单名平，五十岁，靠屠宰场发家，家境富裕。从沿途的监控来看，安平是驾车回家了，下车时，他的穿着和来自首的药贩子描述的一样。"

"有亲人吗？"

"有个儿子。"

"几岁？"

"二十八岁。"

"得嘞！"朱骁把配枪别在腰间，"出警！"

天刚亮时，警方破门进入了安平的家中。

安平一夜没睡，此时坐在沙发上，面对警方显得十分泰然。

白洋按照程序，向安平出示了紧急逮捕令："安平，我们怀疑你与二十年前以及近三年发生的连环杀人案有关，跟我们走一趟吧！"

朱晓仿佛对安平丝毫不感兴趣，一进门就把偌大的豪宅搜了一遍，没发现其他人后，又开始翻箱倒柜。没多久，他在抽屉里找到了一张安平和儿子的合照，照片上，一般高的两人亲密地搭着肩，笑意融融。

"对了，安平的儿子叫什么来着？"朱晓问。

白洋回想起在局里看过的资料："安谋生。"

"通知机场、码头和各大车站，不要对安谋生放行！"朱晓喝道，"安谋生，这名字起得朴素，不过，应该叫安谋杀吧！"

这时，范雨希的手机收到了朱晓发来的信息，信息里附带着一张照片。

"朱晓让我们抓这个人！他们看上去像是父子。"范雨希把手机递给了孔末。

孔末点点头："近三年的案子是儿子干的。这父亲看上去有五十岁了，没那体力搬动尸体。孙媛媛遇害前，凶手向药贩子买药时，只用手势交流，可见他的谨慎，今儿却对药贩子开口了，不仅让药贩子听见了他的声音，看见了他眼角的皱纹，还找了一条有监控探头的巷子交易，分明是在故意暴露自己。"

"今儿药贩子见的是父亲，他想替儿子顶罪！"范雨希猛然间明白了，旋即又疑惑道，"就凭一个药贩子和一条小巷，你就猜出了事情的真相？"

"不止。"孔末继续解释，"案发现场附近不是找到一个凶手用来烧衣服的铁桶吗？凶手作完案后，把自己染血的衣服烧了，可是今儿再找药贩子的时候，竟然穿了一模一样的衣服。"

"是有些刻意。"范雨希心虚道，在此之前，她完全没觉得这有问题。

"只有凶手的至亲才愿意当替罪羔羊。今晚，这父亲连续搞出了好几番大动静，还将二十年前旧案的尸体挖了出来，应该是要吸引警方的注意。那他的儿子应该是要乘着天亮前的早班机离港。只有逃到海外去，才能避免被抓。朱队早就猜测今晚出现的嫌疑人是要替人开罪，所以让我们蹲在国际航站楼。"孔末站了起来，认出了远处正拖着行李箱的那名旅客。

安谋生站在取票口前迟迟未动，眼角的余光发觉范雨希和孔末正盯着自己时，忽然朝着机场外跑去。

孔末正要追，范雨希拉住了他："别追了。看他的反应，根本就不想走。"

一日夫妻百日恩，二十年前，安平看着那半截尸体越漂越远的时候，还是不忍心自己妻子的尸体被鱼群啃食，于是他跳下了鱼塘。溅起的水花惊扰了觅食的鱼群，也惊煞了草丛里看得入神的小孩。

那一年，安谋生八岁。

不久前，安谋生还睡在硬邦邦的木床上。安平以为外面的动静没有将安谋生吵醒。谁承想，安谋生一路跟着安平来到了鱼塘旁。安谋生亲眼看见安平将自己母亲的尸体丢进了鱼塘，心里不但没有感到惊恐和悲伤，反而觉得满足和解脱。

安谋生深爱着自己的父亲，看着父亲每天都在母亲的毒打和辱骂中度日，打从心里心疼父亲，也打从心里痛恨母亲。这么多年来，他提心吊胆地生活在一个被打骂声包围的家里，做每一件事、说每一句话都要小心翼翼的，稍有不慎，就会引来仿佛得了失心疯的母亲的打骂。就连他也不知道，鱼群和母亲尸体组成的"美人鱼"在他心中种下了变态的种子，并将在未来的几年内疯狂地扭曲生长。他也不知道自己会在二十五岁那年，回忆起童年的阴影，并将第一个像她母亲那样的人送进坟墓。

往后每年的五月至七月，在鱼群产卵的季节，安谋生的心都痒得快要发疯了。他的内心不断地告诉他，"美人鱼"该诞生了。当他亲手造出一条条血淋淋的"美人鱼"时，都能回想起二十年前他母亲落水的那一天。

那是何等的解恨！

"原来，今儿刚挖出来的那具尸骨是你的爱人。"听闻安平诉说起往事，朱晓并不感到意外。

安平急了："都是我干的，所有案子都是我一个人干的！"

"你就吹吧！就你这干干瘦瘦的模样，要说二十年前能杀人我信，可是现在？"朱晓嗤笑道，"你以为拿着你儿子的手机，给'黑鼠'打几通电话，再把二十年前的尸体挖出来，就能骗过我们？"

"朱队，您太厉害了！"白洋竖起大拇指，"您怎么知道近几年的案子是他儿子干的？"

"安平的种种行为和穿着，以及郊外突然发现的旧案，都透露着疑点。"

"我这父亲当得不够格啊！"安平泪眼蒙眬。

几天前，安平发现了安谋生的秘密。这么多年了，他终于觉得是时候为当年的旧案付出代价，不必过提心吊胆的生活了。于是，他说服了安谋生逃往海外，自己留下来替安谋生顶罪。

可是，最终安平还是没能为自己的孩子争取到时间。

朱晓蹲在了安平面前："你这父亲是当得不够格，怎么着，你还想让他跑到国外继续害人去吗？这么多年了，你非但没有开导安谋生，反而在得知他犯了罪后，想着替他开罪！"

"他是为了我！"

"不！"朱晓打断了安平的忏悔，"他是为了他自己！他自以为是地认为，那些孩子长大后，会因家暴的经历而变得像他一样丧心病狂，于是动手杀了他们的妈妈或爸爸！"

安平张着嘴，却一个字也吐不出来。

"他知道自己的心理已经变态，或许他终日被内心的扭曲折磨着，没有人比他更清楚畸形的心理会怎样摧残一个孩子。他不希望这个世界上再有任何一个人像他一样，每天都在煎熬中长大。他能想到最好的法子便是替那些孩子消除有可能使他们坠入深渊的因素！"朱晓顿了顿，话锋一转，"但是，你以为他动手杀人是为了那些孩子吗？他根本就是为了满足自己邪恶的欲望！"

这时，朱晓的手机铃声响了，是范雨希打来的。天亮了，范雨希和孔末为了不暴露身份，没有选择继续追踪安谋生。

朱晓挂断电话，冷冷地盯着安平："你从一个穷小子混到了今天这种地步，都是为了孩子吧？但是，你把时间花错了地方，一个被家暴阴影吞噬的孩子最需要的不是金钱，而是陪伴。你连他的心理扭曲至此都没有发现，你这父亲当得当然不合格！"

安平泣不成声，朱晓靠在一旁，不知在等候什么。

"朱队，是不是该部署抓人了？"白洋催促。

朱晓摆手："不着急，安谋生没有成功上飞机，他还在南港，再等等。"

没有人知道朱晓在等什么，直到半个小时后，一道令安平熟悉的身影闯了进来，是安谋生！

"爸！"安谋生的声音战栗，"您只是让我逃，为什么不告诉我您要替我顶罪！"

安平猛地站了起来，做着最后不知结果的抗争："闭嘴！他们没有证据，不要认罪！"

安谋生冲到了安平的面前，将他紧紧抱住了。他从来没有得到过母爱，只剩下眼前这个亲人了。

"果然，你的孩子深爱着你，我就知道他会回来找你的。"朱晓摇着头，叹了一口气。

安平推开了安谋生，几近癫狂："他们没有证据！孩子，不要认罪！"

"你知道吗？烟蒂上的唾液残留是可以检验出DNA的。"朱晓淡淡地说，"你的孩子的确心思缜密，但终归百密一疏。"

安谋生忽地想起自己在杀害孙媛媛时，随手弹向砖房外的那根染血的烟蒂。他的眼里沉积着泪水，再度平静地将安平抱住，他不想再反抗了。

晌午，阳光明媚。

秘书室的大门被人猛地踹开，杨荣怒上眉梢："孔末，凶手怎么被警方抓了，你不是向我保证过，把凶手带到我面前吗！"

杨荣身后的吴强正一脸阴笑地注视着孔末。

第 11 章
诡影

南港的北部山区，天气变幻无常，一到夏季，时常雷雨交加，迷雾缭绕，气温骤降。数十年前，这里繁华热闹，不少富贵人家扎堆在这儿修建避暑庭院，一座座大宅子纵横错立，其中不乏几栋百年老宅。

后来，出于种种原因，这些光鲜亮丽的老宅被人荒置，经过数十年的雨打风吹，屋顶漏了风，砖墙长了苔，成了再也无人问津的旧屋。一直到了近些年，一些流浪汉东奔西走，偶然间发现了它们。于是，一传十，十传百，许多流浪汉争先恐后地来到这儿，把它们当成了自己的落脚点。

阿水常年以乞讨为生，一条叫不上名字的狗相伴左右。他是最早发现这片老宅的流浪汉，抢占了北山上最大的一栋老宅。

天上闪着光，雷声响彻天际，从屋顶上漏下来的雨水不断地滴到阿水的嘴角。犬吠将阿水吵醒了，他伸了个懒腰，这才发现身上的破衣服早已湿透。他将狗揽进怀里："咱当狗的得有点志气，天还没亮呢，肚子就饿了？"

阿水好好安抚了老朋友一番，可它还是吠个不停，两颗发亮的眼珠子直勾勾地注视着宅子的大门。又是一道惊雷，风把嘎吱作响的木门吹开了，大宅外是闪烁在电光下的幽幽夜色，隐隐约约能看见几乎快要齐腰的杂草在雨夜里摇摆。

阿水打了一个激灵："你可别吓唬我。"

突然，狗不叫了，雷声也消停下来，偌大的北山岗陷入了死一般的沉寂。阿水的心头莫名升起一股恐惧，风不肯罢休地灌进来，吹着他湿透的身体，他竟然冷得瑟瑟发抖。

阿水望了一眼大门，咽了一口唾沫，迈动了微微颤动的双腿，一步一步地来到了大门处，十分迅速地将门关上了。他刚舒了一口气，身后的狗吠又将他吓了一跳。

阿水转过身，训斥道："别叫了！"

但是，狗根本不听阿水的命令，比先前吠得更厉害了，还夹着尾巴，往后退了几步。他的脊背发凉，身后涌来了一股风，门又开了。他的牙齿打着战，没敢回头。门不是被风吹开的，听那声音，像是有什么东西慢慢地将门推开了！

犬吠声尖锐得几乎要将阿水的耳膜刺穿，这时，一只冰凉的手缓缓攀上了他的肩头。他像是石头一样，戳在原地，双腿没了力气，一步也迈不动，只能慢慢地扭过头去。

闪电照亮了苍穹，阿水看清了，那张脸白得一丝血色都没有，湿漉漉的发丝黏在那张脸上，发丝间露出来的眼睛一片猩红，此刻正淌着血。

朱晓回到了南港支队，经过赵彦辉的办公室时，听见里面传来赵彦辉的呵斥声："让你跟个人都跟丢了！"

朱晓敲了敲门，里面的呵斥声停了下来："进来。"

一推开门，朱晓就装傻充愣："赵队，天才刚亮，您就来上班了。哟，小洋也在。"

"朱晓，昨晚你去哪儿了？"赵彦辉对白洋使了一个眼色，让他出去了。

门关上后，朱晓坐到了赵彦辉面前："我审'美人鱼惨案'的犯罪嫌人去了。"

"你小子别给我装！审完凶手之后，你去哪儿了！"

"见孔末和范雨希去了，凶手被咱抓了，他俩总得想办法应付杨荣吧。"朱晓打了一个哈欠，"赵队，其实我知道您是怎么想的。不过，我独来独往惯了，带新人归带新人，但防贼一样寸步不离地跟着我，还是算了吧，我保证不胡来！"

"警队岂容你独来独往？在我们这儿，个人英雄主义耍不通透。"赵彦辉一字一句地说，"你甭和我在这儿杠，想保住副支队的位置，你就必须听从命令！"

朱晓与赵彦辉对视："来这儿之前我就听说，南港支队的支队长官腔特别重，今儿我才真正领教了。您年轻的时候，单枪匹马地潜伏到敌人内部去，照理说，不应该是这副缩手缩脚的模样，看来位高权重久了，真能改变一个人。"

赵彦辉拍桌而起："朱晓，你的胆子别太肥了！"

朱晓恢复了嬉皮笑脸的模样："赵队，别介啊，生这么大气不值得。成，您说什么就是什么，从今儿起，白洋就跟着我。"朱晓走到了门前，没有回过头，"不过，一个协警而已，能不能跟牢我，那就另说了。"

门刚被关上，赵彦辉办公室的电话就响了。

如果朱晓还在办公室里，一定能轻易地认出听筒里的那道声音："老赵啊，别看这小子大大咧咧、嘴欠的劲，倒是根好苗子啊！这次任务，京市对他期待很高。他这脾气和作风确实还得磨炼磨炼，我把他交给你了。"

"江队，您这徒弟，我确实有些招架不住啊。"

朱晓刚走没几步，白洋就气喘吁吁地跑了回来："朱队，北山的派出所向咱递了一起案子，说是几个流浪汉报的警。"

"报警了就接警，需要出警就带人，这也要向我汇报？"朱晓还在气头上。

白洋深吸了一口气："有些古怪，说是闹鬼了。"

南港达大楼内，孔末心平气和地撒了一个谎：“昨晚，我和范小姐在机场截下凶手，问过了，鱼塘里的印章真的不是他丢进去的。”

孔末说的后半句话倒是真的。朱晓连夜审了那对父子，两人都对犯罪事实供认不讳，但唯独不承认陷害了杨荣。那对父子罪孽深重，再否认偷了印章没有意义，于是，朱晓断定，陷害杨荣的另有他人。

杨荣还没发话，吴强就急不可耐地针锋相对道：“他说你就信？这下好了，凶手进了南港支队，再想问也没机会了！”

“那你说怎么办，真把凶手绑到南港达来严刑拷打吗？原本就是一个印章的事，你真想和南港支队不死不休？”孔末不悦道，又转向杨荣，“杨老板，您知道范小姐识人的本领，她确定凶手没有撒谎，嫁祸给您的另有其人。”

吴强冷嘲热讽：“我连你都信不过，还让我信恭临城的人？”

孔末忽略了吴强的话：“杨老板，我跟了您半年，时间不长不短，如果您当真不相信我，那就让我走吧。”

杨荣眼看孔末大步往外走，不再沉默了：“孔末，我这干儿子脾气不好，你别放在心上。”

吴强不可思议地瞪大了眼睛：“干爹……”

杨荣摆了摆手：“孔末说得有道理，是我们考虑不周了，如果真的把人绑来，南港支队不会放过我们的。”

吴强还想说什么，被杨荣的眼神打断了，直到孔末离开，才愤愤不平地问：“干爹，孔末这么应付两句，您就信了？”

杨荣摸着光溜溜的脑袋，眼角闪过一丝狡黠：“你当真以为我糊涂了？”

吴强嘴上不说，但心底的确疑惑，在他的印象中，杨荣一直是一个精明的人，可是一涉及孔末，杨荣的警惕心就不知道去哪儿了。

“孔末是个人才啊，他的两个人格对我大有用处。曾经的他一心想要成为警察，却被南港警方拒之门外，他痛恨警察！这样的人，倘若真的能为我所用，必然是一把好枪！”杨荣倚在靠椅上，“这半年来，我一直表现得无比信任他，处处向着他，但是，你以为我真的对他没有疑心吗？"

杨荣不等吴强回答，继续说道："如果我真的信任他，早就让他替我下水办事了，而不是让他真的当我的秘书。"

"干爹，那您是打算……"

"半年的时间的确会让一个人松懈。他以为我松懈了，我却以为他也懈怠了。是时候真的试试他了，是人是鬼，一试便知。"

"咱们要亲自动手吗？那暗光的猎手……"

"去和暗光接洽，取消这次雇用。"

范雨希起了一个大早，来到了恭家大院，在厅堂里遇见了正在遛鸟的恭爷。

"恭爷，您起这么早啊。"范雨希打招呼道。

"人老咯，觉少。"恭爷放下鸟笼，"听说凶手抓着了？"

"抓着了，我和孔末截下了凶手，问过了，陷害杨荣的另有他人。"范雨希和孔末统一了口径，"恭爷，南港达里来了一个客人，名叫申靖。"

"丫头是想让我给你查人？"恭爷眯着眼笑。

范雨希本不想麻烦恭爷，但是申靖是从外省来的，她能调动的混子未必能查到他的信息，而且，就连警方都没将申靖的信息查全，她只能拜托恭爷出马了。她想了一个冠冕堂皇的理由："我看那申靖有些古怪，担心是杨荣请来对付您的。"

"小希啊，你可是答应过我了。这件案子结束了，别再和杨荣接触了。"恭爷的眼中露出一抹担忧。

"恭爷，陷害杨荣的人还没找着呢，这事还不算完。"

"你这丫头耍起无赖来了？"恭爷轻轻地刮了一下范雨希的鼻翼。

范雨希握住了恭爷粗糙的手："杨荣想对付您，我绝不答应。恭爷，妈妈去世了以后，我就只剩下您一个亲人了，您就让我为您做点事吧。"

范雨希不算撒谎，她之所以答应朱晓当警方的线人，不仅为了与朱晓之间的合约，也为了搞垮杨荣。杨荣的算盘已经打到恭家大院来了，只有杨荣被绳之以法，她才能安心。

恭爷的眼角微微湿润，拍着范雨希的手，叹了一口气："我替你去查，但是，你一定要保护好自己。"

正午，杨荣被请到了南港支队，临走前特意带上了孔末。会客厅里，赵彦辉和朱晓与他们面对面坐着。杨荣的心情十分复杂，一边偷偷盯着身边的孔末，一边怒视着赵彦辉。

朱晓啃着手里油乎乎的肉包子，强行忍着心头的紧张，没料到杨荣会把孔末也带来，倒是孔末表现得事不关己，完全没有露出马脚。

赵彦辉干咳了一声，将一个透明的塑封袋推向了杨荣："取证已经结束，南港达的印章还给你。"

杨荣收起了思绪，勉强挤出了一个笑容："赵队长，辛苦了，多亏了你们，才让我没被栽赃陷害！如果不嫌弃，我请队里的弟兄们吃顿饭！"

赵彦辉严肃道："不必。杨荣，做个遵纪守法的好公民比巴结警察要强。"

杨荣的脸拉了下来，扫了另外三个人一眼："赵队长，我可是咱南港的纳税大户，当然遵纪守法了。我可不知道还有没有警察像当年那样潜伏在我身边，您说，我还敢乱来吗？"

朱晓咽下最后一口包子，赶紧站起了身："别介啊，怎么说着说着，又说到不愉快的事了呢。咱这队里的兄弟风餐露宿的，个个嘴馋，不过这上头有规定，不能接受宴请，您的好意呢，我替弟兄们心领了。"

杨荣站了起来："既然这样，那好吧。"

朱晓将塑封袋拿起递给了杨荣："这印章物归原主，您收好了，别又搞丢了。"

杨荣带着孔末离开后，朱晓长舒了一口气，擦干了额头上冒出来的汗。赵彦辉将这一幕尽收眼底："你这心理素质必须加强，我看，还不如那个孔末。"

"孔末那家伙有精神病，谁能比得上？"朱晓捂着乱跳的心脏，"赵队，杨荣带孔末上门，怕是在试探我们。"

朱晓很清楚，杨荣很器重孔末，只要孔末没有问题，一定会重用他。作为杨荣的左膀右臂，杨荣不会让自己的秘密武器过早地在警方面前抛头露面，想当初，南港支队查了许久，才查到了吴强这个人。但今天，杨荣主动带着孔末上门，这门心思瞒不过朱晓。

"接下来你打算怎么做？"赵彦辉问。

"孔末潜伏在杨荣身边已经大半年了，我估摸着时间差不多了。只要孔末能得到杨荣的信任，那杨荣让孔末下水是迟早的事。等孔末拿到杨荣犯罪的证据，咱就收网抓人。"

"有那么简单吗？"

朱晓摇头："这条路从来就没那么好走。'声音'传来线报，杨荣和暗光接洽，想要撤回猎手。"

赵彦辉一愣："撤回？刚请的猎手，这么快就要撤回？消息准确吗？"

"赵队，您应该比我更清楚，'声音'的线报从来没有出过错。"

赵彦辉意味深长地叹息道："这'声音'究竟是何方神圣哪？他帮助警方，究竟有什么目的？"

第二天一早，吴强在去南港达的路上，听到了不少议论，说是北山岗闹鬼。他没有放在心上，而是慌张地闯进了杨荣的办公室："干爹，公司的印章又不见了！"

杨荣怔了怔，猛地站了起来："你说什么？"

一旁的申靖冷笑道："杨老板，你们要什么花样？虽然咱们的合作上不了台面，但是账目都是通过公司转汇躲避侦查的，现在，你告诉我印章又不见了？"

杨荣沉着脸："查监控了吗？"

"查了，没有问题。今早，有人带着印章出去签合同，回来的时候就发现印章不见了。印章和合同放在同一个文件袋里，一整个文件袋都丢了。"

就在这个时候，孔末敲门了。

进来后，孔末告诉杨荣，不久前，他接到了一个大学生的电话，说是捡到了一个文件袋。文件袋里的合同上留的联系方式是秘书室的，所以大学生联系了他。

"去查清楚！"杨荣气得捏碎了手里的杯子，"胆敢三番五次打我的主意！"

吴强的眼珠子一转："干爹，让孔末把范小姐也带上吧。案子破了，但陷害咱的人还没找到，范小姐答应咱的事还不算办妥。"

"去趟学校而已，犯不着成群结队吧？"孔末笑道。

"你看着办吧。"

得到杨荣的示意后，孔末离开了。

傍晚，阿二给范雨希带回了消息："希姐，我查到了恭爷让我查的东西。那个申靖消失了好几年，没有人知道他在谁的手下办事。"

"有更多消息吗？"范雨希有些吃惊，没想到，就算恭爷出马，也查不到太多的信息。

"那个申靖是个色坯子，您长得漂亮，还是别接触他了。"阿二提醒道，"这人办事太隐蔽，要不是经常出没风俗店，我还真一点消息都查不到。"

范雨希点了点头，正要走，阿二又凑了上来："希姐，您听说了吗，北山岗闹鬼啦。"

"啊？"

"很多人亲眼瞧见的。"阿二绘声绘色地描述着，"就在北山岗那片荒置的老宅里，一群流浪汉撞见了，今儿天还没亮，那些人就去报警了。现在这事都传开了，说是那个'鬼'啊，七窍流血，长得可寒碜了。"

范雨希哭笑不得："你还信这些啊。"

两人刚走出门，就看见了靠在胡同里的孔末。

范雨希瞄了一眼手表，没好气地问："自恋狂，你来干什么？"

"走。"

阿二气不过："你怎么和希姐说话的？"

孔末一个眼神就把阿二吓退了，范雨希嫌弃地盯着孔末："去哪儿？"

"少废话。"说罢，孔末自顾自地朝前走去。

范雨希没跟着，冲着孔末喊："你不说，我就不走。"

终于，孔末停下了脚步，没回头，嘴里蹦出两个字："北山。"

阿二的脸吓白了，范雨希也愣住了。

第 12 章
古宅

　　太阳的最后一道余晖从北山岗的山际线落下，入夜后，山丘的温度骤降，先是几滴豆大的雨珠落下，而后，山雨猝不及防地变成一块从天而降的巨型水幕，挡住了孔末和范雨希的去路。

　　范雨希不厌其烦地追问着，终于从惜字如金的孔末口中了解了事情的前因后果。

　　白天，孔末如约前往南港大学，却没有见到与他联系的大学生周梁。南港大学里的兴趣社团林林总总，探险社便是其中之一。周梁是探险社的社长，时常组织为数不多的社团成员出发探险。

　　占据北山岗的一众流浪汉报警后，北山闹鬼的消息在南港城内传得沸沸扬扬，南港大学探险社第一时间捕捉到了消息，决定连夜前往北山一探究竟。由于事出突然，周梁放了孔末鸽子。正在气头上的杨荣要求孔末立即上山查清印章被偷的事，于是，两人冒雨来到了北山。

　　"喂，自恋狂，来北山之前，你向朱晓报备了吗？"范雨希问，"你去南港大学没带上我，怎么来北山想起找我了？"

孔末双手交叉抱在胸前，闭着眼睛倚在树干上一言不发。雨太大了，他们没带伞，只能找了棵茂密的大树避雨。范雨希口干舌燥，懒得再发问，朝着山头望去，那里漆黑一片，时不时传来几声虫鸣。

有一条小公路能通往山顶，但为了找人，他们到了山脚后便下了车，徒步上山。雨夜寂静，山里的树木密密麻麻，脚下的杂草郁郁葱葱，雨打在枝丫上的声音像极了脚步声，范雨希疑神疑鬼地四处张望，总觉得有什么东西正朝着他们靠近。

"胆小鬼。"孔末没有放弃挖苦范雨希的机会。

范雨希刚要回嘴，突然，一阵阴风拂过，草丛里蹿出了一道黑影。她的心里一沉，黑暗中，她看见了一张披着湿淋淋的长发的脸。

一旁的孔末竟跳了起来，然后接连后退，最后跌坐在了地上，脸成了猪肝色。

"别动手，是我！"

范雨希险些动手，举着拳头仔细打量着眼前的女生："你是谁？"

女生把被雨水打散的发丝撩开，露出了脸，手指向孔末："我是小R，他认识我。"

小R的眼睛很大，皮肤白皙，像是一个可爱的洋娃娃。孔末看清她后，收起了惊慌失措的表情，从地上腾地站了起来，暴怒道："谁让你跟着我们的！"

范雨希听另一个孔末提起过，小R是杨荣前不久刚回来的女儿。小R才刚刚成年，但已经离家出走、独自生活了好几年。孔末听南港达里的人闲聊时了解到，小R从小就和杨荣的关系不好。杨荣把年幼的小R保护得十分周全，从不允许她独自出门，无论是去上学，还是出去玩，都会派人寸步不离地守着她，甚至不允许她交朋友。或许是觉得失去了自由，又或许是不满父亲传闻中的所作所为，许多年前，小R偷偷溜走了，再也没回来过。

杨荣私底下干的勾当使他结下不少仇人。杨荣这么做，无非是想保护小R。这么多年来，要不是小R带走的银行卡经常有被使用的记录，杨荣早就以为小R遭遇不测了。

前不久，小R终于回到南港，但是一直住在酒店里，不肯回家。初次听闻小R的遭遇时，范雨希就对敢于向父亲反抗的小R心生好感，也同情她有一个胡作非为的父亲。没想到，范雨希竟然在这儿碰到了她。

见小R回答不上来，孔末一个箭步跨到了她面前，揪住了她的衣领："为什么跟踪我们？"

小R被吓得瑟瑟发抖，范雨希立即上前推开了孔末："我说，你怎么老是对女生不客气？"

小R像抓住了救命稻草，躲在了范雨希的身后："你就是范雨希吧，我一回来就听说了你的大名，全南港的混子都听你差遣，太帅了！我能叫你希姐吗？"

"小机灵鬼，不用拍我马屁，我不会让这家伙欺负你的。"范雨希见小R一脸崇拜的模样，笑出了声，随后又转向孔末，"我可算明白你为什么非要拉我上北山了，原来你也会害怕。"

"死女人，胡说什么！"孔末咬牙切齿地说道。

"恼羞成怒了？你还不承认，刚刚也不知道是谁吓得一屁股坐在地上了，你那嘴张得都能把你的拳头塞进去了吧？"范雨希打心里觉得好笑，"从今儿起，我不叫你自恋狂了，'胆小鬼'这个称号非你莫属！"

"闭嘴！"

"我就不！"

当二人正在拌嘴的时候，距离他们不远的山腰上，几道身影从刚刚扎好的帐篷里钻了出来。

"雨停了，咱们现在就去凶宅吧。"

"哟呵，周梁，你都称呼那地方为'凶宅'了，你就那么相信传闻是真的？"一名女生打趣道。

周梁把手电筒塞进了斜挎在身上的包里，兴奋道："是不是真的，咱去看看不就知道了？"

这一行一共一男三女，两辆摩托车。他们全都是探险社的成员，正要出发，一名女生打起了退堂鼓："真要去吗？"

"不然嘞？你以为咱们是来这儿睡帐篷的吗？"周梁已经上了摩托车，"都跟牢了，山里没信号，要是走散了，可就不好联系了。"

南港支队内，朱晓望着挤成一窝的流浪汉，无比头痛。今天一早，他们向北山脚下的派出所报了案，派出所的民警上山查探了一番，出警记录一栏里填着让人啼笑皆非的几个字：有人见"鬼"了。查探后，民警什么也没有发现。但是，这群流浪汉不肯罢休，赖着不走，无奈之下，派出所向南港支队移交了案子。

朱晓让人把这一群流浪汉请到这儿之后，又听他们复述了一遍案情。

今早天还没亮时，先是阿水见了"鬼"，被吓得魂不附体，而后，住在其他宅子里的流浪汉接二连三地听见了可怕的声音，还有几个人看到了"鬼影"。被这一吓，这群流浪汉再也不敢上北山了。

"各位，时间不早了，我们会详查的，要不你们先回去？"白洋客客气气地下了逐客令。

"你别敷衍我们，今儿要是你们不把'鬼'捉到，我们还就不走了！"阿水坐在地上，搂着狗回答。

"要捉鬼，你们请道士去啊，哥们儿，你们走错地方了吧？"朱晓把手里的文件重重地摔在了桌子上，指着角落里堆积成山的泡面桶和脏纸巾，"一天了，你们吃我们的、用我们的，还准备睡我们的？"

这时，阿水站了起来："你说这话是什么意思，是说我们蹭吃蹭喝来了？"

白洋赶紧出来打圆场："我们朱队的意思是，明儿一早，我们就会再派人上山，请你们放心。"

今晚，朱晓本打算联系范雨希见面，把"声音"传来的情报告诉她，却一整晚打不通她的电话，心烦意乱下，懒得再理会这群流浪汉，走向了技术队的办公室。

"替我查一个号码的位置。"朱晓报了范雨希的号码。

技术队的一名警员查询后，告诉朱晓："朱队，和这个号码最后一次进行信号传输的是北山附近的信号基站，那里信号差，目标应该进入北山了。"

"北山？"朱晓的嘴里念叨了这个地名，又报了另外一个号码，"这个号码呢？"

"一样，怀疑也进入北山了。朱队，队里有行动，这两个人是？"

范雨希和孔末竟然在未向他汇报的情况下都进入了北山，这和北山闹鬼的传闻有关联吗？朱晓忧心忡忡地思考着，往外走去："不要多问，这件事严格保密！"

乌云逐渐散开，银白色的弯月露出了尖锐的月角，不知什么时候，雨后的北山升起了浓雾。山头的老宅在迷雾里忽隐忽现，宅前那几棵不长叶子的大树随风摇摆着枝丫，像极了在夜里狂舞的、三头六臂的怪物。

周梁停下了摩托车，望着不远处阴森的宅子，心底沉甸甸的，兴奋不假，恐惧也是真的。自探险社成立以来，他已经带着社团成员经历过数十次的冒险，他们去的大多也是传闻中的凶宅，然而，一次次无功而返后，探险队的成员逐渐失去了兴致，曾经由几十人组成的探险社，如今已是寥寥无几。

不知为什么，当周梁第一眼望见那片老宅时，就打心底坚信此行一定会有所收获，这使他前所未有地产生了惧怕。尽管如此，为了留住探险社最后几名成员，他不能退缩。

"周梁，你该不会怕了吧？"坐在周梁身后的女生唐晓珍忽然问。

周梁嘴上当然不会承认，叮嘱道："王珂、韩莉、唐晓珍，你们都跟牢了，特别是王珂，千万别跟丢了。"

王珂是探险社中最特殊的一个人，是一个哑巴，只能靠手语与大家交流。

周梁刚下车，脚下就踩到了一根树枝，树枝折断的声响让韩莉吓得惊声尖叫。周梁沉住气，说道："别大惊小怪了，这还没进入凶宅呢，就吓成这样！"

王珂望着远处的大宅，突然后退了两步，长发下的眼神里充满了惊恐。她做了一连串的手势，周梁向另外两名女生翻译了她表达的意思：大宅前的树下站着一个女人。

韩莉的脸色变了，周梁回过头，手电筒的光束打向远处，那里除了缓缓飘浮着的白雾，什么也没有。王珂又做了几个动作：不见了！

韩莉拉住周梁的胳膊："周梁，还是算了吧，我总觉得这地方和咱们以前去的地方都不一样。"

周梁是四人当中唯一的男生，为了让其他人放心，他挤出了一个自信的笑容："不一样才不虚此行！都把摄像机拿出来吧，准备拍摄。放心吧，有我呢。唐晓珍，你觉得呢？"

周梁为了让王珂和韩莉放心，朝着唐晓珍使了一个眼色。唐晓珍向来大大咧咧，胆子很大，这时甩了甩短发，耸着肩："来都来了，总不能就这么回去吧？这黑灯瞎火的，王珂眼花了很正常。"

周梁主动拉起王珂的手，攥着手电筒朝前走去。韩莉犹豫片刻后，也挽着唐晓珍，跟上了他们的脚步。

他们进入了第一栋老宅，空气里散发着发霉的气味。老宅的墙上悬挂着几幅旧照片和画像，当手电筒的光照在人像上时，他们都不约而同地止住了脚步。在这样的环境里，黑白的照片总能让人忍不住胡思乱想。

周梁把手电筒挪开："唐晓珍，你拍了吗？"

唐晓珍举着手里的摄像机："拍着呢，上楼吧，加快速度，这么多宅子，再这么慢悠悠的，天亮也走不完。"

于是，周梁又带头爬上了木台阶，台阶嘎吱作响，仿佛随时都会断开。众人提心吊胆地走完了第一栋老宅，什么也没发现，从宅子出来时，大家都长舒了一口气。周梁拍着韩莉和王珂的肩膀："怎么样，啥事也没有吧？走，咱们继续。"

很快，他们又走了几栋老宅，胆子也越来越大了，在唐晓珍的建议下，周梁决定让大家分头行动，从而加快速度。

韩莉的脸都青了，结巴道："别……别吧……"

"王珂不会说话，连她都不怕，你怕什么？"唐晓珍看向王珂，嘿嘿笑道，"王珂，对吧？我记得你当初进探险社的时候可表过态，说是天不怕，地不怕。"

王珂咬着嘴唇，迟疑了许久后，点了点头。

韩莉愣了愣，不甘示弱道："那好吧。"

周梁打了一个响指："那咱们两个小时后，还在这儿会合。"

半山腰上，范雨希牵着小R，跟在孔末的身后。小R悄声问："希姐，孔末怎么和我前些天见他的时候不太一样啊？"

范雨希看了一眼手表："别管他，时间差不多了。"

话音刚落，孔末就扭过头来，关切道："小R，不行，你现在就得回去，如果出事，我不好向杨老板交代。"

小R目瞪口呆，范雨希笑道："你看，这不恢复正常了？"

路上，小R向范雨希老实交代了，她是听说孔末要到北山替杨荣办事，又恰巧听说了北山上的传闻，这才好奇心大发。她知道孔末为了她的安全着想，一定不会带上她，所以选择了跟踪。

"哥哥，现在我一个人不敢下山。"小R低着头说道。

孔末为难万分，范雨希摆了摆手："算了，来都来了，瞒着杨荣不就好了。"

小R惊喜地抓住范雨希的胳膊："谢谢希姐。"

又走了不久，他们发现了四个小帐篷，孔末推测："应该是周梁一行人的。"

范雨希发现了地上的车胎印："他们是骑摩托来的，早知道，我们也该骑摩托，比开车方便多了，还能走小路。"

小R指着山头："你们看，那是不是传闻中的凶宅？"

孔末顺着小R所指的方向望去，看着迷雾中若隐若现的宅子，点头道："再走十几分钟应该能到。"

近二十分钟后，他们终于来到了老宅外的林子里，突然听见了从远处传来的惊叫声和发动机的轰鸣声。远远望去，只见两辆摩托车上的三道人影迅速远离了老宅。

范雨希手里的手电筒还没来得及举起来，他们就消失在了黑暗中，惊讶道："他们这是怎么了，真见鬼了？"

孔末无奈地摇头："这找周梁真的比登天还难。看他们逃跑的方向是大路，我们靠步行怕是追不上了。"

"大路？他们的帐篷和行李都不要了吗？"范雨希不解道。

"看来有些古怪。"孔末想着，说，"咱们进去看看？"

范雨希打趣道："你的胆子大多了。"

周梁和唐晓珍骑着摩托，分别载着王珂和韩莉，像是逃命一样朝前飞驰着。下山的路很陡，但他们都没有要减速的意思。不知怎么，两辆摩托车的车灯都不亮了，他们带来的手电筒也于不久前在老宅里失灵了，如今，他们只能借着微弱的月光，勉强看清眼前的路。

韩莉坐在唐晓珍的身后，哭得不顾形象，唐晓珍听得心烦意乱，却也没有心情阻止她，只想尽快回家。周梁扶着摩托车把的双手剧烈地抖动着，努力地保持着冷静。

"停下！"周梁喊道。

唐晓珍及时刹住了车，不远处的路面上有一排大石头挡住了他们前行的路。周梁慌张道："一起下车搬石头，赶紧离开这鬼地方！"

于是，一行四人下了车，吃力地搬着石头。

不知过了多久，当他们筋疲力尽时，一阵仓促的警笛在山际响起，周梁听到那声音，激动得都快哭出声了。

朱晓和几名警察从警车上下来了，周梁立即上前："警官，带我们四个离开这儿吧！"

朱晓往周梁身后瞄了一眼："四个人？你们不就仨吗？"

周梁朝四周看了看，仓皇道："王珂呢！刚刚还在这儿！"

范雨希等人进了老宅后，在里面绕了一大圈，并没有发现稀奇的地方。孔末低着头，摸着下巴，范雨希见他心事重重，问："你在想什么？"

"山腰上有四个帐篷，为什么他们刚刚离开的时候，我们只看到了三道身影？"孔末略显严肃。

"这是什么？"范雨希在地上发现了一个亮闪闪的东西。

"别碰！"孔末出声阻止，然而，范雨希却已经将那东西捡起来了。

突然间，小R捂着嘴尖叫了起来，孔末第一时间扭头看去。

一处阴暗的角落里正躺着一个身着白衣的女人，她的身体下是一片血泊！

还来不及上前查探，警笛声便包围了这里，而范雨希的手里正举着一柄沾着血迹的小刀。

第 13 章
怪案

数不清的光束将老宅照得亮如白昼，周梁认出了那具尸体，拼了命地朝前奔去，白洋紧紧地将他抓住，不允许他靠近。

"王珂，那是王珂！"周梁歇斯底里地喊着。

另外两名女生愣愣地站着，表情里充满了惊恐。终于，周梁晕厥了过去，被人抬到了一旁。

"放下武器，举起手来！"不少警察拔出了枪。

范雨希的脑袋发着蒙，手里的小刀落了地，没想到随手捡起的小刀使她成了警方的怀疑对象。

朱晓盯着范雨希，心里早已经咒骂了千遍万遍。他当然知道这当中一定有误会，但是这么多人盯着，没有办法故意放水。

"朱队，那个人不是杨荣的手下吗？一起抓回去吧。"白洋望着孔末，提醒道。

朱晓用手背捂着嘴，干咳了两声，果断道："带走！"

于是，范雨希、孔末和小R都被扭送到了警车里。

不久后，法医和痕检队赶到了，趁着他们进行现场尸检和现场勘验的时候，朱晓带着白洋四处勘查了一圈，但什么也没有发现。正要回案发现场时，一声犬吠吸引了他们的注意。

角落里，正有一人一狗鬼鬼祟祟地往外走。

"站住！"朱晓暴喝一声，将那人吓了一激灵。

白洋提起手电筒，认出对方来："朱队，是那个叫阿水的流浪汉。"

阿水欲哭无泪，狠狠地拍着狗的脑袋，骂道："我被你坑惨了！"

又有一人一狗被带上了警车。

朱晓和白洋回到凶案现场时，法医已经结束了现场的初步尸检，向朱晓汇报："死者的左胸口发现了三道伤口，初步考虑是致命伤。根据伤口形状判断，凶器为小型刀器，特征与犯罪嫌疑人手持的小刀相吻合。不过，这次的人赃并获倒是有些许疑点。"

"什么疑点？"

"我根据尸斑、尸温和尸僵程度，判断你们发现尸体时，死者已经死了一个多小时了。应该不会有人杀了人之后，还举着凶器，在尸体旁待快两个小时吧。"法医说。

"看来真有疑点。"朱晓强忍着心头的喜悦，"那就可惜了，我还以为直接抓到凶手了呢。"

周梁还没醒过来，照顾他的唐晓珍和韩莉听了法医的说辞，凑了上来。唐晓珍一口断定："不可能。我们发现王珂尸体的时候，她肯定刚死不久，怎么可能已经死了快两个小时了。"

法医摇头："更精确的死亡时间需要把尸体带回去鉴定之后才能确定。但是，死者肯定是死亡快两个小时了，不会错，血液的干涸程度也印证了我们的推论。"

唐晓珍和韩莉对视了一眼，显然有话要说，朱晓看出了她们的疑惑，问道："你们想说什么？"

唐晓珍细细地推算了一番："我们在山腰的公路上搬石头时，王珂和我们在一起，你们开着警车赶到时，她才不见的，她肯定是在和我们分开之后才被杀的。"

"白洋，我们发现周梁他们的时间是什么时候？"

"大概是十一点一刻。"

"那我们发现尸体的时间呢？"

"十一点半。"

朱晓问法医："你们推测死者是在九点半至十点半之间死亡的？"

"是的。"

"不可能，那个时候，我们还在这里探险呢，我们离开的时候，王珂是和我们一起走的。"唐晓珍立即反驳，为了让朱晓相信自己说的话，她又扭向韩莉，"是不是？"

韩莉的嘴唇都发白了："你说，跟我们一起走的那个'王珂'是人吗……她怎么会凭空消失呢？"

唐晓珍一怔，霎时间头皮发麻，说不出话来了。

"朱队，现场发现了一个摄像机。"技术队带来了消息，"不过，内存卡被人取走了。现场发现了很多脚印和指纹，但是都没有沾血。"

朱晓问："摄像机是你们的吗？"

唐晓珍和韩莉都已经发蒙了，朱晓见她们没回答，叹了一口气："算了，全都回支队，痕检室的人继续留在这儿勘查现场，其他人跟我走。"

南港支队内，范雨希和孔末被关在了审讯室里，小R不知被带到什么地方了。门被推开，朱晓带着一脸倦容走了进来，范雨希立即站了起来，刚要开口，扫了一眼审讯室里的监控探头，又老老实实地坐了回去。

"放心吧，监控和录音设备我都关了。"朱晓撑着下巴坐下，"你们最好给我解释清楚，为什么会去北山！"

孔末解释了一番，朱晓听后，狠狠地拍了桌子："我不是说了，有任何行动都要向我汇报！"

孔末为难地回答："等我决定去北山的时候，身体已经不归我控制了。"

朱晓气得磨牙："又是那个浑小子，就知道给我闯祸！你们知道吗，那柄小刀上只发现了一个人的指纹。"

范雨希下意识地明知故问："我的吗？"

朱晓被气笑了："不然是谁的？还能是我的？范大小姐，你的手还真是欠，看见什么都敢捡！"

范雨希心烦意乱，顾不上回嘴。

"现在，把你们在北山上看到的一切都告诉我。"

于是，范雨希和孔末一五一十地将北山上的经历说了一遍。

朱晓摸着下巴上的胡楂儿："真是一起怪案，周梁那些人说，王珂在法医给出的死亡时间后，还活蹦乱跳地和他们待一起，而你们却说只看到了三道人影。"

范雨希想都没想："他们在撒谎。"

朱晓却不觉得事情这么简单："这件案子很怪，他们有没有撒谎，我需要你去替我鉴定。"

范雨希立马推辞："别给我这么大的压力。我早就说过了，我这查探人心的本事时灵时不灵，有的人我搞得定，有的人我搞不定，很多时候要靠运气。"

"你现在知道谦虚了？"朱晓白了她一眼，"这事，你没有选择，警方会将你们列为犯罪嫌疑人，不过证据不足，很快会放你们出去，想洗刷嫌疑，你就老老实实照我说的办。"

范雨希还想说什么，朱晓已经将孔末带走了。他们来到另外一间审讯室，门刚关上，孔末就问："朱队，您是打算栽培小希？"

"栽培说不上，不过这么好的本领，不好好训训，为我所用，就亏了。"朱晓跷起了腿，"你有什么想法吗？"

"察言观色，看透人心，归根结底是心理学的范畴。"孔末想了想，"再细分的话，小希应该是在不知不觉中摸到了微表情学和微动作学的边，如果能好好深造，或许有一天能成为相关领域的专家。不过，您明目张胆地让我们涉案，不只是为了训练小希吧？"

"不错。对于你们的身份，即使在南港支队里，知道的人也是个位数。你们在案发现场被逮到，我总得给南港支队一个交代。而且，我准备趁着你被抓的这次机会，让你彻底取得杨荣的信任。"

南港支队给范雨希、孔末和小R录完口供时，天已经亮了。朱晓打着哈欠走到办公大厅时，碰上了安安静静地在角落里候着的阿二。

朱晓盯着阿二的糙脸和黄头发，许久后才问："我是不是在什么地方见过你？"

阿二点点头："警官，我是希姐的人。"

朱晓又盯着阿二看了很久，着实把阿二看得发怵了。阿二又客气地问："警官，希姐啥时候可以出去？"

朱晓这才摆手朝前走："让恭临城亲自来领人。"

不久后，恭爷和杨荣都闻讯赶到了南港支队。

朱晓正在赵彦辉的办公室里喝茶，赵彦辉盯着朱晓："我同意你的行动，不过，朱晓，我警告你，要是事情办砸了，我饶不了你！"

朱晓长舒了一口气，将孔末和范雨希公开列为犯罪嫌疑人会使得更多人关注他们，他们线人身份暴露的风险也随之提高。这么大的决定，他不得不请示赵彦辉。

朱晓拍着胸脯："赵队，您放心吧。就算杨荣再聪明，也不会想到我们会将自己人公开列为犯罪嫌疑人。那句话怎么说的，一顿操作猛如虎！咱们这次的操作一定能帮助孔末彻底取得杨荣的信任。"

赵彦辉站起身，穿上了警服："行了，出去见见杨荣和恭临城吧。"

办公大厅里，白洋小心翼翼地接待着恭爷和杨荣。

赵彦辉带着朱晓出来后，恭爷立即站了起来："警官，我们家小希……"

不待恭爷说完，朱晓就装作为难道："范雨希的嫌疑很大，不过和作案时间有些对不上，证据不足，加上孔末和小R的做证，我们暂时就不扣人了。人你可以带走，不过，不能离开南港。"

恭爷躬身道谢："警官，要是小希真的杀了人，您放心，我绝不偏袒！"

"小R呢？再不放人，我就拆了这儿！"杨荣着急道。小R是他唯一的亲人，心急之下，他竟卸下了老狐狸的面具，口不择言了。

"杨老板，你也能把小R和孔末带走，不过，他们也不能离开南港，我们会随时传唤他们。"

"凭什么！"杨荣拍桌而起。发生了这么大的事，他的第一反应就是要将小R送出国。

赵彦辉冷声道："凭什么？杨荣，孔末和范雨希，以及你的女儿，都已经被列为重大犯罪嫌疑人了。如果不是证据不足，你以为我们会让你们把人带走吗！"

赵彦辉的怒火令杨荣冷静了几分。

范雨希、孔末和小R被放出来后，杨荣马上凑了上去，心疼道："小R，你没事吧？"

"不用你管。"小R瞪了杨荣一眼，气冲冲地走了，杨荣立即追了上去，孔末也跟着离开了。

恭爷向赵彦辉和朱晓连声道谢后，也带着人走了。

白洋松了一口气："他们终于走了，这两个人的气场还真是强。"

"瞧你那熊样！"朱晓骂道。

"朱队，那两个人可是南港城的大佬啊！"

"有南港支队给你撑腰，他们还能有你大？"朱晓啐了一口，"丢人现眼。走，跟我去讯问流浪汉。"

孔末跟着杨荣回到了南港达，小R和杨荣之间爆发了一场令旁人不敢插嘴的争吵。

"从现在起，我不准你再出门。"

小R气得拿起桌上的杯子砸向杨荣："如果你再像小时候那样对我，我保证做出让你追悔莫及的事！"

"你以为你现在还没做出让我追悔莫及的事吗！"杨荣的双眼通红，连说话的声音都有些颤抖。

"如果你还想见到我，就不要管着我。"小R说罢，摔门而去。

吴强劝解道："干爹，以后小R会明白您的一片苦心的。"

杨荣捂着脑袋，疲倦地坐了下去。

"老板，对不起，给您惹麻烦了。"孔末对杨荣躬身，"如果警方真要抓人，我会一个人把事扛下来的。"

杨荣摆了摆手："算了，这不是你的错。印章接二连三地被偷，我们三番五次地惹上麻烦，这恐怕不是巧合。"

吴强顺着杨荣的话说："有人故意在找我们麻烦，是栽赃嫁祸？"

"嗯。这些年，我有不少仇家。孔末，既然你被怀疑了，那咱们就将计就计，把那人揪出来。"杨荣说道。

"那些臭警察，今天的屈辱，以后我一定要百倍奉还！"孔末咬紧牙根，"我现在就去查。"

杨荣注视着孔末，第一次从两点半之前的孔末脸上看到如此愤怒的表情。他叫住了正往外走的孔末："孔末，你在我身边大半年了，我知道，你听说了不少关于我的传闻，你认为，那些传闻是真是假？"

孔末止住了脚步，思考片刻后，模糊地回答："杨老板是干大事的人。"

"那你想不想跟着我干大事？"

恭家大院，范雨希跪在恭爷的面前。恭爷的身上带着不少江湖气，而且向来家教严明，现在早已经让阿二请了"家法"。阿二的双手恭敬地托着藤条，一句话也不敢说。

"小希，我要你老实告诉我，人是不是你杀的！"恭爷严厉道。

范雨希摇着头："恭爷，人真的不是我杀的。"她将事情的来龙去脉全部告诉了恭爷。

恭爷听后，双目浑浊，哀叹了一声："看来南港要翻天了。"

阿二不解："恭爷，您的意思是？"

"有人在针对南港达。那人来者不善，不知道下一步是不是就轮到我们了。"恭爷面露忧色。

阿二不敢相信："不能吧，在南港，谁敢找咱恭家大院的碴儿？再说，咱们也没得罪别人。"

"小希，起来吧。"恭爷朝范雨希招了招手，"我活了这么多年，有时候预感比亲眼所见还要准。那个人接连两次嫁祸南港达，却也接连两次拖累了咱们，咱们不得不未雨绸缪啊。"

范雨希握住了恭爷的手："您是想让我脱身吗？"

"我没有多少年可活了，在我活着的时候，一定会保护好你。虽然我不想帮助杨荣，但替他揪出那个人，也许对咱们是有好处的。"恭爷轻轻地摇了摇头，目光变得坚定，"小希，我不能保护你一辈子，你也该独当一面了。从今天起，我会让我的所有人全力配合你，放开手脚查吧，好好协助警方破案。"

才一天，消息稍微灵通点的人都听说了发生在北山上的怪案，也听说了南港达和恭家大院涉案其中。

警方讯问了在案发现场附近抓回来的流浪汉阿水，不过，阿水称他回北山只是为了找回落在老宅子里的手链，听到警笛声后，猜测发生了大事，为了不惹祸上身，这才想着偷偷溜走。

可是，阿水又拿不出他口中的手链，警方在现场也没有发现手链。

警方没有贸然轻信阿水的话。警方推算了一下时间，昨天，阿水和一众流浪汉离开南港支队的时间是夜间九点多钟，才过了两个小时他就出现在了北山上，不可能靠步行上山。阿水承认，他是用身上所剩不多的钱打的去的北山。

警方不相信一条手链能让一个流浪汉甘愿花光辛辛苦苦讨来的钱。

而且，在北山见了"鬼"之后，所有流浪汉都担惊受怕，不敢再回老宅，但阿水连夜上了山，还徘徊至将近午夜时分。于是，阿水也被警方列为重大嫌疑人，但同样因为证据不足，没多久就被放了，警方派了好几个便衣警察监视着他。

令朱晓感到头痛的是，对于这起案子，除了表面上的犯罪嫌疑人范雨希、孔末和小R，以及真正的嫌疑人阿水，还有其他三名嫌疑人：周梁、唐晓珍和韩莉。

范雨希和孔末都只看到了三道人影，但周梁等三人坚称离开时王珂与他们在一起，这使得这一起发生在老宅里的怪案更加扑朔迷离。朱晓十分怀疑周梁等三人撒谎了，而撒谎的理由很可能是他们共同谋划了这一起凶案。

从北山上下来后，周梁三人不约而同地进了医院。周梁受到惊吓，发起了高烧，昏迷不醒中总是说着胡话，另外两个人虽然没生病，但也被吓得魂不附体，情绪非常不稳定，警方暂时无法从她们口中获知有效的信息。

案发一天一夜后的白天，孔末和范雨希碰面了。

"咱们先从哪儿入手？"范雨希问。

"所有和这起案子有关的人，我们都要接洽。"孔末一边走，一边向范雨希示意正有人跟着他们，"这些天，我要格外小心，不适合和朱队碰头。杨荣派了人偷偷监视我，我能光明正大见的只剩你了。你替我转告朱队，杨荣上钩了。"

"上钩了？"

"朱队的这招果然让杨荣对我放下了戒心。杨荣让我过几天送一批货登船，说是让我练手，我猜测，那批货是违禁品。在我摸到货前，杨荣还会一直派人监视我。"孔末把声音压得更低了，"具体时间和地点，我知道后会通知你，你让朱队准备动手抓人。"

"行。"

"还有，申靖快要离港了。"孔末说，"'声音'在情报里说，杨荣要求暗光撤回猎手，所以我打听了一番，果然查到申靖准备后天离港。"

"让线人和卧底闻风丧胆的猎手就这么撤了？"范雨希不敢相信。

"不要掉以轻心，继续伪装，以防有诈。"

第 14 章
愧疚

夜里的北山，空气里凝结着雨后的雾水。

案发的那天晚上，周梁攥着手电筒，蹑手蹑脚地进了一栋高耸的老宅。他的手心冒汗，每走一步总要疑神疑鬼地回头查探。他告诉自己，自己是探险社的社长，无论是为了表率，还是为了探险社成立时的初衷，都不能退缩。

老宅内部结构复杂，拐角很多，周梁凝视着每一道拐角处的幽暗，都觉得毛骨悚然，仿佛黑暗里隐藏着一双眼睛，正窥视着他的一举一动。他腿上的骨头像融化了一样，怎么也使不上劲。他终于明白，同意众人分开行动是一个多么愚蠢的决定。

恍惚间，周梁听到了一串忽远忽近的尖叫声，那是唐晓珍的尖叫！唐晓珍的胆子向来不小，每一次探险，总是冲在最前面。现在就连唐晓珍都吓成这样了，看来这个地方当真没有他想象中的那么简单。他刚想循着声音的方向追去，可唐晓珍断断续续的尖叫声却越来越远，很快便彻底消失了。

周梁的汗毛倒竖，忽然间，手里的手电筒慢慢地暗了下去……

古宅的另一角，唐晓珍正心惊胆战地唤着周梁的名字，她一边哭，一边四处乱跑，那支突然之间不亮的手电筒和摄像机早已经在她惊慌失措间遗失了。摄像机是探险社里最贵的器材，但此刻的她不敢回去捡。就在刚刚，手电筒失灵前的最后一道光束照在了一个耷拉着脑袋、垂着长发的白衣人影上。

没了手电筒的唐晓珍就像是一只无头苍蝇，无论怎么跑，都没能跑出这片老宅。她无比后悔，如果可以重来的话，她绝不会提议分头行动。她的耳边回荡着一道阴阳怪气的笑声，那声音好像远在天边，又好像近在耳旁。她没敢回头看，她清楚，正有什么东西跟在自己的身后。

同一时刻，唐晓珍经历着噩梦，韩莉却毫不知情。

韩莉的胆子向来不大，刚与大家分开，她就已经怕得连路都快走不动了。她再也不想一个人行动，扯着嗓子叫着其他几人的名字，但是，空荡荡的宅子里回荡的只有自己的回音。

不知不觉中，韩莉越走越远。她总是自己吓自己，宅子外的风吹草动、宅子里的桌椅木柱都能让她误看成可怕的怪物。她抽噎着鼓捣着手电筒，依旧无法阻止手电筒的光慢慢暗淡下去。隐隐约约中，她听到了另外一道抽泣的声音。她立即捂住了嘴，四周万籁俱寂，正当她以为那只是她的回声时，那轻轻幽幽的啜泣声又响了起来……

漫天的乌云遮住了形单影只的月亮，天空黑压压的，仿佛快要坍塌了。在同一片山头上，三个人东逃西窜，失声惊叫着，他们也不知道自己跑了多久，直到精疲力竭，才终于一一地碰了面。每个人的脸色都被吓得惨白如纸，此刻，他们最想做的就是离开北山。

"快走！"唐晓珍的语气里竟也带着哽咽。

周梁点头："走！"

谁也没有多问，从彼此的反应就能猜出，大家都撞上了"鬼"。

"等等。"韩莉几乎快要说不出话了，"王珂呢？"

就在此时，大宅里冲出来一道人影，远远地对着他们做手势。他们还没反应过来，就被王珂拉着往前跑。周梁见人齐了，放下心后，加快了脚步。

终于，四个人匆忙地上了摩托，朝山下的大公路驶去。

"警方根据他们的说辞，还原了当时的场景。"范雨希说着，与孔末一同来到了医院的大门外，"他们三个人的家长都在照顾他们，周梁最惨，高烧到四十摄氏度，目前还没退烧，警方好不容易才从他嘴里套出迷迷糊糊的几句话。"

孔末咬着下唇："也就是说，他们坚称王珂是和他们一起离开的？"

"我看，这案子就是他们仨一起干的。一个人犯浑还能说得过去，三个人都看花了眼，就太过分了。"

孔末不做评断，问："还有其他什么信息吗？"

"今儿一大早，朱晓就和我碰头了。"范雨希说，"警方运回去的那两辆摩托车已经检查过了，车前灯都被砸碎了，经过鉴定是被石头砸碎的，所以不亮了。还有那三支手电筒，不对，是四支，电池都已经没电了。"

第四支手电筒是警方在尸体附近发现的，尸体周围除了那支手电筒和被范雨希误打误撞捡起来的小刀，没有发现其他任何有价值的东西。被唐晓珍抛下的摄像机并没有损坏，只可惜内存卡丢失了，无法查看摄像机记录下的场景，警方对所有老宅进行了地毯式搜索，没能找到不知所踪的内存卡。

"看来内存卡是被凶手取走了。"

"你是说，摄像机记录了能将凶手绳之以法的证据？"范雨希问。

孔末笑了笑："谁知道呢，这么奇怪的一起案子，我可没法儿胡乱猜测。走吧，去见见周梁。"

"唐晓珍和韩莉的父母不放心，没让她们出院。"范雨希提醒，"周梁正发着高烧，你确定要先见他？"

"他最奇怪，当然先见他了。"孔末带着范雨希走进了医院。

范雨希没想明白："为什么他最奇怪？"

"你刚刚给我复述了那么多案发时的信息，我总能对三个人的心理承受能力做出些判断吧？"

范雨希恍然大悟："这三个人中，唐晓珍和周梁的胆子大，韩莉比他们的胆子小得不止一点半点！"

胆子最小的韩莉都没被吓得发烧，作为这次探险小队里的唯一男生和一社之长的周梁却倒下了，因此，孔末认定周梁的说辞最值得推敲。

转眼间，他们来到了周梁的病房外。周梁半躺在病床上，另外一个和周梁年纪相仿的白皙男生正坐在床边给他喂饭。范雨希和孔末一进门，那名男生就站了起来，问道："你们是？"

范雨希指着病床上的周梁："拜这家伙的社团所赐，我们被警方怀疑了，所以来问问情况，从而找出凶手，洗刷嫌疑。"

周梁累得闭上了眼睛，无力问好，男生与范雨希握了手："你们好，我是彭畅，是周梁的好兄弟，也是探险社的副社长。周梁的爸妈忙于工作而没有来，所以我来照顾他。"

范雨希愣了一会儿："你是副社长？那那天你怎么没去北山？"

"那天，我身体不舒服，所以没有去。不过，是我报的警。"彭畅告诉范雨希，探险社原本一共六个人，案发当天，另外一名成员回老家了，再除了他，只有四名成员去了北山。由于人员不齐、时间仓促，一开始他便反对这次探险行动，但周梁十分坚持，他也就没好再说什么。当天晚上，在家休息的他数次打电话联系周梁等人确认他们的安全，但谁的电话也打不通，于是担心之下，他报了警。

"早知道会发生这样的事情，我怎么也得拦着他们。"彭畅说起王珂，眼眶红了。

范雨希一直盯着彭畅，捕捉到了他眼神里的游离。她把孔末拉到一边，悄声说："我觉得彭畅有问题，你留在这儿，我去向朱晓确认一件事。"

范雨希离开后，找到了卫生间，将门反锁后，拨通了朱晓的号码。

"没错，是彭畅报的警。那天晚上，我通过技术队得知你们去了北山后，本想一个人上山查探的，正好彭畅报了警，说探险社的四个人失联了，我这才带队出警了。"

范雨希压着嗓音："能查到彭畅报警时的位置吗？我觉得他有问题。"

"稍等。"朱晓举着电话，走进了技术队办公室，大声问道，"给我查查彭畅报警的时候，他在哪里！"

很快，技术队给了答复。朱晓来到角落，回答："根据警方的接警记录显示，彭畅报警时，信号源位于距离北山八公里之外的地方，彭畅的家住在那儿，报警时间在死者的死亡时间范围内。丫头，他有不在场证明。"

范雨希垂头丧气，没有吱声。她没想到，她第一个盯上的人就是错的。

朱晓在电话那头笑道："稍微给你点压力，你就急了？心平气和，别紧张，好好观察。"

范雨希回到了病房里，孔末向她投来询问的目光，她灰心地摇了摇头。孔末心领神会，把重点放在了周梁身上："我打听到，王珂的尸检工作已经结束了，她的父母催得急，所以明天尸体就会被送到殡仪馆。"

这时，周梁睁开了眼睛，眼里泛着红血丝，他似乎想起身，但很快又踏踏实实地躺着了，没有说话。

"王珂应该很快就会被火化了，你要是能下床的话，就去看看吧。"孔末又说。

周梁抿着嘴，像是做了十分重大的决定一般："算了，我这身体状况，不适合下床。彭畅，你代我送束花去吧。"

彭畅马上答应，孔末不肯放弃："发烧而已，一个大男人，咬咬牙就能站起来了，实在不行，推个轮椅。"

周梁再度闭上了眼睛，不答话。彭畅客气道："两位，周梁累了，你们改天再来问吧。"

孔末笑了笑："周梁，王珂应该很想见你。"

"我说了，我不去！"周梁猛地睁开眼睛，咆哮着，眼球凸起，几乎要掉出来。

孔末摊了摊手，和范雨希离开了病房。

"再怎么说，王珂也是社团的成员，就算不去她的葬礼，发这么大脾气干什么？"试探过后，孔末觉得事有蹊跷。

范雨希轻轻地摇头："他的愤怒更像是在掩饰某种情绪。"

"什么情绪？"

"愧疚。"范雨希仔细地回想着周梁的每一个表情和反应，良久，嘴里蹦出了这两个字，但是，想起对彭畅的错误判断，很快又不自信地摇头，"我不太确定。"

孔末将范雨希的话记在心里，与她来到了另外一间病房。唐晓珍和韩莉共住一间病房，她们的父母也都在这儿。

两名女生的父母不断地训斥着自己的女儿，不允许她们加入稀奇古怪的社团，更不允许她们到荒郊野外去。

唐晓珍和韩莉哭哭啼啼，面如白蜡，还没从那晚的阴影中走出来。范雨希和孔末道明了来意后，两名女生的父母百般阻挠，不肯再让女儿提起那晚的晦气事。

"你们要问，找边上病房的周梁去问。"唐晓珍的妈妈指着一个方向，"他是那什么探险社的社长，现在出了事，他该负全责。"

"对，要找就找周梁去！"韩莉的妈妈也应和着。

几乎在同一时间，唐晓珍和韩莉开口训斥自己的妈妈。范雨希还没问几个问题，就被唐晓珍和韩莉的家长推出了门外。

"这两名女生也有些古怪，不知道是真被吓坏了，还是刻意隐瞒着什么。"范雨希琢磨着。

"还有一个人，试着去接触接触。"孔末说，"探险社的第六名成员，今天刚从老家回学校，还不太了解案情，你可以去找他问问情况。"

"你呢？"

孔末举着手机，晃了晃："吴强呼我回去了。"

一家酒店的房间内，吴强放下了手机，对申靖说："我已经把孔末引开了。"

申靖从床底掏出了手枪，藏在了腰间："我要的东西呢？"

吴强把一支麻醉枪丢给了申靖："你可想清楚了，范雨希很有可能是警方的人。就算没有警察给她撑腰，她身后还有恭家大院。"

"废什么话！警方也好，恭家大院也好，等我离开南港，能找到我再说吧。"

天快黑时，吴强回到了南港达，拦住恰好回来的孔末。

"说。"孔末的嘴里吐出了一个字。

吴强笑着问："我说什么？"

"叫我干吗？"

吴强装模作样地揽过孔末的肩膀："既然以后你也给干爹办事了，那我们就是兄弟，没事就不能叫你吗，走，出去喝酒！"

孔末的语气里透着凌厉："滚开。"

吴强强忍着怒火，佯笑："行行行，暴脾气。"

孔末看着吴强走远，心头非常不安，随即掏出手机拨通了范雨希的号码，可是很久都没有人接。

"死女人，真麻烦！"孔末沉声骂道，冲出了大楼。

范雨希踩着夜色，从南港大学里走了出来。她见了探险社的第六名成员，了解了不少状况。

南港大学里有不少兴趣社团，但由于探险社的活动聚焦在偏僻的户外，安全性无法保证，所以并没有得到学校的支持。因此，探险社是学校不认可、由学生私自成立的社团。

周梁刚刚成立探险社时，招揽了不少对未知充满好奇的成员，人数最多时达到数十人。慢慢地，在进行了几次一无所获的探险活动后，探险社人数锐减，时至命案发生前，探险社只剩下六名成员了。

王珂是在一年前加入探险社的，算是探险社里最特殊的一名成员——是个哑巴。她长得清秀，为人低调，待人友善。平日里，大家十分照顾她。她投桃报李，对大家也不错。

一开始，王珂试图用手语和大家交流，可偌大的探险社里没有一个人能看懂。于是，她只能在手机上打字，和大家的沟通十分不便。有一天，大伙儿突然发现周梁也会手语，于是，周梁充当起了她的翻译。

探险社的第六名成员忙于学业，并不经常参与社团里的活动，他所了解的信息有限。关于王珂和其他几个人的关系，他知道得并不是很详细。

手机铃声打断了范雨希的思绪，不知不觉中，她走到了一处僻静的巷子。电话是孔末打来的，她正要接，便觉得颈部一痛，抬手一摸，一根细小的针扎进了她的皮肤里。

"谁！"范雨希喝道。

这时，申靖一脸坏笑地从角落里走了出来："范小姐，上次请你吃饭，你拒绝了，这次，我请你共度春宵。"

"找死！"范雨希提起了拳头，但视线竟然开始模糊了。

手机掉在了地上，铃声还在继续响着。范雨希摇摇晃晃，终于站不稳，跌在了地上。意识尚且清醒的最后一刻，她忽然想起来，朱晓给她发的短信还没来得及删除。

不知道过了多久，范雨希混混沌沌地睁开了眼睛。她被五花大绑到了一个仓库里。申靖坐在她的面前，目不转睛地凝视着她。

范雨希挣扎了一番，怒问："我的手机呢！"

"都这个时候了，你还关心一个破手机？"申靖将手机丢到了范雨希的面前，"是因为'自恋狂'打来了电话吗？让我来猜猜，这个被你备注成'自恋狂'的人是孔末吧？"

范雨希吃力地观察着申靖的表情，他似乎还没有查看她的手机短信。她的手被捆得太紧了，心里有些慌张："你想干什么？"

申靖站起了身："既然你醒了，是时候陪我玩玩了。"

申靖一步一步地朝着范雨希走去，然后蹲下身，将手缓缓伸向了范雨希的衣领。

第 15 章
抛弃

孔末接连甩开了好几个跟踪他的杨荣手下，找了一个电话亭，给朱晓打了电话。

"你疯了吗！关键时期，给我打电话干吗！"朱晓火冒三丈。

"死女人有危险！"孔末喘着粗气。

朱晓不敢耽搁，立即查了范雨希的定位："她在离你很近的一个仓库。注意，无论如何不能暴露身份！"

孔末获取到范雨希的位置后，便马不停蹄地赶了过去。仓库的大门敞开着，申靖灰头土脸地从里面出来了，没发现他。他刚靠近仓库，便听见了范雨希的声音："小R，谢谢你。"

小R替范雨希松了绑："今儿我听见申靖鬼鬼祟祟地找吴强谈话，说是要找一个仓库，我就猜他们准没好事！申靖那个色鬼，还好我及时赶到了，不然你真的要被他占便宜了！"

小R毕竟是杨荣的女儿，申靖还是要给杨荣几分面子的。小R突然出现，申靖的坏心思不得不打消了。听到这儿，孔末松了一口气，眼神陡然间冷列，戴上了手套，跟上了申靖的脚步。

申靖非常警觉，很快便发现有人在跟踪自己，手摸向了腰间的枪，在转身的瞬间，给枪上了膛。不料，枪口刚对准身后的人，肚子就被狠狠地踹了一脚，手里的枪也被对方夺了去。

申靖跪倒在地上，捂着肚子，抬起头，不可思议地叫出了对方的名字："孔末？"

孔末冷漠地俯视着申靖，一个字也没有说，饶是如此，申靖依旧从他的身上感受到了杀意。

申靖吃力地站起了身："怎么，你敢杀我吗？就连杨荣都要给我面子，你算什么东西？"

孔末的嘴角微微一扬，把枪口抵在了申靖的额头上。申靖的双目瞪得浑圆，豆大的汗珠从脸颊滴落。

第二天一早，南港支队接到报警：有人在某仓库附近发现了一具尸体。

朱晓带队赶到案发现场时，整个人惊住了，死者竟然是申靖。

死者鼻青脸肿，经法医勘验，尸体鼻骨轻微断裂，身上共有四十六处打击伤，致命伤在额头上，是枪伤，判断是被人近距离爆了头。案发现场近市内湖，打捞队从湖里打捞起了一支枪，弹夹里少了一颗子弹。

朱晓第一时间联系了范雨希和孔末，约他们见面。孔末是最后一个赶到的，他朝四处看了看，问："朱队，这儿安全吗？"

朱晓没有回答，反问："有人跟着你吗？"

"放心吧，我甩开他们了。"

"放心？"朱晓极力地控制着音量，"你让我怎么放心！说，申靖是不是你杀的！"

"申靖死了？"孔末和范雨希一脸诧异，同时发问。

朱晓从兜里摸出一颗纽扣放在了桌子上："我记得你衣服纽扣的样式，现场发现的这颗纽扣是你的吧？"

孔末没有否认："昨天，我揍了申靖一顿，准确地说，是另一个我。"

"你真没杀人？"朱晓盯着孔末。

"朱队，就算另一个我再暴躁，也不至于杀人。昨天，他是有些冲动，动手打了申靖，但处处避开要害，不可能致命。"孔末辩解，"就算您不相信他，也该相信我，我们的记忆是共享的。"

"申靖死于枪伤。"朱晓警告，"孔末，虽然你是我的线人，但如果你真的杀人放火了，我会毫不犹豫地把你抓起来！"

范雨希还在发着懵："是谁杀了申靖？"

昨夜，范雨希本想立刻找申靖算账，但身上的麻醉没有完全消退，只好跟着小R离开，在酒店里和小R共住了一晚。她一躺到床上，便昏昏沉沉地睡了过去，没想到今天就得知了申靖的死讯。

"不知道。"朱晓把目光从孔末的身上挪开，"枪上只有申靖自己的指纹。"

"昨天，那个家伙的确夺了申靖的枪，但他提前戴上了手套，还算机警。"孔末诚实地说。

朱晓若有所思，片刻后，才说道："你的纽扣是我最早发现的，我替你瞒了下来。申靖死了，你想想怎么跟杨荣交代吧。"

孔末走了。

"我觉得有些奇怪。"范雨希想起了昨天的场景，"申靖真的是色迷心窍了？抓到我之后，他竟然没有第一时间翻看我的手机。"

"狗改不了吃屎，他的任务撤销了，调查线人身份已经不是他的职责。但他死了，暗光恐怕不会善罢甘休。以后，我和你之间的通信记录要第一时间删除。"朱晓以命令般的口吻说，"替我盯牢两点半之后的孔末。"

范雨希难掩讶异："您真的怀疑是孔末杀的人？"

"他的嫌疑太大了。人格分裂的患者，哪句话是真，哪句话是假，有时我也分不清。怕就怕，他们的记忆并不是真的完全共享的，只是连他们自己都不清楚。"

南港达大楼内，杨荣大发雷霆："申靖怎么死了？他是我非常重要的客户！孔末，昨天晚上你甩开了我的人，这事和你有关系吗？"

"老板，如果您真的不相信我，我不碰您的货就是了，不必派人跟着我。"

吴强插嘴："孔末，这是规矩，就算是我，在送货前，干爹也会派人跟着我，谈什么不相信啊？干爹是问你，申靖的死和你有关系吗？"

孔末还没回答，小R就推门进来了："申靖的胆子不小，竟敢掳了希姐。要不是我及时赶到，他就闯大祸了！"

杨荣收起了怒火："小R，昨晚你在场？"

"不错，昨天我看申靖和吴强鬼鬼祟祟的，便跟踪了申靖。"

杨荣的目光瞥向吴强，吴强立刻开脱："干爹，我真不知道这事！"

小R冷哼："不知道？"

"范雨希是恭家大院的人，我哪敢祸害她啊。"吴强又把皮球踢向了孔末，"昨晚你去哪儿了？听说之前你和申靖有过冲突。"

小R帮孔末圆了一个谎："是我通知了他。"

孔末点头："范小姐受我们所托，替我们调查，如果申靖真的干了蠢事，一定会殃及我们，所以，小姐通知我之后，我就立刻赶去了。昨天我本来和范小姐在一起，但是被吴强叫了回来，之后就出事了。"

吴强面露阴狠，不知该怎么辩解，暴怒道："孔末，你什么意思！是说我和申靖联合起来害范雨希吗？"

"算了！"杨荣呵斥道，"范雨希是个外人，不要因为外人而伤了和气。申靖死了就死了，只是少了一单生意而已。但是我告诉你们，不管你们干了什么，都给我把屁股擦干净了！"

吴强得意地对孔末一笑，大声回答："是！"

"小R，别再接近范雨希。"

小R没理会杨荣的话，转身走了出去。许久后，孔末出来了，小R把他拉到了一边："你要怎么感谢我？"

孔末笑着问："为什么要帮我？"

"希姐的朋友就是我的朋友。"小R拍着胸脯，"够仗义吧？"

午后，医院外，孔末找到了已经在这儿久候的范雨希。

"我取得了杨荣的信任，但是吴强一直在暗中搅局。昨晚，他把我支开后，没有纠缠我，而是放我离开，恐怕就是想让我陷入难以辩解的境地。"孔末揉着发疼的太阳穴。

"杨荣还让你碰货吗？"范雨希问。

"托你的福，小R替我解围了。"

"小R是个单纯的孩子，谁对她好，她就对谁好，只可惜有杨荣这么一个父亲。"范雨希叹息道。

"案子有头绪了吗？"

"朱晓给了我一些信息。这起案子非常棘手，案发现场没有可供推理的证据和线索，警方也只能从当事人的供述中找破绽。"

警方一一询问了已经退出探险社的学生，发现了一丝端倪。如今，虽然南港大学探险社人员稀少，但曾经也凭着噱头风靡校园。当时，说探险社是南港大学里最热门的社团也不为过。

王珂便是在探险社最热门的时候递交入社申请的。由于参社的人太多，所以探险社对社员的要求很高，并非空怀热情、胆子大就可以进社的。

"唐晓珍除了胆子大，还是摄影专业的学生，她的作用是在探险时进行记录；虽然韩莉胆子小，但是好奇心强，经济条件好，能为社团提供经济支持。"范雨希说，"但是，不管是警方，还是我，都没查出王珂得以进入探险社的优势。"

王珂非但没有优势，而且劣势明显——她不能开口说话。这样一名女生，对整个探险社来说，就是一个拖油瓶。不过，她面试探险社时，却很快就通过了，而且是周梁亲自通过的。

"周梁给她放水了？"

范雨希肯定道："不错，而且，朱晓还查出来，周梁原本不会手语，而是在王珂进入探险社之后，他特地去报了一个手语班。"

"明白了。周梁对前去报名的王珂一见钟情了。"孔末很快推测出了原因。

"这还不是单相思呢。"范雨希又向孔末复述了警方查出的另一条线索。

周梁是南港大学的优等生，备受关注。王珂的舍友说，在还没进入探险社之前，王珂就被周梁吸引了。

"王珂是个小女生，有时宿舍停电，她都不敢一个人在里面待着。她之所以会去参加探险社，完全是硬着头皮冲着周梁去的。"范雨希揣摩，周梁是一社之长，怕被人说他假公济私对王珂放了水，而王珂的性格又比较内敛，所以两个人都没有将爱慕之情明显地表现出来。

"那就更奇怪了，既然周梁喜欢王珂，那就更没有理由不去见王珂最后一面了。"

"看来我猜对了，周梁表现出来的情绪的确是愧疚。"范雨希打了一个响指，"走吧，再去见见周梁。"

周梁躺在病床上，望着窗外的远景，心情复杂，听到有脚步声传来，他以为是出去打水的彭畅回来了，没有扭过头。

"藏着心事的滋味不好受吧？"

直到听到范雨希的声音，周梁才回过神。他不愿意和他们搭话，便闭上了眼睛。

"你对得起她吗！"尽管范雨希不知道周梁究竟隐瞒了什么，但在断定周梁对王珂心怀愧疚后，她呵斥道。

周梁睁开的眼睛里蒙上了一层水雾。

范雨希一步步地逼近："她一个那么胆小的女生，为了你，心甘情愿加入探险社，陪你去玩无聊透顶的探险游戏。那么黑的夜晚，那么可怕的老宅，她一个人该有多害怕！"

周梁的眼泪滚了下来，范雨希继续说："她死了，而你呢，却躺在这里高枕无忧！"

周梁终于无法忍受，嘶吼道："你们知道我有多煎熬吗！"

两天前的夜晚。

周梁发现手电筒不再亮后，打了一个激灵。这个地方太邪门了，他的第一反应便是找到王珂，带她一起离开这里。他呼唤着王珂的名字，在漆黑一片中四处摸索，顺着来时的路，回到了与众人分开时候的地方。

周梁凭借着记忆，分辨出了王珂前往的方向，继续呼唤着王珂，沿路寻找。十几分钟后，他听见了若有若无的呜咽声。远处，一支散发着微弱黄光的手电筒正躺在地上。

周梁拾起手电筒，又朝前走了几分钟，借着手电筒的最后一丝微光，他终于发现了跌坐在地上的王珂。

"你怎么了！"周梁跑了上去，蹲下身。

王珂的脸上淌着泪水，用手势告诉他："刚刚有东西在追我，我被推倒，脚扭了，起不了身。"

周梁心疼地吸了一口气，能想象得到在地上担惊受怕向前爬行的王珂有多么无助。

"别害怕，有我在！"周梁刚准备背起王珂，王珂的手电筒也突然不亮了。

周梁的后背升起了一股凉意，他的前面，不，又好像是后面，传来了一阵阵阴森的怪叫。他吓得两腿发软，慌乱地转过身，宅门外，正趴着一个长发及地的女人，她的手攀过了门槛，朝着他迅速爬来。

周梁的喉咙里爆发出尖锐的叫声，猛地朝前跑去，眼角的余光时刻关注着身后的怪物，那东西已经从地上爬了起来，对他紧追不舍，速度丝毫不比他慢。他吓得哭爹喊娘，一时竟然忘记了王珂。

周梁也不知道跑了多久，更不知道那东西是否一直跟着他，当快要耗尽所有力气时，他终于和另外两名女生会合了。

"王珂呢？"

周梁再一次想起王珂时，恨不得狠狠地抽自己两个耳光。还好这时王珂主动跑了出来，拉起了他的手。

当时被吓得魂飞魄散的周梁根本不会想到，当时王珂扭伤了脚，连站都站不起来，更别说跑了……

"是我害了她……"周梁掩面痛哭，"如果我没有抛下她，她就不会死，都是我，我对不起她，我没有脸去见她！"

不久后，彭畅回来了。周梁哭得昏厥了过去，在彭畅的劝说下，范雨希和孔末离开了病房。

"他说的都是真话吗？"孔末问。

"应该吧，看样子不像是说谎。"范雨希对孔末说，"另外两个女生已经回学校了。没有她们家长的阻拦，这下应该容易接触了。"

此时，孔末接了一个电话，表情顿时变得严肃。

"杨荣决定让我送货了，时间是午夜，地点是南码头。"孔末叮嘱道，"我现在就得走，你约朱队见面，今晚收网。"

孔末匆匆离去，范雨希约了朱晓见面，将情况转告给了朱晓。朱晓回到警队后，立即开始部署收网行动，正分派任务时，白洋闯进了会议室："朱队，咱们的人跟丢了阿水！"

"什么？"朱晓勃然大怒，"你们连一个流浪汉都跟不牢，干什么吃的！"

"那家伙机灵得很，放狗来咬我们，等我们喝退了狗，人就不见了。"

朱晓骂道："那就跟着狗去找主人！"

"狗也跑了……"

"我说，南港支队是福利院吗？养着你们这群废物！快给我出去找！"朱晓咆哮着，强行使自己冷静了下来，比起找流浪汉，今晚对杨荣和南港达的收网行动更重要。

孔末回到南港达后，被吴强带到了一个废弃的车库里，所有人的手机和通信设备都被吴强没收了。一直到临近午夜，吴强才带着他上了一辆车。

吴强一边抽着烟，一边开着车，还一直通过车内镜偷瞄孔末。孔末的心里突然觉得不安，故意问："这次运货，杨老板不是交给我了吗？"

吴强把烟头丢出了车外："你第一次做，干爹让我带着你。"

"怎么这么着急，之前不是说还要过些天吗，为什么提前了？"

吴强不再回答了。

深夜的南码头空空荡荡的，除了吴强带去的那些人和停靠在岸边的一艘大船，一个人影也没有。

吴强吩咐道："动作都麻利点，在零点前，全部把货给我搬上船！"

大家都行动了起来，孔末直挺挺地站着，看着那些人一箱一箱地搬货。那些人的动作很糙，并不算小心，他的心头萌生了疑虑：那么值钱的东西，他们怎么敢那样大手大脚？

孔末起了疑心后，趁着大家不备，动手撬了一个木箱。木箱里装满了黑色的枪，他取出一支在手里掂量了一会儿。

玩具枪！

孔末暗呼不好，杨荣还没有完全相信他，这一次才是杨荣对他的最后试探！

然而，在失晓的一声令下，南港支队外停着的十几辆警车齐刷刷地出发了。

第 16 章
伪装

自成为线人以来，孔末第一次觉得如坐针毡。他无法联系朱晓终止行动，走投无路时，找到了正在抽烟的吴强，硬着头皮说："能把手机借我一下吗？"

在场的所有人当中，只有吴强留有通信设备。

吴强掐了烟，直勾勾地注视着孔末："你要做什么？"

"我想起了'凶宅案'里的重要线索，需要打个电话。"孔末极力保持着冷静。

吴强看了看手表，距零点还有二十分钟，把手机递给了孔末："打吧。"

孔末接过手机，拨了一串号码。

此时，几公里外的南港大街，警笛轰鸣。坐在警车上的朱晓感到惴惴不安，取出了对讲机："技术队，帮我查一个座机号码，是否有人连着往这个座机号码上拨了三次电话！"

孔末的通信被杨荣长期监控，时常无法直接联系朱晓。于是，孔末和朱晓约定，一旦通信受阻，并且需要向朱晓传递重大信息，便会想方设法往南港达秘书办公室的座机上连拨三次电话。警方长期监视着南港达秘书办公室的座机通信，一旦有异动，朱晓便会得到暗示。

"报告朱队，没有。"

朱晓松了一口气，不再感到不安，冲着对讲机命令道："所有人，加速前进！"

身处南码头的孔末放下了手机，没能成功拨出电话。他明白了，南码头附近安装了信号干扰器，这是杨荣防止他向警方通风报信的第二种手段。

"怎么了？信号不好？"吴强明知故问地笑道。

"不打紧。"孔末故作轻松，将手机还给了吴强，去帮着搬货了。

时间一分一秒地过去了，孔末悄悄地关注着远方的动静。一旦警车到来，他这半年的努力将宣告白费，但他仍然若无其事地演着戏，不到最后一秒，他不能暴露。

除了孔末，码头上最忐忑的人便是吴强了。他盯紧着孔末，却也忍不住关注着连通码头的那条大公路，然而，警车迟迟没有如预料中那般蜂拥而至。

"强哥，零点了，要开船吗？"有人向吴强报了时间。

吴强不甘心道："再等等。"

这一等便是两个小时。孔末因紧张出的汗早已风干了，他走到了吴强面前："还不开船吗？"

吴强咬牙："你急什么！"

孔末淡然一笑："我不急，只是再不开船，天就要亮了。"

突然，吴强揪住了孔末的衣领："你使了什么手段？"

孔末知道，朱晓不可能迟到两个小时，警方的行动一定取消了，但他不知道警方为什么会突然终止行动。

"住手！"远处，杨荣大步走来。

吴强松开手，迎了上去，刚想说什么，杨荣摆手阻止了他。

杨荣对孔末点头："孔末，你果然没让我失望。"

孔末装傻："什么意思？"

"你就不好奇这批货是什么？"

孔末摇头："货是什么和我没关系，我只知道，这是杨老板让我运的货。"

"干爹，我有事汇报。"吴强攥紧了拳头。

"跟我走吧。"杨荣心领神会，对孔末说，"早点回去休息。"

天一亮，范雨希翻遍了南港各大报刊的新闻，也没找到南港达和杨荣落网的消息。她很快接到了朱晓的电话："流浪汉阿水跟丢了，动用恭家大院的眼线寻找阿水。"

"杨荣怎么没被抓？要见一面吗？"

"等我消息。继续查案，有些事情，见面才说得清楚。"朱晓匆匆挂断了电话。

范雨希决心找孔末查探清楚，但在南港达大楼里等了许久，也没等到孔末。

此时，孔末正待在杨荣的办公室里。

"孔末！昨晚，南港支队出了十几辆警车，这是怎么回事！"吴强呵斥道。

孔末扫了他一眼："我怎么知道。"

"昨晚你往你办公室的座机拨电话了？"杨荣回想起吴强汇报给他的消息。

"是的，但没拨通。"孔末没有否认。

吴强问道："你往自己办公室拨电话干什么？"

孔末镇定地解释："我把公司的印章要回来了，带在身上怕丢，就寄存在医院的前台了。走的时候匆忙，忘了取，突然想起来，就想让人去取。"

吴强抓住了孔末话里的漏洞："你的办公室里不可能有人，你想让谁去取？"

孔末并不着急："我忘了其他办公室的电话号码，想着兴许办公室外值班的人能听见，然后进去接电话。"

"你等着！"吴强立即吩咐人去医院查探。

二十分钟后，前去查探的人回来了："印章取回来了，是昨儿孔末和范小姐寄存在前台的。"

吴强瞪着眼睛，一副不肯相信的模样。

孔末微微一笑，陷入了沉思。

昨天，孔末从周梁那儿要回印章寄存在了前台。

"你把印章存在前台干什么？"范雨希不解地问。

孔末扬起嘴角："这叫有备无患。这两天，杨荣盯得太紧了，我把印章留在这儿，关键时刻，还能找个名正言顺的理由来和你碰面。"

范雨希调侃："你没生在古时候的皇宫真是可惜了，论钩心斗角，谁能比得过你！"

又有人进门来汇报，打断了孔末的思绪。

"老板，警方放出消息，昨天晚上，警方出动了一个大队打击了一个传销组织。"

孔末看向吴强："这不，你的问题有人回答了。"

吴强像吞了石头，脸色铁青无比。

"孔末，"杨荣满面春风，"过阵子就是恭爷的七十大寿了，等这件事过去了，你就正式和吴强一起为我办事。范雨希等了你一上午，快去查案吧，尽早摆脱警方的怀疑。"

孔末和范雨希来到了南港大学外，唐晓珍和韩莉是他们接下来的目标。

"昨晚到底发生什么事了？"

想起昨晚，孔末仍然一阵后怕："我也不知道，恐怕只有朱队能解答。"

上午，范雨希已经将寻找阿水的消息传达了下去，她相信，只要阿水没有离开南港，很快就会被找到。

他们先来到了韩莉的宿舍楼，范雨希问孔末："警方已经来过很多次了，什么都问不出来，咱们要怎么问？"

孔末想了想，反问："之前和她们接触的时候，你有发现什么古怪吗？"

范雨希回想起来，在医院，两名女生的家长为了保护孩子，将责任全推到周梁的身上时，两名女生都开口呵斥了。

"韩莉和唐晓珍的反应像是从一个模子里刻出来的，在受惊的情况下，还想着替周梁辩解。我推测，周梁这个优等生吸引的女生还真不少。"孔末立刻有了主意。

此时正是上课时间，韩莉的舍友都去上课了，韩莉给他们开门的时候，穿着睡衣，脸色依旧不太好，刚听说他们的来意，便想关门："我不想再提起那件事了。"

"我听说周梁已经被警方确定为最具嫌疑的一个人了。"孔末撒了一个谎。

韩莉停下了手里的动作："怎么可能！"

范雨希透过韩莉眉宇间透露出来的心思确认了孔末的推测：韩莉对周梁不只是普通朋友的感情。

范雨希顺势进屋，信誓旦旦道："怎么不可能，周梁已经招供了，警察已经在王珂的手电筒上发现了周梁的指纹。"

范雨希说的这条线索倒是真的，警方确实在王珂的手电筒上发现了周梁的指纹。北山岗上下过雨，众人进老宅后擦拭过各自的手电筒，所以手电筒上除了自己的指纹，再发现留有其他人的指纹并不寻常。周梁撺下王珂前，触碰过王珂的手电筒，指纹就是那时留下来的。

韩莉的上齿咬着下唇，似乎正在挣扎。

"你还隐瞒了些什么，事无巨细，都要告诉我们。"范雨希试图使韩莉卸下防备心，"我们的目的是找出真凶，因为我们也被警方列为嫌疑人了。找出真凶，对我们和周梁来说，都有好处。"

终于，韩莉深吸了一口气，开口了。

那天夜里，众人分头行动后，韩莉左思右想，实在不敢一个人走，于是畏畏缩缩地折返，准备找唐晓珍一同行动。

先前，韩莉实在不明白唐晓珍为什么要提出分头行动的建议，却还是咬着牙同意了。虽然周梁和王珂从来没有承认过两人的恋情，但她并不傻，她能看出来周梁喜欢王珂。她要向周梁证明，她不比王珂差。

韩莉回到原地后，发现了同样折返回来的唐晓珍，刚要开口叫唤，竟发现唐晓珍正往王珂负责的区域走去。她觉得奇怪，便悄悄跟了上去，为了不让唐晓珍发现，她还将手电筒关了。

"你看到了什么？"范雨希问。

"唐晓珍蹲在一个角落里，张牙舞爪地发着怪声吓唬王珂。"韩莉回忆着当晚看见的场景，"王珂被吓得不轻，失声逃窜。"

"后来呢？"范雨希追问。

"我跟丢了……"韩莉低下了头，回想起后来的遭遇，依旧寒毛直竖，"再后来，我就见'鬼'了。"

范雨希将信将疑："为什么你一开始不指认唐晓珍？"

"我们是好朋友，她心地不坏……经常帮助我，我觉得她只是想吓吓王珂罢了。"

范雨希和孔末得到了韩莉的证词后，又来到了唐晓珍的宿舍，二人敲了许久，不见有人开门。范雨希第一时间给朱晓发了短信，警方立即派了人寻找唐晓珍。范雨希和孔末在南港大学等了一下午，依旧没等到唐晓珍，他们意识到唐晓珍有可能畏罪潜逃了。

天快黑的时候，范雨希叫了孔末一声："喂，自恋狂，我们再去一趟北山吧。"

孔末的脸色一沉："不去。"

"你看，说你是胆小鬼你还不承认！"范雨希想再确认一下案发当晚从老宅里跑出来的究竟是三个人还是四个人。

"死女人，谁怕了，去就去！"孔末对范雨希扬起了拳头。

范雨希暗自发笑，她发现，这个孔末太容易中她的激将法了。

他们准备了两支手电筒后，开车沿着公路来到了山顶。刚一下车，阴冷的山风便迎面吹来，孔末瞪着两只大眼睛，警觉地朝四处望着。

老宅外有一湾干涸了几十年的浅滩，山上连着下了几天雨，现在滩里又灌满了水。范雨希和孔末慢慢地朝着老宅走去，谁都没有发现不远处的这湾浅滩。

"其实，我有些好奇，你为什么会有两个人格？"范雨希试探性地问。

孔末没有回答。

"你为什么这么暴躁？"

范雨希仍旧没有得到答复。

"其实，你也不是那么讨人厌。"范雨希想起了被申靖绑架的那晚，孔末顶着暴露身份的风险前去救她，还把申靖胖揍了一顿，刚想道谢，还没来得及开口，就突然被拽了过去。

孔末险些跌进那湾浅滩，身体失去平衡之际，拽住了范雨希的手，借力蹬了上来。但沦为借力工具的范雨希一头扎进了浅滩，喝了不少污水。

孔末站在浅滩边上，舒了一口气："好险。"

范雨希气得火冒三丈："当我没说，你就是一个让人恨到骨子里的不折不扣的讨厌鬼！"

范雨希气鼓鼓地爬了上来，盯着那湾浅滩看了一会儿。刚刚离得远，他们根本没有发现这里有浅滩。她走到了远处，抬头看了一眼天空，那里阴云重重，没有月光，她晃动手电筒，这一次，她看清了浅滩反射的光。

"我知道了！"范雨希开心得笑出了声，"不用进老宅了，你跟我去趟医院确认一件事！"

审讯室里，朱晓的手指颇有节奏地轻敲着桌面，凝神看着面前的唐晓珍。两个小时前，白洋在殡仪馆里找到了蹲在角落里抽泣的她。

"姑娘，还是不肯说吗？"朱晓伸了个懒腰，"我可陪你在这儿坐了两个小时了。"

"你让我说什么？"唐晓珍的眼神失去了神采。

"别装了，韩莉都招了，她亲眼看见你吓唬王珂了。还有，分头行动的建议也是你故意提出来的吧？"

唐晓珍又惊又气："她真的是这么说的？"

"警察不骗人。"朱晓见唐晓珍快要松口了，招呼白洋赶紧做笔录。

"我承认，我提议大家分头行动是为了吓唬王珂。但是，我没杀人，凶手有可能是韩莉！"

"哟呵！"朱晓来了精神，"你们还真是一对塑料姐妹花，这就互相掐上了。"

唐晓珍是探险社最早的一批社员，和周梁共事好几年了。性格使然，她没将对周梁的感情表现出来，直到王珂出现，她才开始有些嫉妒。案发当晚，她见周梁牵着王珂的手进了老宅，心头萌发了醋意，再回想平日里周梁和王珂的暧昧，更是气上心头。

分头行动是探险社的惯例，之前几次探险也都采取过这样的方式。于是，当晚，唐晓珍也提议分头行动。一开始，王珂和韩莉都表现得不太情愿，但在唐晓珍的怂恿下，二人为了不让周梁觉得自己胆小，便同意了。

等大家走远后，唐晓珍悄悄跟上了王珂，吓唬了她几次。

"我知道这些，后来呢？"

"教训完王珂后，我就走了。"唐晓珍说，"再后来，我怕王珂精神恍惚出什么事，就想回去带她一起走。但是，我回去的时候看到韩莉从王珂的身后撞倒了她。"

"你是说王珂的扭伤是韩莉袭击造成的？"

"不错。她撞完人就跑了，我怕王珂误以为是我干的，便没露面，转身也走了。"唐晓珍回答。

朱晓站了起来："还挺有意思，看来我得把韩莉也抓来。"

过了九点，从北山上下来的范雨希和孔末又去了一趟医院，从周梁口中得到了模糊的线索：逃离老宅时的王珂穿的好像是深色的衣服。

"小希，你是推测拉着周梁逃跑的那个王珂是凶手伪装的？"孔末问。

范雨希点头："从目前的线索来看，要么这三个人都是凶手，共谋犯案，一起撒了谎；要么三个人都没有撒谎，而是真的看到了第四个人和他们一起逃离，那第四个人就是我们要找的凶手。"

孔末接过她的话："从犯罪动机角度而言，周梁不太可能杀王珂，他们不太可能共谋作案，所以你更倾向凶手在他们之外的可能性。"

而如果凶手不是他们，那他们就没有撒谎，所以，看花眼的更可能是当时身处远处的范雨希等人。

探险社有规定，为了方便在黑夜里辨认对方，成员需要着白色衣物行动，因此，当晚进入老宅前，所有人都在帐篷里换了白色的衣服。所以，站在远处的范雨希三人借着微弱的光，一眼就看到了周梁、唐晓珍和韩莉三道人影。

但是，第四个人却没有被范雨希等人发现。因此，她推测，第四个人离开古宅时，身着黑色或其他深色的衣物，只是当时其他三人都受了惊吓，没有注意罢了。

黑色衣物在夜间不容易反光，加上距离远、光线弱，非常容易被忽略。

"为了防止被其他人看见，案发当晚，凶手穿了黑色的衣服。"

第 17 章
报酬

为了求证，范雨希和孔末又一次来到了南港大学，在宿舍楼下发现了悄悄跟踪他们的吴强。

孔末进了宿舍楼后，摇着头叹气："这吴强咬得太紧了，当真不肯放过我。"

范雨希笑道："怎么，心烦了？"

孔末回以一笑："吴强的嫉妒心很强，他越针对我，就代表杨荣对我越信任。我敢肯定，杨荣真的对我没有太大的戒心了。"

他们刚走到韩莉的宿舍外，还没敲门，朱晓后脚就赶到了。

"你怎么来了？"范雨希暗道不好，"吴强就在楼下，他一定又要大做文章了。"

朱晓自信道："我让白洋和其他警察守在楼下了，吴强上不来。他也做不了文章，你们来这儿是查案，我来这儿是抓人，我相信你能圆得过去。"

朱晓将唐晓珍的供词告诉了他们，孔末思衬着说："我看，她们未必是凶手，但她们说的话都是真的。这对姐们儿或是为了保护周梁，或是为了摆脱自己的嫌疑，开始互相指认了。"

朱晓应和："我也这样认为。周梁这小子真是艳福不浅，三个女娃子都喜欢他。韩莉和唐晓珍互相掐架，说不定想顺道铲除一个情敌。"

"朱队，虽然还没问过唐晓珍和韩莉，但基本可以确定，案发当晚，第四个人穿了黑色的衣服。恐怕一开始，北山闹鬼这一出戏就是凶手为了吸引探险社的杰作。"孔末分析道，"四支手电筒都装着快要用尽的电池，这总不会是巧合，凶手应该是对手电筒动手脚了。"

"你的意思是凶手是可以接触到探险社所用道具的人？"朱晓问道。

"不错。"孔末说，"如果人就近在眼前的话，黑色的衣服和白色的衣服都起不了太大的伪装作用。周梁三人之所以没发现那个王珂是假的，关键不在于凶手穿的衣服。"

王珂是长发，头发散落下来可以挡住脸，大家的手电筒都没电了，摩托车的车灯也被凶手人为损坏，周围伸手不见五指，加之当时大家都吓坏了，没人太会去关注那人的脸。这时候，只要蹿出一个长得像王珂的人，大家都会下意识地以为那就是王珂。而且，王珂是一个哑巴，众人不会与她有言语交流，这更大大降低了凶手暴露的风险。凶手事先在公路上设置了路障，趁着众人下车搬石头时，悄然逃离。

"所以，凶手穿着黑色衣服是为了向其他上山的人掩饰自己的身形。"孔末说，"但是，山里的流浪汉都不敢上山了，如果有其他人会上山的消息，凶手又是怎么知道的呢？"

范雨希一拍脑门儿："案发的那天白天，你不是去了南港大学吗？"

"是的，我去了一趟南港大学，四处打探周梁的下落。当时，周梁已经带着探险社的成员上山了，但是，凶手应该还在学校内，并且看出我很着急，猜到了我会连夜上山找周梁。"

朱晓摸着胡楂儿："凶手是南港大学里的人，而且可以十分轻易地接触到探险社的道具，这么一分析，凶手很有可能是除了周梁四人的探险社里的其他成员。"

"是的。凶手好几次故弄玄虚，都有自己的目的：吓唬流浪汉是为了让流浪汉们将闹鬼的传闻扩散出去，吸引探险社、吓唬周梁几人是为了将逃窜的众人拆散走远，好对王珂动手。"

"这唐晓珍倒好，主动提出分头行动，为凶手提供了便利。"朱晓无奈道。

"凶手勘查过地形，对老宅的分布了如指掌。他躲在暗中监视着众人，发现周梁、唐晓珍和韩莉三人出于不同的目的分别接近王珂，所以，凶手不得不想方设法地驱散这三人。"孔末将案情合理地还原了一遍，"最后，为了扰乱警方的侦查思路，逍遥法外，他制造了王珂死后还跟他们一起逃离的假象。"

"可是，探险社剩下的人不就是彭畅和当时请假回老家的那个学生吗？他们都有不在场证明。"范雨希说。

"已经退出探险社的学生有可能回探险社寒暄，探险社不会对他们闭门不见的。"孔末有些头痛，"不过，探险社人数最多时有数十人，这范围太大了。"

"甭管了，我先把韩莉带回支队再说。"

"等等，"范雨希叫住了朱晓，"你怎么知道南码头运货是杨荣的阴谋？"

朱晓从怀里掏出了一张照片："这是安装在警车上的探头拍下的，是他帮了我。"

一天前的深夜，带头的警车突然停了下来。

朱晓探出脑袋，举着对讲机："怎么回事？"

对讲机里传来答复："朱队，有个人拦了警车。"

朱晓推开车门，跑了过去。深夜的马路中央，一道笔挺的背影挡住了警车的去路。

"你是谁？"朱晓望着男人的背影，警惕地问。

男人缓缓地转过身来，看上去很年轻，与范雨希和孔末年纪相仿，可是，朱晓却从他那双冷漠的眸子里感觉到了沧桑。

"收队。"男人的嗓音低沉。

朱晓心中一凛："为什么？"

"去了你会后悔。"男人说完，转过身，消失在了路灯耀眼的街道尽头。

有警察催促道："朱队，再不走就来不及了。"

"收队。"

"啊？"

范雨希接过朱晓递来的照片，盯着上面的男人，喃喃道："看上去有些熟悉。"

"你见过他？"朱晓一怔。

范雨希想了许久都没能想起来："你连他是谁都不知道，就听了他的话？你就不怕错过一次抓捕杨荣的好机会吗？"

朱晓没有告诉范雨希和孔末，他从对方说话的语气里感觉到了"声音"的气息。

"声音"每次与朱晓联络都会使用变声器。虽然一个人的声音能变，但如若不经刻意修饰，一个人说话的语气和节奏很难伪装。不过，朱晓不敢确定，也想不通，如果那个男人是"声音"，为什么不直接承认？如果对方要继续掩盖身份，又为什么要当面阻止他？

朱晓带走了韩莉，许久后，孔末和范雨希从宿舍楼里走了出来。

吴强带着人拦住了他们："为什么南港支队的副支队长会在这儿？"

范雨希漫不经心地回答："眼瞎吗，抓人啊！"

"你们为什么在这儿？"

"查案啊！"范雨希怒道，"吴强，你三番五次找我们麻烦，是不是不想替你干爹找出陷害南港达的罪魁祸首了？"

吴强被扣上这么大一顶帽子，冷笑道："我知道你们有问题，把狐狸尾巴藏好咯，一旦被我揪出来，我可不会手软的！"

翌日，范雨希早早就被阿二的电话吵醒了："希姐，打听到流浪汉的下落了。"

范雨希来到恭家大院，发现有许多人在打扫卫生，买菜的阿姨提了一箩筐的食材回来。她拖过阿二："怎么，今天有客人吗？"

"不知道，不过，恭爷特地吩咐，把最大的客房收拾干净。"阿二也觉得奇怪，"恭爷早早就出去散步了，笑得那叫一个灿烂啊，已经很久没见恭爷这样开心了。"

"你不是说找到阿水了吗？人呢？"

"咱们的人盯着呢，现在他在一家茶餐厅吃早饭呢。"

范雨希觉得疑惑："茶餐厅？服务员能让他进去？"

阿二二话不说，带着范雨希就出去了。路上，阿二将他搜集来的线索全部告诉了范雨希。自从阿水失踪后，有不少恭爷的手下在不同的地方见过阿水，其中，有好几个人在不同时段看见阿水徘徊在南港大学校门外。

"还有啊，还有人见过他在医院外面逗留呢。"阿二说。

范雨希一问，发现竟是周梁住的那家医院。谈话间，他们来到了一家茶餐厅外，此时，阿水正牵着狗朝往面走去，范雨希拦下了他。

"我认识你吗？"阿水端详着范雨希。

范雨希也打量了阿水一番，她在照片中见过阿水，如今，眼前的人和照片中的人简直判若两人。阿水剃掉了乱糟糟的头发和胡须，看上去清爽了不少，不再身着破破烂烂的衣服，而是穿着干净的衬衫，不知道的人根本不会想到他是一名流浪汉。

范雨希对阿二招了招手，阿二心领神会，将阿水推进了茶餐厅，摁着坐到了椅子上。

阿水非常惶恐："你们到底是谁？"

"你们住的那个破山头把我害惨了，前几天那里发生了命案，警方怀疑我是凶手，现在你给我老老实实坐下，我问什么，你就答什么。"范雨希故意握紧了拳头，指节嘎吱作响。

阿水的眼珠子转了转，笑道："小妹……"

阿二吼道："小妹？"

阿水吓了一跳："大姐？"

阿二拍着桌子："这是我们希姐！"

范雨希不耐烦了："别打岔。"

阿二不再插嘴，阿水说道："希姐，我什么都不知道，我是上山找手链去的。"

"手链呢，找着了吗？给我瞧瞧是什么稀罕东西，值得你壮着胆摸黑上山。"范雨希摊开了手掌。

阿水挠着头："没找着。"

范雨希看见阿水嬉皮笑脸的模样，揣测他没把知道的情况说完。朱晓审过阿水，警方审不出来的，她也未必问得出来，于是立刻换了个问题："你不是流浪汉吗？怎么现在人模狗样的？"

"您也别瞧不起人，我以前是流浪汉，但现在不是了。"

"那你去南港大学和医院做什么？"

阿水一愣，没想到范雨希连这都知道，有些着急，支支吾吾回答："流浪汉嘛，走到哪儿算哪儿。"

范雨希冷哼："现在又承认自己是流浪汉了？别耍机灵，老实点，否则有你好受的。"

"你知道希姐是谁吗？恭家大院听说过吗？她是恭爷的干孙女儿！"阿二硬气道，"你一个流浪汉哪来的钱拾掇自己，说实话，钱是不是偷的！"

阿水在南港讨了很多年的饭，怎么会没听说过恭家大院，脸色顿时变了："我哪敢偷钱啊！我是捡到一个有钱人的钱包，那人出手大方，赏我的。"

范雨希当然不会轻易相信，正要继续问，便有警察闯进餐厅，将阿水带到了南港支队。

"你小子，让我一顿好找啊！"朱晓揽过阿水，指着他的一身衣服，"说说吧，你演的这出是什么戏，草根逆袭？"

阿水又对朱晓说了一遍相同的话。

"这一出手就是大几万，看来你捡的那钱包里装了不少钱。"朱晓拍了拍阿水的脑袋，"诓我呢？"

"我没有！你不信的话，可以找派出所的人问问！"

阿水说，他捡到钱包后，交给了派出所。派出所根据钱包里的信息找到了失主，失主当着民警的面向阿水支付了报酬。

朱晓为了确认阿水所说的真伪，找到了接警的民警，这一问，事情还真是阿水说的那样。

"我警告你，案子还没结，你要是再甩开我们的人，我就把你抓进来。"朱晓警告后，又放阿水离开了。

天黑时，范雨希如约与朱晓碰了面，这次，碰面的地点不在恭家大院附近的胡同里。

"怎么选了这么一个地儿？"朱晓问。

"今儿恭爷有客人，胡同不安全。"范雨希来了脾气，"我说，你到底让不让我查案？"

"丫头，此话怎讲？"

"我们去找韩莉，你就把韩莉带走；我们去找阿水，你就把阿水带走，你到底想怎么样？"范雨希抱怨道。

"我还以为多大事呢。"朱晓嬉笑道，"我倒是希望什么也不干就能破案，省事，但就算我肯，其他警察肯吗？再说，都让你查了，杨荣不得起疑？"

"行了，别遮遮掩掩的了，其实我知道，你让我查案就是想锻炼我的能力而已。"

朱晓的心思被范雨希识破，不再否认："既然知道我的良苦用心，就努把力吧。"

"你还不如给我找个老师方便呢。"范雨希白了他一眼。

"是个好主意。"朱晓突然打了一个响指，"话说，我认识一个全国最好的心理学专家。"

"你就吹吧。"

"真的，不然你以为孔末为什么肯答应当我的线人？"

范雨希来了兴致："什么意思？"

朱晓差点儿说漏嘴，立刻摆手："我师父，江军，在电视上见过吧？京市著名刑警，参与过许多重大刑事案件的侦破！他的爱人，刘佳，就是我师娘，是国内最好的精神心理学专家。要是你能得到她的指导，一定会有所收获。"

范雨希半信半疑："你真的能让她答应指导我？"

"看你的表现咯。"朱晓严肃了起来，递给她一份资料，"这是你要的文件，阿水捡到的那个钱包的失主信息全在上面。"

范雨希翻了翻资料："有发现问题吗？"

"是一家公司的老板，目前来看，没有问题。"朱晓见她还不走，催促道，"天晚了，回恭家大院吧。"

范雨希抬眼："我又不住恭家大院。"

"你不是说有客人吗，身为恭家大院的未来主人，不去接待一下？"

范雨希想了想："也对。"

直到范雨希走远，朱晓才取出另外一份资料，资料上贴着帮助过他的男人的照片，旁边写着一个名字——关闻泽。

范雨希刚踏进恭家大院，就闻到了饭香。恭爷坐在厅堂里，对着范雨希招手："小希，刚想派人去叫你一起吃饭呢。"

范雨希笑着走近："恭爷，今儿是谁大驾光临啊，我看厨房从一早就开始准备了。"

恭爷眯着眼睛，卖起了关子："一会儿你就知道了，我想，你会高兴的。"

范雨希陪着恭爷在厅堂里坐了近一个小时，早就过了饭点，但客人迟迟没来。恭爷不喜欢别人迟到，可是今天，他的脸上却始终挂着笑容。

终于，阿二来通报："人来了。"

范雨希站了起来，望向宅门的方向。

那道穿着灰色衬衣的高瘦身影踏着不急不缓的步伐，稳步走来。范雨希看着他凌而不乱的发丝和深邃的眸子，猛地认出对方来，这个人就是拦截下警车、帮了失晓的男人。

范雨希忘了说话，愣愣地看着男人走到了恭爷面前。

男人没有说话，只是微微点头，就算是和恭爷打过招呼了。

范雨希心情复杂，不知道为什么，亲眼所见后，她依旧觉得这个男人有些熟悉。

"小希，"恭爷开怀笑道，"打招呼啊。"

范雨希回过神，对着男人伸出了手："你好，我是范雨希。"

男人比范雨希高一头，他微微低头，注视着她的眼睛，没有伸手，也没有说话。

范雨希和男人四目相对的那一刻，读懂了男人眼里透露出来的冰凉和悲伤，那种感觉伴随着她心里莫名的熟悉感，略微刺痛了她的心。

"小希，你不记得他了吗？"恭爷拄着拐杖，来到了他们面前，"他是关闻泽！"

范雨希木讷地重复道："关闻泽？"

范雨希不敢相信面前的这个人是关闻泽，在她的记忆中，关闻泽的眼神里永远充满着温暖。

第 18 章
封口

"范雨希的妈妈是舞女！"

"不要脸，听说范雨希没有爸爸，也不知道是她妈妈和谁生的她！"

"听说她小小年纪就跟着她妈在舞厅里陪酒了。"

在学校里，范雨希没有朋友，关于她妈妈的流言蜚语铺天盖地，几乎要将她吞没。她才十三岁，却承受着这个世界上最大的恶意。每一天，从她背着书包走进学校的那一秒开始，便要忍受那些鄙夷、冷落和排斥的目光。

范雨希从没有想过，一个全是小孩的地方却处处充满着暴戾。那些人仿佛能够从诋毁她的三言两语里获得备受瞩目的满足感，不肯停歇地造谣生事。她觉得那些人都聋了，因为他们从不肯听她费尽心思的辩解，却对讪谤她的只言片语深信不疑。

范雨希努力地反抗过，可除了一身的淤青，什么都没有获得。为了不让妈妈担心，她总是将伤口捂得严严实实，撒了无数个谎让妈妈放心。日复一日，她开始痛恨学校里的所有人，对她而言，在学校里的每一秒都是煎熬。

于是，范雨希学会了逃课。

那是范雨希一辈子都不会忘记的一天，那天，半空中飘着晶莹剔透的雪花，天寒地冻，整个世界都是白色的。她把书包往墙外一丢，娴熟地攀上了围墙，小手被墙垣上结的冰冻得快要失去知觉了。

墙头滑溜溜的，范雨希没能成功翻过去。她忍着寒意，又试了一次，依旧没能成功。第三次、第四次、第五次……直到一只手伸向了她。她抬起头，发现有一个看上去和她年纪差不多的男生跨坐在围墙上，咧着嘴角对她笑。

男生的眼睛里透着光，头顶着冬天里唯一让人觉得温暖的太阳。范雨希从未那样相信过一个同龄人，将手伸向了他。攀上墙头后，范雨希没有着急跳下去，而是坐在墙头上，望着远处，嘴里哈出了一口白气，她从来没有注意过，从高墙上看到的世界这么特别。

"恭爷让我来看看你。"男生陪着范雨希坐着，轻声说，"我叫关闻泽。"

"他还记得有我这个干孙女儿？"

"这里发生了什么，他一清二楚。他说，你要靠自己解决。"

范雨希垂着头："我还能靠自己吗？"

"人活在这个世界上，最能依靠的就是自己。"关闻泽扭过头，对着她露出了温暖的笑容。

范雨希发觉，关闻泽比任何一个同龄人都更像大人。

"回去吧，逃避只会让你变得更渺小。总有一天，你也能在最恶劣的条件下，一个人攀上高墙。"

从那以后，关闻泽成了范雨希唯一的朋友。他总是在范雨希觉得快要支撑不住的时候出现，鼓励着她再咬咬牙就可以熬过去。他像范雨希的人生导师一样，教她学会面对一切问题。

关闻泽教会了她很多直至她长大后才明白的道理，最重要的一条让她记忆犹新：只要善良和热情，总有一天可以驱散恶意和怯懦。

南港支队。

赵彦辉翻着朱晓递来的资料，严肃地问："你确定吗，关闻泽是

'声音'？"

朱晓微眯着双眼，沉重地摇头："不确定，只是没有任何证据的直觉。"

"关闻泽，二十六岁，全国武术大赛冠军、射击俱乐部冠军。"赵彦辉重复着文件上的资料，"这个人看上去不简单哪。"

"是的。据我调查，关闻泽出生在恭家大院里，智商不低，十四岁就提前完成了基础学业。他的父亲是恭临城的管家，但在关闻泽十五岁那年，突然发了疯，不久后就去世了。同年，关闻泽离开南港，失去了消息。"朱晓向赵彦辉汇报，"近两年，关闻泽在武术和射击大赛里取得了令人瞩目的成绩，但为人很低调，各地的警方没能查到太多关于他的信息。"

"才十五岁就背井离乡，查得到原因吗？"

"很快就能查到了。"朱晓意味深长地说，"这会儿，范雨希应该见到关闻泽了。"

话音一落，朱晓接到了范雨希的电话："朱晓，你给我出来！"

朱晓走出支队，来到了和范雨希约定的地方。

"你早就查到关闻泽的身份了，所以才劝我去恭家大院会客！"

朱晓很坦诚地点了点头："不错。"

"你这是在试探我，你怀疑我？"

朱晓仍旧没有否认："关闻泽的爸爸是恭家大院的管家，你没理由不认识他。"

范雨希气得有些颤抖："他和我都在上学，基本不回恭家大院。"

"在恭家大院外呢，难道你也没见过他？"

范雨希无法忍受朱晓像审问犯人一般的语气："见过又怎么样？过去十年了，他站在我的面前我都没有一眼认出他来，难道靠着探头拍下的一张照片就能让我马上叫出他的名字吗？"

"就算你一眼认出了他，那你会向我汇报关于他的信息吗？"

范雨希一时哑然。

关闻泽关系恭家大院，出卖关闻泽的情报在一定程度上代表范雨希出卖了恭家大院。朱晓并非不相信范雨希，而是借此次机会提醒她。

"丫头，我不逼你，你想清楚了再回答我。"朱晓朝前走去，没走几步，微微驻足，"恭家大院怎么样，我不好评价，但至少关闻泽不简单。"

范雨希明白，一个拦下警队、向朱晓提供了重大情报的人怎么会简单。

朱晓离开后很久，范雨希才心不在焉地往回走。直到发现身后的脚步声，她才找回思绪，转过身，发现关闻泽正站在不远处。

范雨希惊得出了一身冷汗："你怎么在这儿？"

关闻泽没有回答，只是远远地看着她。

范雨希又问："你是从什么时候跟着我的？"

关闻泽迈动脚步，缓缓来到了她的面前："恭爷让我送你回家。"

关闻泽的话里不带任何情感。他没有回答范雨希提出的问题，这使得范雨希不敢确定他是不是撞见自己和朱晓碰面了。

范雨希觉得关闻泽无比陌生，就像是变了一个人。她默默地跟在关闻泽的身后，心里很不是滋味，她还记得，曾经的他们嬉笑打骂，无话不谈。

关闻泽把范雨希送到家门外后，马上朝着恭家大院的方向走去。范雨希叫住了他："当年为什么不告而别？"

关闻泽的背影停留了片刻，而后像什么也没听见一样，消失在了街道的拐角处。

一个难眠的夜晚悄然过去，范雨希无精打采地和孔末会合。

孔末见范雨希一脸倦容，问道："小希，你怎么了？"

范雨希摇了摇头："今儿查一查那个钱包的失主吧。"

失主是南港一个工厂的大老板，家境殷实，拿出几万块钱当酬金，顺道救济一个流浪汉，倒是合情合理。但是，阿水甩开警方后，徘徊于南港大学和医院的行为让范雨希觉得事有蹊跷。

范雨希从朱晓手中拿到失主信息后，立刻派人去调查了。阿水是在南港大学附近的一条小吃街捡到钱包的，随后将钱包送到了就近的派出所。丢了钱包的老板家住在南港北部，工厂建在南港北部，距离南港大学附近的派出所足足有二十多公里。范雨希和孔末驱车来到了工厂。

但是，那位老板很忙，没有给他们多少时间，只是称钱包丢失的当天是去南港大学附近见客户了。随后，他们又问了工厂里的员工，大家都说老板工作繁忙，成天窝在办公室里，连陪家人的时间都抽不出来，就差睡在工厂里了。

"不对劲，"孔末说，"见客户怎么会选择南港大学附近小吃街这样的地方？"

范雨希试着找理由："兴许他的客户喜欢朴素的路边摊？"

"大学附近的小吃街，学生聚集，说是为学生专门开设的也不为过。你认为学生群体中有什么值得他屈尊前去会面的客户吗？"孔末分析道，"除非他的客户不是学生，又刚好住在南港大学附近，而且刚好喜欢吃朴素的小吃。"

按照社交礼仪，能让这位大老板不辞辛劳赶到南港大学附近的小吃街，还用小摊贩招待他的客户，地位肯定比他高。

"所以，让朱队把居住在南港大学方圆三公里内的居民信息筛查一遍，看看有没有这样的人，就能大概猜测出这位老板是不是撒谎了。"

范雨希立即联系了朱晓，没过多久，朱晓给她回了短信：南港大学附近并没有家境比那位老板富裕的居民。

"还有一个疑点，"孔末说，"他那么忙，接到通知时，更有可能是派人去取钱包，但是他亲自去了，而且在派出所里浪费了不少时间。"

范雨希拿起手机，一边说，一边发信息："怎么看，阿水得到酬金的这件事都有些古怪，我让朱晓多花点时间去调查一下这个老板。"

"我想到一种可能，"孔末的语气突然严穆，"酬金只是为了让阿水合法、合理取得一笔赃款的掩饰手段罢了。"

南港支队内，朱晓向白洋发布了命令："去秘密地查查这个人际关系，天黑之前我就要。"

白洋抱怨道："朱队，这也太难了，您好歹给个范围，不然一个人的人

158

际关系圈那么广泛，我要从哪儿下手啊！"

朱晓想了想："那就查查他和南港大学探险社曾经的成员和现有成员的关系。"

"得嘞。"白洋跑了出去。

天快黑的时候，有人来汇报："朱队，韩莉说要见您，说是想到了一些重要线索。"

朱晓来到了审讯室："说吧。"

韩莉和唐晓珍互相指认后，两人都承认了各自在老宅里对王珂实施的行为，但都不承认有杀害王珂的心思。警方将目标锁定为"第四个人"，但没有排除唐晓珍和韩莉联合"第四个人"共同犯罪的嫌疑，毕竟她们二人都有犯罪动机和相应的"施暴"行为。

韩莉和唐晓珍暂时被羁押在南港支队，眼看警方没有放人的意思，二人都着急了。

"追求王珂不成的人有没有可能是凶手？"韩莉试探性地问。

"现在是我问你还是你问我？"朱晓敲了敲桌子，"快说！"

韩莉犹豫了片刻，说："我曾经好几次看见彭畅向王珂示爱被拒绝了。"

"彭畅？"朱晓立即摆手，"不可能，他有不在场证明。"

韩莉失落地低下了头。

朱晓刚要起身，审讯室的门被推开了，白洋伏在他的耳边说了几句话，他怔了怔，对韩莉说："来，给我详细讲讲。"

南港街头，范雨希和孔末将抱着狗的阿水堵住了。

"你搞什么名堂？"范雨希喝道。

下午，阿二告诉范雨希，阿水又耍小手段，把跟着他的警察甩了。之前，范雨希担心再生事端，也派了人跟踪阿水，但阿水很机灵，不仅甩开了警察，她的人也跟丢了。今晚，范雨希的人在附近再一次找到了阿水。

阿水的双目失神，像是没看见她一样，愣愣地往前走去。范雨希瞄了一眼阿水手里抱着的黄狗，惊讶道："它死了？"

阿水这才停下脚步，缓缓地抬起头，眼睛里含着泪花："希姐，您是恭家大院的人，只要您帮我一个忙，我就告诉您凶手是谁！"

　　范雨希更吃惊了："你知道凶手是谁？你要我帮你什么？"

　　"杀一个人。"

　　范雨希的心头一颤："谁？"

　　"彭畅！"阿水跪在了地上，将黄狗的尸体轻轻地放在一旁，抱住了范雨希的腿，"他就是凶手，是他害你们惹上嫌疑的，你们替我杀了他，我就去指认他！"

　　范雨希没反应过来："你怎么知道凶手是他？"

　　孔末倚着墙，淡漠地看着这一切。

　　"我亲眼看见的。那天晚上，我上山找手链，无意间看见他用刀杀了那个女生！"阿水咬牙切齿地说道。

　　阿水说，案发后，阿水在南港大学徘徊找人，目的是向彭畅勒索。但是，周梁入院后，彭畅就请假去照顾周梁了，于是阿水又到了医院找人。彭畅为了堵住他的嘴，同意支付封口费，但是怕事后被查出来，百口莫辩，于是想出了"捡钱包"的方式。

　　阿水只想得到钱，便答应了彭畅的做法。但是，阿水很快就将几万块钱用完了，加之警方和范雨希紧追不舍，他顿时觉得报酬太少，于是变本加厉地向彭畅勒索封口费。

　　"他为了警告我，让人将我的狗毒死了！"阿水哀号道。

　　阿水胆小，如果彭畅换一种方式警告，他的确可能再也绝口不提这件事，可他却选错了方式。阿水流浪多年，只有一条狗相伴左右，他早已经将狗当成了亲人。于是，阿水决心告发彭畅，并请求范雨希替他的狗报仇。

　　"喂，自恋狂，"范雨希唤了冷眼旁观的孔末一声，"你怎么看？"

　　孔末却突然朝着人群奔去。

　　范雨希觉得莫名其妙，低头问阿水："除了你的证词，你还有其他证据吗？"

　　"我有内存卡！"

"摄像机里的内存卡是你取走的？"

她的话音刚落，一群警察就包围了这里："举起手来！"

孔末追着一道人影进了狭长的小巷，眼看马上就要追不上了，他踢起脚下的一块石子，朝着那人的背影砸去。那人终于转过身，躲过了石子。如果范雨希在这儿，一定会轻易地认出来，那人正是关闻泽。

孔末瞥了一眼手表，马上就要过九点了，决定尽快拿下对方。

"束手就擒吧。"孔末大步地朝着关闻泽走去。

关闻泽淡然地问："为什么追我？"

"你为什么跑？"孔末反问。

孔末见过关闻泽的照片，在人群中发现他后，刚要追，对方就跑了。孔末知道朱晓对这个人一定感兴趣，便决定替朱晓绑了他。

关闻泽不回答，转身便走。孔末按住了他的肩膀，不料关闻泽抓住了他的手背，一个反扭，脚下一踢，将失去平衡的孔末朝地上重重摔去。孔末立即单手撑地，脚下朝着关闻泽的脸踹去。

关闻泽不得不松手，往后退了几步。孔末马上从地上腾地站了起来，谨慎地盯着关闻泽，通过短暂的交手，他已经判断出了对方的实力：这个人的身手绝不亚于他。

"不错。"关闻泽拍了拍被孔末踢脏的衣角，不带感情地赞许后，提起了拳头，全力朝着孔末攻去。

孔末刚要迎击，就觉得头痛欲裂，眼前一黑。

关闻泽一拳打在了孔末的脸上，孔末踉跄几步，跌在了地上，倒吸了一口凉气，擦了擦嘴边的血，暗道不好："过九点了。"

关闻泽没有继续攻击，他扫了一眼地上的孔末，嘴角扬起了一抹没有情绪的弧度："有意思。"

关闻泽说完，转身离去。

第 19 章
特殊

孔末捂着嘴角回到原处时，阿水已经不见了，只剩范雨希一个人。

"阿水呢？"孔末问。

"被警察抓走了。"范雨希盯着孔末留有淤青的脸，"你怎么了？"

"刚刚发现了帮助朱队的那个人，可惜过九点了，人没抓住，还挨揍了。"孔末一脸无奈地说道。

范雨希皱起了眉头，陷入了沉思。

"想什么呢？"

朱晓没有将关闻泽的信息告诉孔末，范雨希也决定暂时不多说，摇摇头："在想警方为什么要铐走他。"

"你确定是铐走的吗？"孔末询问。

"是，持枪抓人。"

"看来朱队已经找到证据证明阿水有犯罪嫌疑了。"孔末推测道，"阿水得到的那笔酬金看上去不像是封口费，更像是买凶费。"

"你是说，人是阿水杀的，但是彭畅向他买凶了？"

"不错，彭畅有完美的不在场证明，就算他涉案，也不可能是直接凶手。"孔末想了想，"想要确认阿水是不是对我们撒谎了，恐怕还得上一趟北山。"

阿水被抓进了南港支队，朱晓带着白洋亲自讯问他。

朱晓气势汹汹地吼道："到这个时候了，还扯谎！"

阿水咬着牙根："我没有撒谎，我亲眼看见了，凶手就是他。我丢失的手链是我娘的遗物，对我来说很重要，所以那晚我才壮着胆子上山去找的。"

"那你说说，当时那么黑，就连凶手身边的其他三人都将他误当成了王珂，你是怎么看清他的脸的。"白洋拿着笔负责记录，顺便问了一个问题。

"他杀了人后，从兜里掏出了一支小型的手电筒，我是借着光看清的。"

"他开手电筒干什么？"

阿水回答："他装'鬼'的时候披头散发的，后来又要装成那姑娘，所以开了手电筒调整假发。"

"嘿，你小子，编得倒是挺有逻辑。"朱晓嘴上不相信阿水的指证，但心底觉得阿水不像是在撒谎，"有证据吗？"

"我有内存卡！那天晚上，他们当中的一个女生扔掉摄像机后，我就把里面的内存卡取走了。不然，你以为彭畅为什么要向我支付封口费！"

"有这么重要的东西，你不早说！内存卡呢！"朱晓骂道。

阿水委屈道："已经被彭畅抢走了。"

朱晓气结："说白了就是没证据。你知道能为彭畅提供不在场证明的人是谁吗？"

"一定是帮凶！"阿水一口咬定。

白洋笑了："周梁四人失联后，是彭畅报的警。我们这儿有周梁报警的通话录音，还有他报警时的信号源位置，距离北山岗七八公里远呢。怎么着，他是飞过去的？"

阿水愣住了："不可能。"

白洋按照朱晓的吩咐，查出了给阿水酬金的老板是彭畅家以前的司机，曾蒙受彭畅家多年的帮助和救济。后来，这个司机出去创业，发了财。警方前去询问了那位老板，只是他拒不承认警方的怀疑。

"失主和彭畅有关系，但是再有嫌疑的巧合都不能成为证据，我们需要你的指证。只要你承认接受了买凶，我们就能根据你的证词，找到更多的证据，将彭畅和那位老板先抓回来，防止他们跑了。"白洋耐心地劝说着。

"彭畅给我的那笔钱真的是封口费，不是买凶费，人不是我杀的，我没有杀人！"

朱晓站起来，出了审讯室。白洋跟上来："朱队，不再攻克攻克？韩莉多次看见彭畅向王珂求爱，事实明摆着，彭畅求爱不成，于是向阿水买凶，还在案发时间内打电话报警，制造不在场证明！现在东窗事发，阿水不想承担杀人的罪名，于是反咬彭畅一口，只是他没料到彭畅有不在场证明。"

"这可未必。"朱晓突然说，"去把彭畅家这几天的监控录像调出来送到技术队去，我要亲自过目。"

"如果阿水没有撒谎，那他上山找手链的事就是真的。那条手链对他来说一定意义非凡。"北山岗上，孔末大步地朝前走着，他们翻遍了目所能及的地方。

"咱就两个人，这么找不是办法吧？"范雨希调侃道，"你这两个人格还真有趣，你一点也不怕，怎么他一上北山就怕成那副鬼样子？"

孔末没有接话，而是想到了什么，来到了当天范雨希不小心跌进的那湾浅滩，二话不说跳了下去。

"你摸什么呢？"范雨希见孔末弯腰在水里摸索着，疑惑地问。

孔末费劲地答道："警方为了查案，已经把老宅附近搜了个遍，但什么都没有发现，倒是这因积水而形成的浅滩有可能被警方忽略。"

孔末忽然不说了，他抓住了什么东西，站起了身。

"看来阿水没有撒谎。恐怕彭畅的不在场证明有问题。"

孔末的手心正握着一条生锈的小手链。

"朱队，我们调取了彭畅家的监控探头，整理出了这几天他的行踪。"

案发当天，监控探头记录下了彭畅回家的身影，一直到案发后，周梁被送进医院前，彭畅都没有再出过家门。周梁被送进医院后，彭畅从家里提了一袋垃圾出门，丢进门前的垃圾桶后，打了一辆的士，连夜去了医院。之后几天，彭畅再也没有回过家，也没去过学校，而是寸步不离地在医院照顾周梁。

"楼道里有监控探头吗？住宅楼还有其他出口吗？"朱晓问。

"楼道里没有监控探头。住宅楼安全通道的一层有一扇窗户，可以通往住宅楼的后门，那里没有监控探头，算是住宅小区的安全隐患。"白洋不解，"朱队，您真的怀疑是彭畅亲自动手杀的人？可这不在场证明……"

朱晓唤来了技术队的一个人，让他播放彭畅报警时与接警员的通话录音。

"我叫彭畅，我要报警，我的几个同学——周梁、唐晓珍、韩莉和王珂去了北山，现在联系不到人了，他们很可能遇到了危险，请迅速派人去救他们！"

"好的，请问……"接警员还没来得及多问，录音里就传来了嘈杂的声音，像是信号不好，之后电话便挂断了。

朱晓听了录音后："多放几遍。"

就这样，朱晓足足听了数十遍。

"朱队，这录音有问题吗？"白洋问，"声音的确是彭畅的，不会有错。"

朱晓摇了摇头："倒是听不出什么问题，不过，这彭畅的说话方式有些奇怪。"

"哪里奇怪了？"

朱晓突然想到了什么，顾不上回答，猛地站了起来："去查一下案发前的几天，警方有没有接到奇怪的报警，类似报假警的记录。"

白洋不敢耽搁,马上照做。十分钟后,白洋带着一份资料回来了:"案发前一周,我们一共接到了三十几起无效报警,我筛查了一下,其中有五通报警电话很可疑。"

这五通报警电话都是用网络匿名电话拨打的,警方无法查询到报警人的位置和身份。五通报警电话接通后,接警员刚开口,报警人就挂断了电话。

白洋提醒:"这五通报警电话应该是同一个人的恶作剧。朱队,您查这个干什么?"

朱晓听到这儿,再也坐不住了:"我去趟医院。技术队,把彭畅的报警录音拿去解析。"

医院里,彭畅躲在卫生间里,将手里的内存卡掰断后丢进了马桶,亲眼看见它被冲进下水道后,才终于安心地回到了病房。只是面前的两位不速之客令他神色凝重了起来。

孔末对彭畅点头,打招呼道:"这么多天了,你一直悉心照顾周梁,果真让人佩服。"

彭畅尴尬地挠了挠头,笑道:"我和周梁已经认识好多年了,他是我最好的朋友。他的爸妈不容易,要赚钱养家,顾不过来,我做朋友的费点心思是应该的。"

经过数日的静养,周梁的脸色恢复了不少,感激道:"彭畅,谢谢你。"

彭畅给周梁倒了一杯水递给了他:"小心烫嘴。"

周梁喝过热水后,才问范雨希和孔末:"抓到杀人凶手了吗?"

范雨希光顾着观察彭畅和周梁,忘了回答,孔末开口道:"还没有,不过,今儿白天,警方抓了一个流浪汉,名叫阿水。"

彭畅刻意地扭过了脸,范雨希看在眼里。

就在这个时候,病房的门开了,来人是朱晓,见范雨希和孔末也在这儿,他装作若无其事地走向彭畅和周梁。但是范雨希一个箭步挡住了朱晓,向他伸出了手:"警官,你好,希望警方尽快查出凶手,替我们洗刷嫌疑。"

朱晓愣了许久，还是与范雨希握了手。

紧接着，朱晓对彭畅说："我忘带手机了，能借你手机打个电话吗？"

彭畅大方地掏出手机，朱晓瞄了一眼，那手机是个"老古董"了，只有打电话和发信息的功能。

"算了，也没重要的事。"朱晓摆了摆手，等彭畅把手机收起来，又说，"今儿，有个证人说你是凶手，所以我来问问情况。"

彭畅的嘴角抽动了一下，惶恐道："谁啊！这是栽赃嫁祸！"

周梁也立刻为彭畅说话："不可能，彭畅怎么可能杀王珂，我了解他，他不可能那么做！"

彭畅感激地望向周梁，双唇颤抖。

"当然。"朱晓笑道，"彭畅是报警人，有警方替他做不在场证明，他怎么可能是凶手。其实，我就是来确认一下彭畅和王珂之间的关系。"

突然，彭畅慌了，目光还时不时地偷瞄周梁："警官，我们出去讲吧。"

"就在这儿讲吧。"朱晓没有同意，"有人说，你向王珂告白过许多次？"

周梁怔住了。

彭畅结结巴巴地向周梁解释："周梁，你听我说，事情不是你想的那样。我知道你喜欢王珂，我只是替你试试她！"

周梁呆愣了许久后，低下了头："我累了，你们回去吧。彭畅，你也走。"

彭畅见周梁已经下了逐客令，叹了一口气，失落地往外走去。

朱晓没有与众人交流，直接回了警局。范雨希和孔末也各自回家去了。

范雨希辗转反侧，细细地想了一个晚上，天一亮，就给朱晓打去电话："方便听电话吗？"

"说。"

"我觉得彭畅有问题。"

"我知道。"

范雨希接过话："你别打岔，我是说，彭畅对周梁的感情有点特殊。"

范雨希回想起了许多：彭畅夜以继日地照顾着周梁；他给周梁倒水，叮嘱"小心烫"时，语气无比温柔；当周梁替他说话时，他望向周梁的眼睛里竟蒙上了一层雾水；当朱晓揭露他和王珂之间的关系时，他的第一反应不是向朱晓辩解，而是忙着对周梁解释。

朱晓在电话那头沉默了许久："你是说，彭畅他是……"

"查查看吧。不管他是直接杀人，还是买凶杀人，犯罪动机很可能并不是求爱不成而心生怨念。"

范雨希挂断电话后，来到了恭家大院。

关闻泽正站在院子里，背对着她。

"你还没有回答我的问题，当年为什么不告而别？"范雨希问道。

关闻泽没有回头，仍然默默地站着。

范雨希走近："行，那我换个问题，这些年，你去哪儿了？"

"还不回答？我再换个问题，既然走了，还回来干什么？"范雨希几乎是吼出来这个问题的。

终于，关闻泽缓缓地转过了身，注视着范雨希的眼眸："你不希望我回来？"

范雨希和他四目相对，下意识地往后退了一步，复杂道："终于肯开口了？可惜是冷冰冰的语气。"

关闻泽不再多说，想要走，范雨希拉住了他的手："昨晚为什么跟踪我？"

关闻泽将冰冷的手抽了回去。

范雨希咬紧下唇："想要编理由吗？路过？"

"确认一下你身边的人是否安全而已。"

关闻泽的回答令范雨希的鼻子一酸："你凭什么？凭你是我的朋友吗？连告别都不会的人，算是朋友吗？"

范雨希还记得，多年以前的一个清晨，关闻泽悄无声息地离开了，她再也无法在恭家大院看见关闻泽的身影了。当时恭爷派出了很多人去寻找他，可是他就像人间蒸发了一样，彻底消失在了南港城。

都说在南港城里，没有恭家大院找不到的人，就连恭爷都认为，或许那个年仅十五岁的小男生已经离开了这个世界。

许多年过去了，范雨希总会梦见那个像是大人一样帮助她度过那些阴暗年月的小男生。

当关闻泽再一次站在她面前时，她的心中有"原来他还活着"的喜悦，但更多的是"他为什么要抛下我"的疑惑和"他不再是当年的关闻泽了"的痛楚。

眼泪终于从范雨希的眼眶里滚落，但关闻泽像没看见一样，与她擦身而过。

范雨希蹲下身抱住了自己，上一次哭还是她的妈妈去世时。

不知什么时候，恭爷悄悄地来到了她的身后，叹了一口气，蹲下身轻抚着范雨希的脑袋："丫头，别怪那孩子。当年哪，我的管家、他的父亲突然去世，那个打击对他来说太大了。"

曾经，范雨希也试图这样说服自己，但是，她坚信，比任何人都要坚强的关闻泽一定会回来的。然而，他再也没有回来。即使今天他回来了，却也只是顶着同样名字的皮囊，她感受不到关闻泽的灵魂了。

入夜后，吴强带着闷闷不乐的孔末，来到了恭家大院。

"恭爷，干爹刚得了一块玉器，听说恭爷对古玩颇有研究，特地让我送过来给您过目，帮着鉴别一下真假。"吴强恭敬地将白玉递了上去。

恭爷刚要接，就瞅见了吴强手上戴着的白手套，吩咐道："阿二，替我取双手套来。"

吴强赶紧将白玉塞进了恭爷手里："恭爷，我手糙，怕弄坏了这玉器，您哪需要戴手套啊。"

恭爷笑了笑，细细地打量起了这块玉器。

关闻泽经过厅堂，孔末一眼将他认了出来，大喝了一声："你，过来！"

孔末的举动引起了所有人的注意，关闻泽见了孔末，并不惊讶，只是冷冷地看着他。

孔末摸了摸淤青还未全褪的嘴角，对着关闻泽勾了勾手指："继续打！"

孔末疑惑关闻泽为什么会在恭家大院里，但心头的怨念将疑问全盘盖过，只想继续上次的打斗，赢回面子。他见关闻泽站着不动，主动攻了上去，吴强厉声呵斥："孔末，住手！"

但是，孔末像是一匹脱缰的野马，怎么拉也拉不住。见状，关闻泽侧身躲过了孔末的第一拳，但孔末步步紧逼，关闻泽不得不应战。

孔末带着怨气，身形比平时更快，一拳砸在了关闻泽的胸膛上。关闻泽的眉头一蹙，闷哼了一声，随即也迎了上去。

这两人各自见招拆招，打得难解难分，一时之间无法分出胜负。

吴强不再劝架了，心头暗自吃惊，这两人的身手绝佳，都远高于他。他盯着从未见过的关闻泽，猜测这是恭爷新招的打手。

"住手！"范雨希闻声赶到了这里。

第 20 章
包容

孔末和关闻泽互相扯住对方的衣领，被范雨希喝止后，关闻泽松了手，但孔末恨意难平，手上一用力，扯烂了关闻泽的衣服。关闻泽的胸膛露了出来，健硕的肌肉上竟满是伤口。

那密密麻麻的刀痕早已经结成了疤。范雨希怔住，顷刻间，眼眶红了。孔末抡起拳头，还想上前，范雨希歇斯底里地吼道："住手！"

孔末僵住提拳的手，看着范雨希噙着泪水的眼角，表情极度复杂，又恨，却又不敢动手，像极了一个做错事的小孩，双手尴尬得无处安放。良久，他深吸了一口气，放下了拳头："多管闲事，死女人！"

孔末转身离开了恭家大院，吴强接过玉器后，客气地道了别，也离开了。

"你身上的旧伤口……"范雨希靠近关闻泽，关切地问。

关闻泽却往后退了两步，冷漠道："和你无关。"

恭爷长叹了一声："小泽，早点歇息吧。"

关闻泽点了点头，快步进了房间，留下范雨希黯然地戳在原地。

吴强快步追上了孔末，奚落道："觉得愤怒？因为你未必打得过那家伙，我可看出来了，他没有尽全力。"

孔末停下脚步，暴躁的目光瞪向吴强，他很清楚，吴强说的是真的，他能明显感觉到关闻泽未尽全力。

"不过，你这么生气，是因为范雨希护着那家伙吧？"吴强嗤笑。

孔末忽然出手，将吴强按在了墙上，一字一句地警告："再多说一个字，我就把你的嘴撕烂！"

吴强耸了耸肩，不再说话了。

回到南港达大楼时，孔末已经恢复了平静。

"干爹，恭爷的指纹弄到手了。"吴强将玉递了过去。

杨荣也戴着白手套，高兴得合不拢嘴："干得不错。"

一旁的孔末心底吃惊，但并未表现在脸上。

"孔末，让我看看你的几年警校有没有白上。"杨荣对孔末招手，"我要你把恭临城的指纹复制到这东西上。"

杨荣从抽屉里取出了一把黑枪，嘴角露出了一抹狡黠的微笑。

南港支队里，朱晓撑着脸，眼皮重得快要睁不开了，但还是目不转睛地盯着白板上画的案件分析图。

"朱队，要不您眯一会儿吧？"白洋给他送来了一杯咖啡。

朱晓晃了晃脑袋，打了一个哈欠："彭畅那家伙都准备出逃海外了，我哪睡得着。"

就在不久前，朱晓接到出入境机关的通知，彭畅办了出国手续。

"咱向上头申请一下，禁止他出境不就好了？"

"能阻止一次，但能阻止一辈子吗？光靠阿水的指证可扣不了太久的人，咱还需要更多的证据！而且，我怕他偷渡出境！"朱晓头痛道，"彭畅的信息查了吗？"

"彭畅出生于外市，是家里的第二个孩子，他的哥哥已经结婚，父母是上市公司的董事，家庭条件优渥。彭畅到南港来，好像不光是为了上大学，而是定居，他住的房子是他的父母很多年前为他购买的。我查到彭畅已经很多年没有回老家了。"

朱晓听出了问题："彭畅和家人的关系不好吗？"

"没错，是不太好。我给他的父母打了电话，一提到彭畅的名字，他们就挂断了。"

朱晓又问："道明警察身份了吗？"

"说了。"

"自己的孩子可能涉案了，他们还漠不关心，看来真的有问题。"朱晓叮嘱，"请求当地市局合作，好好查一查。"

"我这就去打电话。"

"等等，顺道再去查一查彭畅最近有没有到手机店里购买手机。"朱晓叫住了白洋。

白洋挠着头："朱队，咱都三十多岁，怎么您像七老八十了？不是我说您，现在的年轻人谁买手机还去实体店啊，上网买哪，方便。"

朱晓打了一个响指："嘿，你小子挺机灵，看来我这老年人都快跟不上你们的步伐了。去查查彭畅名下所有电商账号的购物记录。"

"得嘞。"

"等等，技术队那边有消息了吗？"朱晓再次叫住白洋。

"朱队，您不能一口气说完吗？"白洋抱怨着又回过头来，"技术队那边说，他们还需要一段时间，您提的要求，技术难度太大了。"

"让他们加班，弄不好就别下班了！"

彭畅又度过了一个难熬的夜晚，他已经两天没有见到周梁了。他得知周梁已经出院了，给周梁打了好几通电话，但都没人接。他手里捧着一张照片，照片里，他和周梁搭着肩，笑得无比开心。曾经，他和周梁朝夕相处，那是他最快乐的一段时光。可是，自从王珂加入探险社的那一天起，一切都变了。周梁为了王珂，竟然愿意把所有的空闲时间都用来学手语，他变了，他眼里看见的只有王珂，再也没有其他人。

失落感在彭畅的心头日复一日地累积着，他甚至故意接近王珂，向她表白，好让他们不能在一起，有些话，他不能对周梁说，这是他唯一能想到的办法。可是，他也从王珂的眼神里看出了她对周梁的爱意。

彭畅终于动了杀心。

王珂死后，周梁痛不欲生。彭畅的心每天都在挣扎着，他后悔，却又好像不后悔。

彭畅知道，周梁对他失望了，他们再也不会像以前那样称兄道弟了。他站了起来，带上了身份证和银行卡，又整理了一些现金，便出门了。

几乎在同一时刻，范雨希接到了阿二的电话，朱晓接到了白洋的通知。

"希姐，码头那边传来消息，今天一大早，彭畅要偷渡离港。"

"朱队！天还没亮，彭畅就出门了，去的方向是南港大学。"

范雨希通知了还没起床的孔末，朱晓带上了一大队人马，同时出发。

天才微微亮，南港大学早起的学生三三两两并肩而行。彭畅远远地站着，出神地望着宿舍楼。他知道，就算用尽手段，却骗不过警方，被抓只是迟早的事。他该走了，在走之前，他想看周梁最后一眼。

周梁向来起得很早，彭畅再清楚不过了。终于，在彭畅的苦苦等候下，周梁从宿舍楼里走了出来。彭畅的眼前蒙上了一层水雾，把那道身影记在脑海里，不舍地转过了身。但是，一大队警察却在此时将他团团围住，范雨希和孔末也气喘吁吁地来到了这儿。

突然出现的警察吸引了所有人的注意。

"彭畅，警方怀疑你涉嫌故意杀人，现在正式逮捕你！"朱晓挥了挥手，立刻有人给彭畅上了手铐。

彭畅没有束手就擒，撞开身边的两名警察，嘶吼道："我没有杀人！"

"流浪汉阿水已经招供，他亲眼看见你装'鬼'驱赶众人，杀死王珂后，又摸黑装成死者，利用众人因惊吓而无暇分辨真伪的心理骗过众人，逃离现场。"朱晓指着彭畅，"事后他多次向你勒索，你毒死他的狗以示警告，却没想到那条狗对他的重要性。"

"放屁！"彭畅破口大骂，"你要说我向他买凶还有点说服力，说我杀人？我有不在场证明！"

"不错，你的胆子的确很大，利用警方为你提供证明是你的惯用伎俩。"朱晓胸有成竹，"向阿水支付封口费时，你策划了一场阿水拾金不昧的大戏，这样就算警方怀疑，也有派出所替你证明这笔封口费的合法性。但是，在偌大的南港，你却只能找到你家以前的司机替你办事。"

"这是巧合！因为巧合，你们就能随意抓人吗？"

"是不能，但是你那司机也已经被抓了，就等他招供了。"

彭畅冷笑，事到如今，司机也该知道事态的严重性，只要他不招供，那司机为了不受牵连，也不可能先于他招供。

"你的不在场证明也是警方提供的，而且是通过信号定位技术提供的，看起来简直无懈可击。"朱晓的声线陡然增高，"要不是我让技术队解析了报警通话记录，还真发现不了你报警的声音是事先录好的！"

警方技术队解析了彭畅报警时说的那段音频，并通过反复试验，发现那段音频的频率和波段与真人报警时说话的声音有细微的差别，于是技术队猜测彭畅报警时说的那段话是事先通过高保真的录音设备录好并在指定时间播放的录音。

由于音频的频率和波段很可能受干扰因素的影响，因此，技术队的鉴定结果未必能充当将彭畅绳之以法的证据。

"我查了你所有电商账号的购物记录，本以为可以查到你购买作案预备工具的线索。"朱晓摇着头，叹了口气，"可惜。"

彭畅咬牙道："那你不还是没有证据！"

"蠢小子，我是在替你可惜！你能策划这么精明的犯罪，当然不会蠢到用自己实名登记的电商账号去购买，你新注册了一个网络账号，但是，你不清楚，我们还可以查到那个网络账号的IP。"

彭畅一愣，他的确忽略了这一点。

"你买了一台高保真并且具有定时播放的录音设备，还买了一台智能手机。"朱晓说道，"你利用智能手机的定时拨号功能，在指定的时间报了警，并在指定时间定时播放了事先用录音设备录好的报警内容，我说得没错吧？"

彭畅当然不可能承认，摇头否认。

"在案发前的几天时间里，警方接到了五通没有任何对话的报警电话，这些电话无一例外地都是通过匿名网络电话拨打的，接警员刚接听就被挂断了。"朱晓走到了脸色阴沉的彭畅面前，"这些电话都是你打的吧？你在试验！"

令朱晓怀疑彭畅的不在场证明有问题的是彭畅报警时说的那番话。正常人报警时往往带着慌乱，一般不会一次性将信息说完整。但是，彭畅报警时，不等接警员询问，就将自己的名字、四个失联者的姓名、失联地和报警诉求全部说了出来。朱晓推测，彭畅之所以一次性将内容说完整，目的是防止接警员为了询问关键信息而与他对话，一旦对话搭不上，一切都将露馅儿。为了不引起怀疑，彭畅还在录音的最后加上了一段嘈杂的声音，伪装成信号不好的假象。

一般人没报过警，不知道拨号后，接警员会多快接电话。所以，朱晓推测凶手一定是经过试验了。

"你报过五次警，推算出了接警员平均的接警速度，这样才能让录音在准确的时间播放。"朱晓说。

彭畅咽了一口唾沫："我买了这些东西又怎么样？我不可以自己用吗？"

"到了这个时候，还不肯招供吗？我向你借手机的时候就发现你用的手机可是个'老古董'。后来我又去打听了一下，大家发现，你没有通过手机上网的习惯，用的从来都是只有电话和短信功能的手机。"

"这不正好吗！我想改变，所以买了新手机！"

"那你倒是用啊！新手机呢？"朱晓呵斥。

彭畅像吞了石头，一个字也说不出来了。

"案发前，你通过住宅楼安全通道的窗口离开，上山作案。案发后，你又通过安全通道的窗口回家，监控探头没有记录下你的身影。周梁被送进医院后，你倒是光明正大地从住宅楼正门出来了，当时你丢了一袋垃圾，那袋垃圾里装的就是你用于犯罪预备的录音设备和新手机！"

彭畅的额头冒出了冷汗，极力地保持着冷静："那都是你的猜测而已。"

"要从垃圾堆里找回那两样东西的确难如登天，但是如果我们通知各个垃圾回收站仔细排查，想找到那两样东西也不是不可能。"朱晓说。

"丢了又怎么样？"彭畅又改口了，"我觉得不好用就丢了，你们管得着？"

彭畅早就将录音设备里的录音全部删除了，即使警方找到那两样东西，只要他咬死不认，没人奈何得了他。

这时，白洋跑了上来："朱队，技术队那边传来消息，内存卡里的内容已经成功进行提亮和高清化处理。"

"有记录到凶手的面孔吗？"

"有！"白洋非常兴奋。

"什么内存卡！"彭畅的大脑一阵轰鸣，他分明已经将从阿水手里抢来的内存卡折断冲进下水道了。

人群中的范雨希嘴角微微一扬。

"举起手来！"

两天前，阿水和范雨希被警方包围。

阿水压低声音："希姐，我可以给你内存卡，但是，我勒索了彭畅，还做假证，警方不会放过我的，你要答应我，一定要把我从警察手里弄出去。都说恭家大院一言九鼎，希望你言而有信！"

孔末回来后，二人上了北山，找到了阿水遗失的手链，随后，他们又来到了老宅外的一片废砖墙前。范雨希在砖墙上细细摸索，果真在墙上找到了一张内存卡。

案发当晚，阿水鬼鬼祟祟地逃离时被朱晓和白洋发现了，于是随手将内存卡塞进了砖缝里。事后，他怕彭畅变卦，偷偷买了一张一模一样的内存卡用来忽悠彭畅。

范雨希和孔末得到内存卡后，去了周梁的病房，朱晓为了试探彭畅，也刚好到了这里。范雨希假意和朱晓打招呼握手，实际上偷偷将内存卡塞进了朱晓的手中。

朱晓回到南港支队后，观看了内存卡里的录像。录像记录了"鬼"的模样，但是由于当时太黑，朱晓无法看得太清晰。于是，朱晓将录像交给技术队，要求他们进行处理。

彭畅心如死灰，终于不再狡辩了。

白洋喝道："我们还知道你真正的犯罪动机！"

警方查到了彭畅和家人关系不好的原因：异性相吸，同性相斥，但彭畅从小表现得与众不同，使家人觉得彭畅丢了他们的脸。

彭畅绝望地扫了一眼人群，在人群里看到了周梁。他向白洋跪下："求求你，别说了。"

白洋得意忘形，高声说道："你杀王珂的原因就是……"

朱晓一巴掌拍在了白洋的后脑勺上："有你什么事，一边待着去！"

白洋捂着脑袋，赶紧跑开了。朱晓看着跪倒在地上的彭畅，叹了一口气："你杀王珂的原因是求爱不成。"

彭畅不畏惧自己杀人的事实被大家知晓，却害怕藏在内心的秘密被公之于众。突然之间，朱晓觉得彭畅很可怜，便撒了一个谎。

彭畅泪眼蒙眬，抬起头，感激地望向朱晓："我认罪，带我走吧。"

朱晓点了点头，下了命令："带走！"

警方浩浩荡荡地离开了，范雨希扭过头，对孔末说："看不出来，朱晓的内心也有柔软的一面。"

"这个世界对彭畅这样的人充满着怪异的眼光，排斥、苛责甚至侮辱。就连他的家人都无法理解他，更不要说普罗大众了。"孔末望着远处，"如果这个世界对他们包容一点，或许他们就有平等的权利去表达自己的感情和内心。可是，这个世界对他们太残忍了，他们只能将自己的内心隐藏起来。"

"长期的压抑和不能表达让他在即将失去挚爱的时候，做了最错误的决定。"范雨希收拾了思绪，"或许可怜，但也可恨。"

孔末点点头，突然想到了什么："杨荣准备对恭爷下手了。"

"凶宅案"破获后，由于阿水为案件侦破提供了帮助，警方决定不予追究其情节轻微的违法行为。他找了一个地方，将黄狗埋了，正要离开时，有个人拦住了他。

"你是谁？"阿水打量着对方。

"我想知道，用来将彭畅定罪的那张内存卡，你是交给了警方，还是交给了范雨希？"

隔天一早，有人在街头发现了阿水的尸体。

第 2 1 章
包容

　　你知道吗？这个世界上有一双眼睛，它能够透过电脑和手机的屏幕，在你洗澡的时候、在你睡觉的时候、在家里、在街上，随时随地地窥探着你的一举一动。它无所不知，你的家庭住址、你的联系方式、你的人际关系，甚至你昨晚去了哪个酒吧、喝了多少酒、酒后和哪个女人发生了关系，都在它的严密监视下。

　　你不相信？但我要告诉你，这一切都是真的，一切都要从南港论坛上的一个帖子说起，帖子的标题是"滚雪球"。

　　"滚雪球"是一个游戏。两个月前，我无意间在南港论坛上发现了这个帖子。帖子是一个ID①为"屠杀者"的网友发布的，他在帖子里介绍了"滚雪球"复杂的游戏规则。

　　"屠杀者"会在"滚雪球"的帖子当中随机点名一个南港论坛

---

① ID：网络平台分发给注册用户的特定数字、字母号码，具备特异性和唯一性。

上的网友，姑且称呼这个被点名的网友为A，被点名的同时，A的真实姓名和一个他见不得人的秘密也会被曝光在帖子里。游戏规则要求，A需要在十二个小时内，按照屠杀者规定的"点名特征"继续点名下一个人B，并曝光B的真实姓名和一个不可告人的秘密。B在十二个小时内接力点名下一个人C，并揭露C的真实信息和藏于心底的罪恶。就像滚雪球一样，如此接力，还将产生更多的下一个人——D、E、F、G……他们最不愿意被人知晓的秘密将会被人赤裸裸地公布出来。"点名特征"主要包括两点：一是被点名者需要是点名者的熟人；二是被点名者也是南港论坛的网友，并且在南港论坛上拥有ID。

"屠杀者"还在游戏规则后面附上了"滚雪球"游戏的惩罚措施：一旦游戏在哪个环节终止，"屠杀者"将杀死破坏游戏规则的那个人。

初次看到这个帖子时，我以为只是某个网友的恶作剧，可当我拉到帖子的底部时，心猛地颤抖了一下，因为我就是那个在"滚雪球"游戏中被随机点名的第一个人A。"屠杀者"在回帖栏的第一层上公布了我的姓名和我曾经为了尽快得到遗产偿还赌债，狠心拔掉了病重母亲的输氧管的秘密。

我想报警，但我又不敢报警，一旦警方知道我拔去母亲输氧管的秘密，一定会将我逮捕入狱。我想按照"滚雪球"的游戏规则点名下一个人，却又发现我没有朋友。我是活在社会最底层的人，没有工作，每日以赌为生，哪里认识符合"点名特征"的人。

于是，我在论坛上随便点名了另外一个ID，杜撰了那个人的姓名和一件事。我以为，这能瞒过"屠杀者"。在回帖之后，我惴惴不安地熬过了十二个小时，那些可怕的事发生了：我会在午夜接到数字号码全是4的电话，听筒里传来对我的死亡威胁；我的家门被泼上了红油漆，可门前的监控录像里却什么也没显示；我会突然接到不知道是谁给我点的外卖，外卖盒里装的是血肉模糊的死老鼠。

　　　我快被这样的生活逼疯了。我卖了父母留给我的房子，带上所有的积蓄，离开了南港。终于，我安全了。

　　一个忙碌的午后，正忙得焦头烂额的朱晓接到了白洋的汇报："朱队，南港论坛上有一则帖子火了。"

　　正在整理卷宗的朱晓接过白洋递过来的笔记本电脑，迅速地浏览了一遍，笑道："'滚雪球'？现在的网友想象力真够丰富的。"

　　白洋严肃地说道："如果这个网友说的是真的，那他给母亲拔管的行为涉嫌故意杀人罪，咱是不是该管管？"

　　朱晓拍了拍白洋的肩头："哟，看来这阵子跟着我没白跟。行，既然你闲着没事干，那就去查查这则帖子。"

　　朱晓刚说完，兜里的手机振动了起来。他掏出手机，接听了电话："暗光出动，今晚将会攻击南港支队内网窃取情报。"

　　朱晓的眉头一皱，将手机塞回了兜里。白洋盯着朱晓，笑嘻嘻地问："朱队，您也用两个手机啊？"

　　"别问不该问的。咱技术队里有没有黑客高手？"

　　白洋想了想，老实答道："咱的技术队里都是常规人才，虽然计算机技术较好，但和那些黑客高手比起来，恐怕要略逊一筹。"

　　"行，你通知技术队，今晚不加班，准时下班，把办公室空出来。"

　　白洋小心翼翼地问："听说技术队手上还有活呢，这不太好吧？"

　　"让你去就去，这是命令！"朱晓觉得心烦意乱，厉声呵斥道。

　　恭家大院里，范雨希同样觉得糟心。她心事重重地在院子里踱步，突然看见了正在角落里打电话的关闻泽，只是，她一走近，警觉的关闻泽就将电话挂断了。

　　"你在给谁打电话？"范雨希问。

　　关闻泽没有理会范雨希，与她擦身而过。

范雨希望着关闻泽的背影，叹了一口气。

深夜，朱晓带着一个戴着鸭舌帽和口罩的神秘男人，悄悄地走进了南港支队的技术队办公室。

神秘男人是朱晓的线人——"蜘蛛"。

朱晓指着监控探头："你放开手脚干，别担心，监控录像我全都关了。"

"蜘蛛"一屁股坐下来，打开电脑，屏幕上提示要输入密码。朱晓正要说密码，就见"蜘蛛"的手指在键盘上噼里啪啦地飞速敲击，一眨眼的工夫，"蜘蛛"便绕开技术队设置的密码，进入了南港支队的计算机系统。

"我接到'声音'的线报，今晚暗光会攻击支队内网窃取情报。"朱晓坐到了"蜘蛛"的身边，"我猜，他们是准备窃取警方线人的身份信息。"

"蜘蛛"抹了抹鼻子："这么重要的东西，你们存电子档了？朱队，您这是想害死我们？"

"没存。"朱晓示意"蜘蛛"放心，"找你来不是为了保护资料，而是想看看你能不能顺藤摸瓜，摸出对方的位置。"

"蜘蛛"拍拍胸脯："网络时代，但凡上过网的人，想不留下痕迹都难。"

"蜘蛛"说着，将一个U盘插进了电脑的接口，屏幕上顿时跳出一个黑色的界面，"蜘蛛"敲出了一行行朱晓看不懂的代码。

没过多久，"蜘蛛"的表情突然凝重起来："来了，目的很明显，直奔你们的特勤人员档案。"

朱晓看得云里雾里，心里着急，但又不敢打扰"蜘蛛"。

"暗光的黑客技术不差，可惜用的入侵方式中规中矩，他们该换人了。""蜘蛛"笑着，又在键盘上敲了几下，很快，他伸了一个懒腰，"大功告成，已经锁定他们的位置了。"

朱晓立即起身，掏出对讲机，命令一支早已经待命许久的小队往"蜘蛛"锁定的方位赶去。他对"蜘蛛"勾了勾手指："你和我一起撤，免得被人发现。"

"蜘蛛"刚要起身，突然，电脑发出了尖锐的警报声，屏幕闪烁了几下后，黑屏了。

"怎么回事！"朱晓紧张地问道。

"蜘蛛"的双手重新放到键盘上，一顿操作后，屏幕再次亮起，原本平稳的呼吸忽然急促起来："还有一个人正在高速入侵南港支队内网！"

"是谁？能锁定位置吗？"

"我试试。""蜘蛛"目不转睛地注视着电脑屏幕，很快，他一拳砸在了桌上，"不行，对方往电脑上植入了一种特殊的病毒程序，应该是他自己开发的，我没有办法确定他的位置，而且，内网将在两分钟后崩溃。"

朱晓额头上的冷汗冒了出来，据他所知，这是"蜘蛛"第一次失手。

"他妈的！""蜘蛛"气得夯毛，"这人谁啊！搞偷袭！真想顺着网线过去揍他一顿！"

"接下来怎么办？"

"趁着内网崩溃前，我会更改你们的加密方式，将所有文件保护起来，防止被窃。""蜘蛛"的手指没有停下来，"你们的加密方式太简单了，以对方的实力，很容易就会将其破解。"

一分钟后，"蜘蛛"完成了加密工作，盯着屏幕笑道："总算找回点面子，对方尝试了几次破密，但失败了。"

朱晓长舒了一口气，虽然线人的身份信息没有存档，但南港支队内网储存了其他许多侦查机密，一旦泄露，后果将不堪设想。

"对方撤了，停止攻击了。""蜘蛛"突然说道，"不对，他改变攻击对象了。"

让朱晓意想不到的是，对方竟然也摸到了暗光黑客的位置，转而攻击他们去了。之后，南港支队的内网崩溃，"蜘蛛"和朱晓再也不知道对方之间发生了什么。

朱晓不再耽搁，带着"蜘蛛"离开技术队办公室。谁知刚出门，他们就撞上了早就应该下班的白洋。

"蜘蛛"把鸭舌帽拉低，将头低到了胸口。朱晓冷冷地盯着白洋，沉声问："你怎么会在这儿！"

白洋有些慌张，结结巴巴答道："我……有东西忘了拿。"

一夜的疯狂搜捕后，朱晓累得倒头大睡。隔天下午，他接到了赵彦辉的电话，连胡子都没来得及剃，匆匆赶往南港支队。

"汇报一下。"赵彦辉的脸色不太好看。

"昨晚，我锁定了暗光黑客的位置，但我们带队赶到时，只发现了一具尸体。现场被清理过，计算机全部被带走了。"

"你确定是暗光？"

"确定。"朱晓点头。

朱晓带队赶到时，发现了一具尸体，经法医鉴定，死者死于近距离枪杀，枪口位于后脑位置，弹道轨迹和地面呈45°角。以此推断，死者死前跪在地上，被人从后脑抵着枪口开枪射杀，符合"处决式"杀人的手法。南港警方和京市警方联合侦查暗光的这几年间，也曾发现过几具符合"处决式"死亡的尸体，死者全都疑似暗光猎手。

"'声音'说过，一旦猎手犯了重大过错，就会被处决。所以，这次的死者很有可能是暗光犯罪团伙中精通黑客技术的猎手。"朱晓解释道，"但是有疑点，一次入侵的失败，一名猎手就被处决了？"

"我想，你说的重大过错是指这个。"这时，赵彦辉从抽屉里取出一份资料扔给了朱晓。

朱晓看过之后，大吃一惊："这是从哪儿弄来的？"

"昨晚，京市警方破获了一起地下网交易大案，在地下网里发现了一条于凌晨刚完成交易的情报，这则情报曝光了暗光猎手榜的榜首身份。"

朱晓迅速地在脑海里整理线索，猜测道："昨晚，后来一名黑客窃取警方情报失败后，改变了攻击对象，他成功攻破了暗光的计算机系统，拿到了猎手榜的身份信息，然后转手就卖给地下网了？"

"很有可能是这样。"赵彦辉敲了敲桌面，"我要你尽快抓到这名神秘黑客。既然他掌握了猎手榜榜首的身份，那么很可能也掌握了全部猎手的信息和其他关于暗光的秘密。"

朱晓揉着发蒙的脑袋站了起来："我这就去。"

"等等，你不是说，他很可能是'声音'吗？"

面对赵彦辉的质问，朱晓不知该怎么作答，只能愣愣地盯着那份资料——地下网公布的猎手榜榜首竟是关闻泽。

范雨希再一次赴了朱晓的约。

"考虑好了吗？我要关闻泽的所有资料。"朱晓望着范雨希。

"他不可能是猎手，否则，他之前为什么会帮你？"范雨希心情复杂，可是，当想起关闻泽的种种行为，她又不敢确定了。

"我早就说过，一名猎手死了，暗光不会善罢甘休。申靖死后，关闻泽突然回港，这不可疑吗？或许你还不知道事态的严重性，我该向你更加详细地介绍一下暗光了。"

暗光接受各大犯罪团伙的悬赏，替犯罪团伙猎杀潜伏在身边的警方卧底和线人，但各大犯罪团伙是怎样联系暗光的，警方尚且不知。警方只从"声音"那儿获得了一份情报：暗光设有一个猎手榜，榜上共有十名猎手，每个猎手的身份都十分神秘。暗光麾下的猎手数量庞大，但凡能挤进猎手榜的都是猎手中的佼佼者，擅长的领域各不相同，综合实力越强，在猎手榜的位置就越靠前。一般的犯罪团伙只会雇用猎手榜外的猎手，但一些财大气粗的犯罪团伙为了达到目的，时常优先考虑雇用榜上的猎手。猎手排行越靠前，需要支付的赏金也就越高。

"暗光表面上是为了赏金，但因财犯罪绝不是他们的目的。他们获得的赏金赃款只是用于维持犯罪团伙运行和让猎手死心塌地替他们办事而已，他们真正的犯罪目的是除尽警方的线人和卧底，至于更深层的犯罪动机，还不明确。"朱晓凝重道，"就像我为了保护你们的安全，不让你们互相知晓线人身份一样，猎手榜上的猎手之间也互不知道其他猎手的身份。这一次，因黑客猎手的失误导致猎手榜榜首的身份曝光。兵临城下，他们一定会更加丧心病狂地犯罪，我需要所有关于暗光的情报。"

范雨希咬着嘴唇，没有说话。

"丫头，你擅长察言观色，关闻泽有没有问题，我想你已经有了猜测。"

范雨希摇头："我说过了，我的本事不稳定。"

"有时候，你更该相信自己的第一眼判断。记得吗？上一起案件，你一眼就认为彭畅有问题。"

"别说了。"范雨希倚着墙，闭上了眼睛。

朱晓无奈地叹了一口气："行，我再给你一点时间考虑。说点别的，我找到了申靖被杀案的一些线索。"

警方通过案发仓库附近的安防监控发现，案发前不久，吴强曾在那里出现过。朱晓推测，范雨希被申靖绑架当晚，孔末急匆匆地前去救人后，吴强也随即离开了南港达大楼。

"你是说，吴强杀了申靖？"范雨希睁开了眼睛。

"很有可能。他杀死申靖，嫁祸孔末，一举两得，一可以挑拨杨荣和孔末之间的关系，二可以引起暗光的注意，使他们更加关注潜伏在杨荣身边的线人。"朱晓话锋一转，"不过，我们得到的监控录像距案发地有些距离，只能猜测吴强进入过案发现场，不足以成为证据。"

"流浪汉阿水呢？找到杀死他的凶手了吗？"范雨希问。

"没有。我思来想去，阿水这件事是我疏忽了。他把内存卡交给了你，你又把内存卡给了我，一旦猎手知道这件事，很容易就会猜到你是我的线人。"朱晓忧心忡忡，"阿水离开警局前，我警告过他，要对此事绝对保密，但没想到他那么快就被杀了，现在，谁也无法确定他究竟有没有对杀他的人说实话。"

"这样穷凶极恶的犯罪团伙，一定要等确认了线人的身份之后，才会动手吗？"

"虽然暗光手段残忍，但'宁可杀错，绝不放过'绝不是他们的办事方式。这个犯罪团伙的心思让人捉摸不透。总之，据警方目前掌握的线索可知，除了为了保护自己的身份，他们不会滥杀无辜，对待警方的卧底和线人，他们也一定会在掌握了确凿证据，请示暗光总部后，再决定是否进行猎杀。"

范雨希不敢掉以轻心，做好了最坏的打算：阿水把一切都说出来了。得知暗光的猎杀规则后，她知道，即使阿水如实说了，光凭口供，猎手不足以确定她是警方的线人，但是，她绝对不可以再露出任何破绽了，否则，等待她的将是死亡。

第 22 章
丑闻

一大早，白洋就抱着笔记本电脑找上了朱晓："朱队，昨天您同意我调查的'滚雪球'的案子有点眉目了。爆料自称是第一名受害者的那名网友发帖IP[①]位于海外，我们没有办法抓人，但是，技术队调取了南港论坛的数据库，查到了爆料者的身份。"

爆料者名为陆锡阳，二十五岁，男性。几年前，他的母亲病逝于南港医院后，他通过继承的方式获得了一套房产和一笔现金财产。多年来，陆锡阳不务正业，终日沉迷赌博，昼夜颠倒，除了去打牌和下注，几乎可以说是足不出户。警方通过走访证人，证实了陆锡阳的家门曾被人泼红油漆的事实。一个多月前，陆锡阳变卖了房产，以最快的速度到了海外。

"咱查到的信息都和陆锡阳在帖子里自述的信息一致。朱队，恐怕这个帖子不简单哪。"

朱晓接过白洋递过来的笔记本电脑："那ID为'屠杀者'的人发表的

---

① IP：指网际互联协议，可据此精确锁定上网者的位置。

'滚雪球'的帖子找着了吗？"

白洋挠着头说："没找着，我本来怀疑'屠杀者'已经将帖子删了，所以特地让南港论坛的工作人员在网络垃圾站里搜了一下，但没发现任何线索。而且，南港论坛里也没发现有ID名为'屠杀者'的用户。现在这ID太火了，我怕被别有用心的网友抢注、搞事情，所以让南港论坛封锁了这个ID名，让别人无法注册。"

"那你让我看啥？"朱晓翻了个白眼。

"是这个。"白洋按了几下键盘，"这台笔记本电脑是我在陆锡阳变卖的房子里找到的，据新住户说，陆锡阳走时没带走笔记本电脑。技术队检查过后，在他的笔记本电脑里发现了一个病毒程序，重点是这个病毒程序和前两天咱被植入的病毒程序一模一样！"

朱晓猛地一惊，他没想到，一个原本真假存疑、不被他关注的案子竟然和他要寻找的那名黑客扯上了关系。

"技术队仔细解析了这个病毒，发现它前所未见，应该是由个人开发编写的程序。"白洋头头是道地分析，"您想，假如陆锡阳在帖子里爆料的内容是真的，那通过木马病毒攻击他的'屠杀者'和攻击咱的黑客很有可能是同一个人！"

朱晓慎重了起来："你还查到了什么？"

"陆锡阳爆料的帖子已经有数千万的点击量了。虽然我没找到'滚雪球'的帖子和'屠杀者'的ID，但是在爆料的帖子回帖里找到了几名'目击证人'，他们自称曾经阅读过'滚雪球'的帖子，只是当时没有在意。"

"网络这东西半真半假，需要甄别。"朱晓提醒道。

白洋点头："朱队，我知道您的意思，那些所谓的'目击证人'很有可能是为了博关注，所以才那么说的。我准备让技术队查一下他们的信息，亲自去走访一下，您要和我一起去吗？"

朱晓想了想，拒绝道："这事就交给你了，一定要尽快。"

南港达大楼内，吴强给杨荣带来了地下网被一锅端的消息。

杨荣的语气里透露着些许惊讶："这个地下网真是吃了熊心豹子胆，连暗光的情报都敢买卖。"

"干爹，这个地下网存在很多年了，不仅买卖重要情报，就连枪支、毒品、妇女和儿童的买卖，他们都敢接手。听说，京市警方用了很多年的时间，才终于将这个地下网一网打尽。"吴强说着，笑道，"您不知道，地下网上曝光的猎手榜榜首正是恭家大院的关闻泽。"

杨荣一惊："恭临城那老家伙也请了一个猎手？我就知道，这老狐狸表面上正派，私底下也干偷鸡摸狗的事！不然，他雇用一个猎手干什么？"

"干爹，您想想，之前咱们怀疑过谁？"

"你是说，范雨希？"杨荣摸着光头。

"不错，关闻泽现身在恭家大院，说不定就是为了查范雨希，看来咱还是得提防点她。"吴强笑里藏刀，"包括和范雨希走得非常近的孔末！"

杨荣摆手："吴强，你怎么还怀疑孔末？他可是通过了考验。"

吴强咬着牙根，他百分之百地确定孔末和范雨希有问题，可是，杨荣却对孔末深信不疑，这让他恨不得抽杨荣几巴掌，好让这位糊涂的干爹清醒清醒。他强忍着怒气："我的意思是再给孔末委派一个任务，让他练练手。"

"什么任务？"

"听说是一个神秘的黑客窃取了暗光的机密，当天晚上，这人同时入侵了南港支队的内网。您想想，暗光的情报都被窃取了，南港支队的情报很有可能也没保住。只要咱找到这名黑客，那么咱们身边究竟有没有警方的线人和卧底潜伏也就不需要暗光替咱们查了。"

同一时间，恭家大院内，恭爷唤来了范雨希。

"小希，我刚刚得到消息，刚被警方取缔的一个地下网里传出了关于暗光的一则情报。"

范雨希的心一沉，旋即装作不知情："恭爷，什么是暗光？"

恭爷解释了一番后，说道："现在，道上传言，小泽是猎手，这事你怎么看？"

范雨希低着头，心不在焉地问："他怎么说？"

"我问过他了，他否认了。"恭爷叹息道，"小泽这孩子一个人出去闯荡了这么多年，心里的坎一直没跨过去。这次回来，他的话变少了，是有些奇怪。但我是看着小泽长大的，知道他不会做伤天害理的事。"

"那咱要怎么做？"范雨希问。

"我清楚小泽的为人，但是警方未必清楚啊。想替小泽讨回公道，恐怕要找到窃取情报的那名黑客。"

"我这就去办。"范雨希说。

"在这之前，你替我给杨荣送一封邀请函吧。"恭爷掏出了一封红色的信函，"我希望在七十大寿的寿宴上看到他，再告诉他，我让他替我运的货已经准备好了。"

朱晓来到了一处小黑屋里，等了许久，"蜘蛛"才姗姗来迟。

"怎么这么久？"朱晓责怪道。

"大哥，你以为我们当线人简单啊？稍不留神就可能暴露身份，来见面，当然要确保万无一失。""蜘蛛"说，"说吧，又有什么任务。你可别告诉我，又要把我带到你们技术队去。"

朱晓摆手："不用，我要你替我找到当晚的黑客。"

"蜘蛛"苦着脸："一点线索都没有，您让我怎么找？"

"不是没有线索。南港论坛上有一则帖子，发帖人陆锡阳在帖子里爆料了一个名叫'屠杀者'的ID和一个'滚雪球'的游戏，那个黑客和'屠杀者'应该是同一个人。"朱晓说话的工夫，"蜘蛛"已经打开了笔记本电脑。

没多久，"蜘蛛"将陆锡阳发的帖子找了出来。

"不过，技术队没有找到'屠杀者'和陆锡阳说的那个帖子。"朱晓说。

电脑屏幕的光映在"蜘蛛"的脸上，他的嘴角上扬，对着键盘一顿猛敲："不是我看不起你们的技术队，就他们那臭水平，能发现端倪就有鬼了。我劝您啊，多去招几个水平高的技术员，省得一天到晚来麻烦我。"

"这次，我们一定要尽快找到那名黑客。"朱晓很着急，"找他的不止我们警方。我刚得到其他几个线人的情报，南港达和恭家大院都在找人。最让我担心的是暗光。"

黑客如此强大，不太可能只窃取了猎手榜榜首的信息，他的手里很可能还握有更多关于暗光的机密。为了拿回机密，杀人灭口，暗光一定也急于找到黑客。

"他们处决了自己的黑客猎手，手上很可能没有类似的猎手可用了。就算他们不杀人灭口，也会想着将那名黑客收入麾下，培养成新的猎手。无论是哪一种情况，我们都不能让他们得逞。"朱晓看着笔记本电脑屏幕，说道。

"行了行了，甭给我压力了，我尽力就是。""蜘蛛"说着，指着笔记本电脑屏幕，"我黑进了南港论坛的后台，的确没有发现'滚雪球'的帖子，假如这个帖子存在，那很可能已经被人彻底删除了，连根毛都没剩下。以那黑客的能力，有可能做到这一点。"

"但是呢？"

"蜘蛛"笑嘻嘻地说道："朱队，果然还是瞒不过您。但是啊，'屠杀者'的ID倒不是从来没有被人使用过。两个月前，有人注册了一个账号，ID名就是'屠杀者'，不过，这人注册之后没多久，就将ID注销了。南港论坛那边的人没对你们说实话。"

"估计是怕惹祸上身，所以就否认了。"朱晓推测道。

"那人注册ID时，用技术手段绕开了南港论坛的后台，没有填写身份实名验证信息，加上现在ID已经被注销，所以我查不到这个ID的IP。""蜘蛛"站起了身，"所以，您给我提供的线索没什么用。"

朱晓眼看"蜘蛛"要走，拦住了他："就没有其他办法了？"

"朱队，我那儿还有事，不能离开太久，会惹人怀疑的。""蜘蛛"推了推鼻梁上的眼镜，"除非这个黑客再现身，否则，我也没办法。还有，我答应了当您的线人，但不想把命给搭进去。上次在技术队办公室外面撞见的那个三十多岁的实习协警，你核实清楚了吗？可别把我的身份暴露了。"

无奈，朱晓只好让"蜘蛛"走了。

凌晨时分，正在睡梦中的朱晓被一阵急促的手机铃声吵醒了，白洋在电话那头匆忙地说道："朱队，糟了，出事了！"

不安的朱晓随便套了件衣服，便赶到了南港支队。

"朱队，凌晨两点钟，南港论坛一个ID为'屠杀者2009'的用户发表了一个帖子，帖子的内容就是'滚雪球'。"白洋让人把帖子调了出来，"短短一个小时，帖子的阅读量破了百万，一共有上百个人被点名，由于短时间内太多人访问，南港论坛的服务器崩了好几次，听那边说，十几名程序员正在连夜紧急抢修！"

"技术队呢，锁定'屠杀者2009'的IP了吗？"

"技术队说，'屠杀者2009'使用的是虚拟IP，他们需要一点时间。"白洋十分着急，"刚刚，南港论坛的服务器又崩了一回，现在还没恢复，所有用户进不了论坛，不知道最新的回帖里点了谁的名。"

"联系南港论坛，为防止事态进一步扩大，暂时将论坛关闭。"朱晓下命令道。

"我们一发现帖子，就联系南港论坛了，他们要求我们给出合法的文件，否则不同意关闭论坛。"

朱晓忍不住骂了脏话："他妈的，这南港论坛想流量想疯了吗？吃起了人血馒头！深更半夜的，哪有时间给他们去弄文件，派人过去，要是不肯答应，直接采取紧急强制措施！"

两分钟后，南港论坛恢复了正常。白洋立刻移动鼠标，将界面滚到了帖子的最新回帖。被点名的是一个名为"金秋"的ID，点名者称"金秋"的名字为施涛，见不得人的秘密是用钱强压下了一个歌星的数桩丑闻。

"歌星？"朱晓盯着屏幕，"怎么还和歌星扯上关系了？"

白洋足足愣了好几秒："朱队，您也太不关注娱乐圈了吧？施涛是当红女歌星吕烨的经纪人。我估计，这条回帖得爆！"

果不其然，在接下来的几秒钟内，这条帖子多了上万条回帖，大部分人抱着看热闹不嫌事大的心态，催促"金秋"继续点名爆料，更有甚者，直接要求"金秋"点吕烨的名，爆吕烨的料。

"是个大人物，怕是要出事！"直觉令朱晓感到不安，他吼道，"直接打电话给南港论坛的负责人，我亲自和他们通话！"

很快，电话拨通了。

"我是南港支队副支队长朱晓，我要求你们立刻关闭南港论坛！"朱晓以命令的口吻说道。

电话那头传来敷衍的声音："警官，您都亲自打电话来了，我们肯定关，不过，我们这儿需要点时间，电脑有些卡！"

朱晓怎么会不知道那人的心思。南港论坛是南港的本地论坛，曾经风靡一时，用户量庞大，但后来因经营不善，变得门庭冷清。之前陆锡阳发表的那则帖子在短时间内让南港论坛的用户量重新活跃起来，今晚的"滚雪球"更是让南港论坛重回流量巅峰，迫于警方的压力，他们同意暂时关闭南港论坛。但是，如今"滚雪球"牵扯上了一个万人瞩目的大红人，恐怕他们是想拖延到施涛爆出吕烨的秘密，为南港论坛赢得更多人的关注后，再关闭论坛。

"你别给我要小心思，你信不信我现在就让人把你的电脑给砸了！"朱晓怒火中烧之际，白洋拉住了他的胳膊，示意他看电脑屏幕。

被点名的"金秋"发表了最新的回帖，他果然在回帖中点了吕烨的ID和名字，并称吕烨长期吸食毒品，私生活混乱。

朱晓能想象到一个备受关注的歌手在一夜之间陨落为过街老鼠，当事人受的打击将有多么巨大，他挂断了电话，又骂了几句脏话，然后命令白洋："立刻找到施涛和吕烨，以防出事！再去让治安队把南港论坛的负责人给我抓来，行政拘留，关几天！"

天亮时，南港论坛已经彻底关闭了，但是吕烨的丑闻早已经在全网传得沸沸扬扬。由于太多人参与"滚雪球"的帖子，加之陆锡阳在之前的爆料帖中信誓旦旦，网上的大多数人竟然对吕烨的丑闻深信不疑。

警方第一时间找到了ID为"金秋"的施涛，他自称是受害者，迫不得已爆了吕烨的料。但是，警方没有找到吕烨的下落。朱晓通知了全港的派出所，紧急寻找下落不明的吕烨。

与此同时，南港支队技术队终于锁定了"屠杀者2009"的IP，并据此确定了他的发帖位置。朱晓带了一大队人马，持枪抓人。

IP位置显示，发帖者位于一栋写字楼内的网络服务工作室内。朱晓一脚踹开工作室的大门时，浓重的泡面味迎面扑来，里面坐着的十几个蓬头垢面的人被吓得齐刷刷站了起来。

"别动，举起手来！"

中午时分，范雨希亲自将邀请函送到了杨荣手上："杨老板，明儿就是恭爷七十大寿了，恭家大院办了酒宴，请您参加。"

杨荣笑呵呵地翻开邀请函，连忙答应："恭爷大寿，我一定准时带礼出席！"

"还有，当初您答应恭爷替他运的货，我已经让人运到了楼下，杨老板，您亲自去检查一下吧。"

"恭爷要运的货肯定没问题，哪里需要检查。"杨荣客气道，"范小姐，您请恭爷放心，我一定会替他将货运送出港，只不过，他这是要将货运到哪里去啊？"

"恭爷要求，要通过船运，发货时间为明天夜间，明天给你们地址。"范雨希说完便走了。

杨荣冷笑："一定要走船运，还神神秘秘的，一定有鬼。吴强，替我去检查一下。"

几个小时后，吴强回来了："干爹，那上百箱货物全是电子产品。"

"电子产品？"杨荣不愿意相信，"货里就没掺点见不得人的东西？"

"我派了几十个人人工检查，什么也没发现。"吴强谨慎道，"我会再用机器扫一遍，进行确认。"

杨荣深吸了一口气："准备一下，把那柄枪扔进货箱里。明儿咱就送他一份大礼！"

第 2 3 章
公关

"名字！"审讯室内，朱晓拍着桌子，呵斥道。

"朱绍。"朱绍战战兢兢地回答。

几个小时前，朱晓带队闯进了朱绍的工作室，朱绍见每个警察都持枪，吓得两腿发软，没敢反抗。

"还和老子一个姓。"朱晓气不打一处来，"说说吧，'滚雪球'这帖子是怎么回事！"

朱绍连忙摇头否认："警官，那帖子和我们无关，我们就是一个替人进行舆论公关的团队。"

"IP地址都指向你们工作室了，还他妈对老子说与你们无关？既然无关，为什么我们赶到时，你们的每一台电脑都清空了系统！"朱晓怒道，"给我从头到尾说清楚了！"

朱绍颤颤巍巍地回答："我们就是觉得那则爆料的帖子好玩，所以就模仿'屠杀者'，发了一个帖子。"

审讯室外，白洋和另外一名警察隔着玻璃看着审讯室里的一举一动，那警察问白洋："今儿朱队怎么了，吃炸药了？"

"吕烨到现在还没找着呢。几个小时前，我们在调查吕烨下落的时候，得知她患有重度的抑郁症，长期服着药呢。因为一个真假不知的帖子，成了人人喊打的过街老鼠，朱队是担心吕烨想不开，这才发火。"

审讯室的门开了，朱晓怒气冲冲地走了出来，白洋赶紧迎上去："朱队，怎么样，招了吗？"

"给老子打马虎眼呢！换个人，审施涛去！"朱晓又走进了另外一间审讯室。

施涛已经在这儿坐了好几个小时，见朱晓进来，立刻装起了可怜："警官，我是无辜的，我是为了保命，才迫不得已爆了吕烨的料。"

朱晓深吸了一口气，恢复了正常的语气，面带微笑："问你一个问题。"

施涛十分配合地点头："您说，您说！"

"你和吕烨的关系怎么样？"

"非常好。"施涛叹了口气，"警官，我真的是迫不得已。"

突然，朱晓站起来，转身出去了。一脸茫然的施涛干坐着，没想到审问竟然这么快就结束了。

"朱队，您不多问几个问题？"白洋问。

"甭问了，施涛在撒谎。"朱晓说。

"您怎么知道？"

"施涛干这行很多年了，前前后后跟过许多个金主。公众人物不同于普通人，就算他们放个屁，都能成为大新闻，我就不信施涛只有吕烨一个人的料可以爆。他现在跟着吕烨，爆吕烨的料，等同于搬起石头砸自己的脚。"

白洋恍然大悟："所以，施涛和吕烨的关系并不好，他是故意选择了爆吕烨的料！"

"何止是关系不好，他简直是不想吕烨活！"朱晓说，"吕烨重度抑郁了好多年，施涛不可能不知道。'滚雪球'的游戏规则说得很清楚，只需要曝光被点名者的一个秘密，但施涛说了两个。"

施涛在帖子中曝光，吕烨不仅私生活混乱，而且长期吸食毒品。倘若施涛当真被逼无奈，选择了曝光吕烨，那按照正常的逻辑，他爆个吕烨私生活混乱的秘密已经足以自救，可施涛却连吕烨吸毒都说了出来，朱晓由此判断施涛撒了谎。

"朱队，我们发现了一些问题。"这时，技术队的一名警察跑了过来，"我们发现，朱绍发布的'滚雪球'帖子中，除了施涛和吕烨，其他被点名者的ID全是昨天同一时间段内刚注册的，怀疑是用'自动注册'程序大规模注册的。"

朱晓的眼神冷厉了起来："被点名者回帖时的IP呢？"

"用的都是动态IP，不过，我们进行筛查了，基本可以确定，所有被点名者的ID都由同一台计算机管理操作，而且，很可能也出自朱绍的团队。"

朱晓的脸色阴晴不定，已经基本猜测到了这次事件的来龙去脉。白洋接了一个电话，汇报道："朱队，找到吕烨了。"

"回来再和朱绍和施涛算账！"

这些天，南港的互联网不太平。就在不久前，又有人匿名向南港达和恭家大院发了消息，消息里称多方寻找的黑客和"滚雪球"的始作俑者是同一个人，还将陆锡阳的资料给深挖了出来。

范雨希猜测，暗光对于寻找黑客的下落也无计可施，这才放出这么多消息，想借多方之手，将黑客逼出来。

范雨希才离开南港达大楼没多久，孔末追了出来。

"怎么，和我走这么近，不怕杨荣又怀疑？"范雨希调侃道。

孔末笑着："不怕，恭家大院要找那名黑客的消息，杨荣已经知道了，我向他汇报过了，现在和你们联手一起找人。"

"我看，是杨荣贼心不死，还想着试探你吧？"

"你猜得不错。吴强只知道干生气，却没看穿杨荣的心思。杨荣曾经被警察背叛过，疑心病比任何人都重，他表现得越信任我，我就要越小心。他对恭爷出手之前，刻意放任我和你接近，除了为了借你们的力量，尽快找到那名黑客，也是为了再一次试探我。"孔末一边走，一边说。

"那你就不怕这一次杨荣陷害恭爷不成，怀疑是你告的密？"范雨希反问。

"我在杨荣身边待了大半年，已经摸透他了。越是这种时候，我就越是不能畏畏缩缩，刻意和你保持距离，那样只会更让他怀疑。"

范雨希"扑哧"一声笑了："他还真是难伺候呢。"

"谁难伺候啊？"

范雨希和孔末的脸同时黑了下来，不知什么时候，小R已经跟在他们的身后了，可是，他们谈得太欢快，竟然谁也没发觉。

小R拉住范雨希的胳膊："希姐，你们要去哪儿，带上我吧！"

孔末一阵头痛："小R，快回去吧，万一你再出什么事，我真不知道该怎么向杨老板交代了。"

小R失落道："希姐，孔末哥哥，你们嫌我是拖油瓶吗？我还以为你们当我是朋友了。"

范雨希想起了小R曾经从申靖手中救过她，孔末也想到了小R曾经替他在杨荣面前圆谎，两人对视了一眼，都服软了。

没过多久，他们一行三人来到了南港一条胡同里的网吧。小R指着网吧的招牌，一字一字地念道："月半网吧。"

"小希，咱来这儿干什么？"孔末问。

"我让人替我打听了一圈，这两年，南港治安队管得严，南港不需要实名登记就能上网的黑网吧没剩几家了，这是其中一家，三教九流的人都喜欢来这儿上网。听说，只要每个小时四十块钱，网吧的老板可以替顾客登记虚假的身份信息。"范雨希解释着，带他们走进了网吧。

爆料者陆锡阳的身份已经曝光，范雨希查到了一些朱晓不知情的消息，那就是陆锡阳喜欢网络赌博。范雨希猜测，为了躲避网警，陆锡阳很有可能到黑网吧进行网络下注。由于此次寻人基于虚拟网络的特殊性，他们在信息缺失的情况下，几乎无从下手，只能到这种地方碰碰运气。

三人刚走进网吧，一股难闻的味道就扑鼻而来，既像是垃圾味，又像是汗臭味。网吧的条件很差，机器老旧，不少青年小伙儿正在里面抽着烟，满地都是烟灰，也没人打扫。吧台前摆放着一台电脑，一个穿着发黄的白背心的、四十多岁的男人正坐在电脑前，戴着耳机，聚精会神地盯着电脑屏幕，鼻梁上两块厚重的眼镜镜片反射着闪烁的光。

"老板。"范雨希唤了一声，但中年男人没反应，那台电脑背对着吧台，范雨希看不见屏幕上的内容。

"总算知道月半网吧的意思了，月半月半，写在一起，不就是一个'胖'字吗？"小R看着中年男人发油的短发和一身的肥肉，嫌弃地说，"这大叔真够油腻的，也不知道在看什么，这么入神。"

孔末拍了拍吧台，中年男人抬头扫了一眼他们，被吓了一跳，猛地站了起来，不小心扯出了连接在电脑上的耳机线，顿时，电脑里的声音成了外放，那竟然是一道道让人想入非非的呻吟声。

全网吧的人都将目光聚集了过来，中年男人手忙脚乱，好不容易才将电脑上播放的影片关了。

有人打趣道："周旱，这大白天的你就开始享受了？"

全网吧哄堂大笑。

"滚蛋，上你的网！"周旱看向范雨希等人，问了一句，"上网？"

范雨希掏出了一张陆锡阳的照片："见过这个人吗？"

周旱扶着眼镜，眯着双眼，仔细地端详了一会儿，脸上的横肉随着摇头而抖动起来："没见过。"

范雨希见周旱的舌头躁动不安地舔着嘴角，没有多问，带着大家离开了。等众人离开了月半网吧，周旱才摘下眼镜，目光里多了一丝肃穆。

高楼上，热风阵阵，警方在第一时间包围了这里。朱晓终于在天台上看到了失踪许久的吕烨。吕烨站在天台的边缘，纵身跃下。

"别跳！"朱晓嘶吼着，飞身扑过去抓住了吕烨的衣袖。

衣服撕裂的声音飘散在厉风里，朱晓眼睁睁地看着吕烨从高楼上坠下，伴随着一声惊天巨响，深不可及的地面上晕开了一道肉眼可见的血花。朱晓颤抖着双手，歇斯底里地吼了一声，恨自己竟然没能救下人。

南港的各大报刊在第一时间报道了吕烨自杀坠楼身亡的消息，网上一片哗然。

南港支队破天荒地将施涛和朱绍两名犯罪嫌疑人丢进了同一间审讯室，朱晓踹门而入，一把揪起了朱绍："我给你最后一次机会，给老子如实招供！"

赵彦辉闻声赶到，厉声呵斥："朱晓，住手，注意影响！"

"注意影响？和这种人谈影响？"朱晓将朱绍狠狠推倒在了地上，又指着施涛，"这也是你的最后一次机会！你在撒谎，吕烨的毛发检测结果已经出来了，呈阴性，她没有吸毒！"

施涛默不作声，朱绍从地上爬起来，讪笑道："警官，好歹咱也是本家，您就不能客气一点吗？"

"和你这种杀人凶手一个姓是我的耻辱！"朱晓咬牙怒斥。

朱绍和施涛都愣住了。

"不明白？你们的目的达到了，吕烨自杀了，你们满意了吗？"朱晓有些情绪失控，至今无法接受一条鲜活的生命从他的手中消失。

朱绍的脸色霎时惨白，指着施涛："和我没关系，是他找的我！"

顷刻间，施涛的心理防线崩塌："有人给了我一笔钱。"

"屠杀者2009"的"滚雪球"事件终于真相大白。吕烨的竞争对手想击垮吕烨，于是贿赂了施涛，施涛又找到了朱绍。朱绍的工作室美其名曰"公关团队"，说白了就是一个水军①团队，经常为了钱而在网络上兴风作浪。

吕烨会自杀，这是朱绍和施涛都没有预料到的结果。

"天网恢恢，网络绝不是法外之地！"赵彦辉指着施涛和朱绍说道。

朱晓整理了一下情绪："赵队，这时候就别说官话了，您出去吧，我还审问呢。"

赵彦辉走了之后，朱晓才沉声问："朱绍，你不是'屠杀者'，是怎么

---

① 水军：网络流行用语，指在网络中针对特定内容发布特定信息的、被雇佣的网络写手。

想到用'屠杀者2009'这个蹩脚ID制造这么一起舆论风暴的？"

朱绍悔不当初："南港论坛往我电脑桌面上推送了'滚雪球'的帖子。"

吕烨不是一般人，普通的造谣无法在网络上掀起巨浪，更不要说击垮她了。朱绍接到施涛的订单后，绞尽脑汁也没想出合适的方法，直到有一天，他收到了南港论坛的推送弹窗。

经陆锡阳发帖后，"滚雪球"的游戏已经在网络上拥有了舆论基础，于是，朱绍理所当然地想到伪造"滚雪球"帖子的方法，并注册了上百个账号，上演了一场自导自演的"点名游戏"，配合施涛进行虚假爆料。施涛是吕烨的经纪人，再加上"滚雪球"被点名者出于自保的心理，许多网友对吕烨的丑闻深信不疑。

"推送弹窗？"朱晓察觉到了异常，"白洋，你去问问南港论坛的负责人，南港论坛不是一个网站吗？在没有打开网站的情况下，是怎么做到给电脑桌面推送消息的。"

没过多久，白洋上气不接下气地跑了回来："朱队，我问了，南港论坛只会推送消息到站内邮箱，不会向用户推送桌面弹窗。"

陡然间，朱晓明白了过来："去通知技术队，二十四小时待命！真正的'滚雪球'恐怕要来了！"

范雨希将小R送回南港达后，找了一个僻静的地方，给朱晓打了电话："月半网吧的老板周旱好像有些问题。"

范雨希正准备继续说，朱晓却将电话挂断了。

"怎么了？"孔末问。

"他让我不要从黑网吧入手，只说真正的'滚雪球'要来了。"

孔末若有所思，而后转移了话题："小希，这两天，他闷闷不乐的，要不你和他说清楚，我担心他状态不好，会露馅儿的。"

范雨希微微一怔："你是指另一个你？"

孔末点了点头。

"怎么就闷闷不乐了？"范雨希突然想到，是有些天没见过另一个孔末了。

"大概是因为那天你为了关闻泽而呵斥了他吧。"

范雨希回想了起来，在恭家大院，孔末和关闻泽打斗时，她的确喝止了孔末。

"那自恋狂也太小心眼儿了吧，就因为这个？"

孔末认真地说："以前那家伙没接触过多少女生。你是不是该想想，你发生危险时，他为什么会冒着身份曝光和被监听的危险，甩开杨荣的手下，打电话向朱队求救？你安全后，他为什么还愤愤不平，把申靖揍了一顿？"

范雨希瞪大了双眼，明白了孔末话里的意思。

孔末突然有些不自在："我有点尴尬，我和他的人格是互相独立的，我控制不了他的情感。不过，他是他，我是我……"

范雨希的心跳得很快，她突然想起了什么："几点了？"

孔末抬手一瞄手腕："两点半了……"

范雨希看着孔末的眼神慢慢地变化，不知该做什么反应，落荒而逃了。

孔末暴躁地想找另一个他算账，却只能给自己一巴掌："让你多嘴！"

深夜，杨荣来到了南港达的运输仓库。

"干爹，我用机器扫过恭临城的这批货了，的确都是电子产品。枪我已经丢进去了。"吴强说。

杨荣确认过后，正准备离开，突然接到了一个陌生号码发来的短信：电子产品里有针孔摄像头。

"快！再检查一下！"

在有了提醒的情况下，十几号人再一次检查，果然，这一次，他们搜到了许多混杂在电子产品里的针孔摄像头。

"恭临城这老家伙把针孔摄像头安装在一堆电器里，要不是有人提醒，人眼和机器还真的很难发现！"杨荣仍旧一阵后怕。

"还好我们发现了，摄像头一定拍下我们往里面丢枪的画面了。"吴强也松了一口气，"干爹，这消息是谁给您发的？"

杨荣笑得阴沉："好多年前，我就想过总有一天要把恭家大院给吞了，你以为，这些年我和恭临城真的井水不犯河水吗？"

"难道，您在恭家大院安插了卧底！"

第 24 章
加密

　　恭家大院的大门上挂上了红灯笼，胡同里张灯结彩，住在附近的人都知道，今天是恭爷的七十大寿。前来贺寿的客人络绎不绝，范雨希陪着恭爷接待了一天的客人，站得腿都乏了。

　　天色近晚，范雨希坐在院子里的门槛上，魂不守舍地听着大院里的喧闹声。

　　"希姐，您怎么在这儿啊！杨荣来了！"阿二匆匆忙忙地将范雨希招呼起了身。

　　范雨希紧张地问："孔末来了吗？"

　　"来了来了，还有吴强，杨荣带了一堆人来呢，看样子是来者不善啊！"阿二催促，"快去看看吧。"

　　恭家大院里摆满了宴席，席上坐的全是南港有头有脸的人物。范雨希在人群里找到了孔末，他与恭爷同桌，身边还坐着杨荣和吴强。恭爷冲着范雨希招手，她也入了座。

　　孔末黑着脸，刻意避开了范雨希的眼神。

"小泽呢？"春风满面的恭爷四处望了望，"阿二，你去把小泽找来，一起入席。"

杨荣干咳了两声："恭爷，您怎么看地下网的那条消息？"

恭爷表现得十分平静："用眼睛看咯。"

杨荣笑着，仍旧不肯罢休："恭爷说笑了。只是我听说，那个地下网买卖的情报向来不假。"

"古话说得好，君子坦荡荡，小人长戚戚，杨老板，不如您还是管好自己吧。"范雨希回嘴了。

满院觥筹交错，谁也不曾注意到主桌上微妙的气氛。

杨荣喝了一杯酒，摸了摸没有头发的脑袋："您看我，竟然把给恭爷的寿礼都忘了，孔末，你去抬进来。"

孔末站了起来，恭爷笑道："小希，杨老板这么客气，你跟孔末一起去。"

杨荣狐疑地扫了两个人一眼，又吩咐道："吴强，你也去帮忙。"

范雨希心想，杨荣果然还没有对孔末完全放下戒心，生怕他们二人在寿礼上动手脚。不过她没有说破，只是挖苦了一句："看来杨老板准备的寿礼不小，需要三个人去取。"

范雨希和孔末并肩走着，吴强跟在他们的身后。

范雨希时不时地就瞄着手表，孔末看在眼里，骂道："死女人，你那么希望过九点吗？"

范雨希手足无措地放下手，不像往常那样和他拌嘴了。

"喂，你俩去哪儿？"吴强对着走出很远的两人喊道，"寿礼在这儿。"

范雨希回过头，看了一眼摆放在大门外的一个木箱子，正是她亲手送到南港达的货箱之一。她瞥了一眼吴强："这是什么？"

吴强扬着嘴角："一会儿你就知道了。"

吴强让一直看守着木箱的两个人将箱子扛起来，抬进了恭家大院。

关闻泽已经入座了，孔末狠狠地瞪了他一眼，气呼呼地坐了下来。杨荣拍着木箱，意味深长地说："恭爷，我有些事想单独和您聊聊。"

南港支队。

赵彦辉招来了朱晓，叮嘱道："今儿是恭临城的寿辰，去了不少大人物，那些人当中，不知道有多少人是脏的，又有多少人是干净的。"

"赵队，您放心吧，我让人盯着呢。"

赵彦辉点了点头，又问："黑客呢，还没有消息吗？"

朱晓笑嘻嘻地说："也不光是咱没消息，暗光也没找着那个黑客呢。"

"别嬉皮笑脸的，上头下了死命令，无论如何不能让嫌疑人落入暗光的手里！"赵彦辉严厉道。

"放心，这黑客自己会跑出来的。"朱晓言之凿凿。

"怎么说？"

"这黑客的技术不比'蜘蛛'差。陆锡阳在帖子里说，他在'屠杀者'面前毫无隐私可言，一举一动都在他的监视下。'屠杀者'掌握了他的行踪，如果真的想杀他，易如反掌，但是，他为什么只是用了一些恶作剧的手段吓唬陆锡阳？最后还放任陆锡阳逃到海外了？"

"继续说。"

"我推测，'屠杀者'是故意的。他放走陆锡阳是为了让他把'滚雪球'的游戏传播出去。"朱晓分析道，"事实证明，陆锡阳到了海外，不再害怕自己害死母亲的秘密被知晓，把'滚雪球'的帖子给捅了出来，还在短时间内爆火了。"

"那'屠杀者'这么做是为了什么？"

"他要让人相信，'滚雪球'的游戏不是恶作剧！"朱晓倒吸了一口凉气，"技术队经过分析后，确认朱绍收到的弹窗是有人通过技术手段向他推送的，我怀疑是'屠杀者'所为。"

朱晓猜测，屠杀者想要进一步通过"水军"团队，让"滚雪球"的游戏更广为人知并全人坚信不疑，于是，他监控了朱绍工作室的电脑，恰巧得知了朱绍和施涛之间的这起交易。

208

"经过陆锡阳和朱绍接连两次的发酵，'滚雪球'已经在互联网上引起了恐慌。这个时候，如果真的'屠杀者'来了，再也不会有人质疑不配合游戏的后果，他的目的已经达到了。"

赵彦辉终于明白了："需要我向省厅总队借调素质更高的技术员吗？"

朱晓摆手："来不及了，我推测，真正的'滚雪球'随时都会开始，我已经让技术队随时待命，实在不行的话，还有我那线人呢。"

有人敲门了："赵队，朱队，南港论坛重新开始运营了，而且，被锁定的'屠杀者'ID被人强制注册了！"

恭家大院内，恭爷和杨荣已经离席半个小时，范雨希心里很着急，起身想要前去查探，但是吴强将她拦住了。

"滚开！"范雨希呵斥。

吴强有恃无恐："不滚又怎么样！"

情急之下，范雨希动起了手，一巴掌打在了吴强的脸上。吴强不甘示弱，掀翻了酒桌。满院的宾客吓得四处逃窜，杨荣的手下和恭家大院的人齐刷刷地动起了粗。

范雨希一心想去找恭爷，不想与吴强纠缠，吴强乘虚而入，按住了她的肩膀。只是下一秒钟，吴强的手腕被人一扭，差点儿脱臼，疼得龇牙咧嘴："孔末，还愣着干什么！"

范雨希神色复杂地望了一眼出手相助的关闻泽，向前跑去。

孔末不得不动手，飞身一脚，关闻泽为了躲避，松了手。吴强如获大赦，也顾不上喊疼，朝着范雨希追去。

"住手！"恭爷中气十足的声音在院子里回荡，范雨希停下了脚步，看着安然无恙的恭爷，心里的大石头终于落了地。

"杨荣，你在我恭家大院闹事，也太不把我放在眼里了吧！"恭爷怒道。

"恭临城，所谓先礼后兵，该谈的我已经和你谈了，你不答应，这就怪不得我了！"杨荣阴笑着，这是他第一次在恭爷面前如此有底气。

一切都如恭爷所料，杨荣找他是为了说服他把恭家大院的地痞势力用在违禁品的运输上，一起做生意，但他大义凛然地拒绝了。

"小希，报警。"恭爷吩咐。

杨荣哈哈大笑："恭临城，你还真不怕丢面子，都是在道上混的，还没有谁受了欺负，寻求警方帮助的。"

恭爷面色不改："杨荣，我走的道和你们混的道不一样。"

"那好，你报警吧，看看警察来了抓谁！"杨荣指着那个木箱子，"恭临城，不要敬酒不吃吃罚酒，我给你最后一次机会！"

"我从来不需要别人给我机会！"恭爷大袖一挥，"小希，报警！"

杨荣不再多说什么，直到范雨希报了警，才忽然大笑："恭临城，你这么有底气，是因为箱子里的那些针孔摄像头吗？"

忽然，恭爷的身形一震，不说话了。

朱晓第一时间赶到了技术队办公室。

"朱队，我确认过了，原本南港论坛已经暂停用户访问，但是有人通过远程控制恢复了访问入口。南港论坛的后台已经确认被入侵，'屠杀者'的ID也被重新启用了。"

"有没有解决办法？"朱晓问。

"南港论坛恢复访问两分钟后，我让人通过物理手段关闭了服务器，现在又无法正常访问了，这两分钟内，'屠杀者'没有发布任何疑似'滚雪球'的帖子。"

"干得漂亮。"朱晓夸奖道。

可是，南港支队却在接下来的几分钟内接到了数条报警，报警人称自己接到了"滚雪球"游戏的短信邀请，短信中附带了一条网页链接和一串数字密码。技术队点开了网页链接，发现需要输入密码，于是输入了短信中附带的数字密码。

"密码不对。"

朱晓皱起了眉头："有没有办法关停那个网页？"

"这是一个海外网页，我们无法关闭，但我们可以把域名加入黑名单，这样用户就无法再访问了。"技术员立刻操作了，但是，他的脸色很快就又变了，"不行，这个网页的域名一直在变动，关了一个，还有下一个。"

短短十分钟，又有两个人报了警。正如技术员说的那样，他们每关闭一个网站，被点名者收到的网页链接便会再次变动。

朱晓坐不住了，他不再指挥技术队，大步地往外走去，正巧碰上了迎面而来的赵彦辉。

"朱晓，你跟我去一趟恭家大院。"

"赵队，我怕是去不了了。"

朱晓来到了小黑屋里，不久后，"蜘蛛"抱着电脑，满头大汗地赶到了。

"蜘蛛"看过朱晓递过来的短信后，立刻在电脑上操作了起来。

"这家伙，厉害啊！""蜘蛛"忍不住夸奖，"他黑了不少海外无人监管的网站，把它们改造成了自己的网页，你们每封一个，他就再启用一个新的，你永远不知道他下一个启用的网站是哪个，靠封网站去阻止他行不通。"

"那要怎么办？"

"别急，我想想办法。""蜘蛛"一边敲击着键盘，一边说，"你们老是盯着南港论坛，从一开始就错了，他怎么可能会在一个警方可以掌控的网站上搞事情。"

"可是，不久前，他还入侵了南港论坛的后台。"

"这是在转移你们的注意力！""蜘蛛"说道，"而且，他黑进南港论坛的后台，醉翁之意不在酒！"

"说直白点！"

"南港论坛曾经是南港最火爆的本地论坛，用户量不少，经过陆锡阳和吕烨的事件之后，用户量更是猛增。我想，他黑进后台，为的是近期新增的账号信息。""蜘蛛"推了推眼镜，"你知道，后台储存的账号信息意味着什么吗？"

账号信息意味着个人的隐私。

"这家伙在南港作案，需要的是南港本地用户的信息，包括他们的姓名、手机号码、银行账号和照片，有了这些东西，他甚至可以通过各种技术手段掌握每个人的行踪，监视每个人的行为！"最后，"蜘蛛"在电脑上敲了一下，"我黑了一个他的网站，你看看吧。"

朱晓扫了一眼，这是其中一个报警人的信息。这个人被点名后，在这个网页里点了下一个人的ID，并且曝光了这个ID的真实名字和一个不可见人的秘密。

"我解析了这个网站的代码，南港论坛是他的基础，他应该开发了一个程序，当一个人被点名后，这个程序就会自动匹配被点名者在南港论坛上的ID，并且自动向这个ID绑定的手机号码发送游戏邀请。短信中附带的海外网页链接会不断变动，而且，每个网页所需要输入的密码也是动态密码，一直在变动，短信里附带的数字密码只能用一次，这就是你们没有办法登入的原因。"

朱晓的呼吸紊乱："有没有办法阻止？"

"他的所有网站之间相互关联，应该存在一个主网站，如果找到主网站，或许可以阻止他。""蜘蛛"说，"还有，被点名者曝光的那些名字和秘密正在通过各大网络平台的无数个小号实时直播。"

从"滚雪球"网站出现到现在的一个小时里，已经有十几个人被点名了。为了自保，所有被点名的人无一例外地选择了继续游戏。他们曝光的那些秘密里，不止关乎道德，甚至关乎犯罪。朱晓不敢想象，如果任凭"滚雪球"继续下去，南港将会乱成什么样子。

"你不是很厉害吗？老是长别人威风干吗！"朱晓更加着急地催促，"你快一点，全靠你了！"

"找到了，现在我会通过最严密的加密方式把主网站封锁起来。""蜘蛛"一边说，一边敲击键盘。

"蜘蛛"臃肿的手指在键盘上显得非常灵活，朱晓看得眼花缭乱，终于，"蜘蛛"伸了一个懒腰："大功告成！"

但是很快，网页上跳出了一个通话邀请，"蜘蛛"愣了愣，看向朱晓："对方要和我通话。"

赵彦辉带着一大队警察赶到了恭家大院。赵彦辉看着满院的残兵败将，怒不可遏："杨荣，恭临城，你们这是在打群架吗？"

杨荣客气地笑着："赵队，我们哪敢啊。恭临城托我给他运一批货，昨晚我们按照规定扫描了货物，结果，您猜我在里面发现了什么？"

吴强将木箱撬开，一柄黑得发亮的枪映入众人眼帘。

赵彦辉看到枪，立刻让警察将所有人团团围住。然后有警察戴上手套，将枪收了起来。

"恭临城，你有话说吗？"赵彦辉问。

"警官，恭家大院从来不碰这些东西，这是遭人陷害了。"恭爷叹息道。

杨荣落井下石："恭临城，你这是在说我诬陷你了？你有证据吗？"

恭爷呆呆站着，没有说话。

杨荣得意地道："赵队，不如把他抓回去，验一下枪上的指纹，不就知道了吗？"

"不用你提醒！"赵彦辉挥了挥手，下了命令，"把涉事的人全都带回去！"

晚上十点钟，被带回南港支队的一行人等候在办公大厅里。

杨荣总是偷瞄恭爷，见恭爷仍然镇定自若，突然有些心慌了。等待许久后，赵彦辉终于出来了，杨荣立马站起来："赵队，怎么样，枪上发现指纹了吗？"

赵彦辉喝道："抓人！"

可是，出乎杨荣的意料，两名警察竟然将他扣住了。

"你们干什么！你们抓错人了！"杨荣号叫道。

"杨荣，枪上只发现了你的指纹。"赵彦辉说。

杨荣不敢相信："怎么可能！"

吴强也怔住了，他的第一反应是孔未搞了鬼。但是，他细细回想了一番，当初是他亲手将那块玉器递给恭爷，又亲手将玉器带回。孔未将玉器上的指纹复制到枪上的过程也是在杨荣和他的眼皮底下进行的，耍不了手段。之后，孔未再也没有接触那支枪。

　　杨荣被抓了，和杨荣关系最紧密的吴强和孔未也一同被拘留，他的其他手下也全部被采取了监视居住的强制措施。

　　当针孔摄像头的伎俩被识破后，范雨希急得像热锅上的蚂蚁，就连她也没明白这一切是怎么回事。

第 2 5 章
追踪

在朱晓的指示下，"蜘蛛"开启了变声器软件，接通了通话。不出所料，对方也使用了变声器。

"南港竟然有你这样的高手，但你不是我的对手。"对方的声音尖锐而刺耳。

"蜘蛛"对朱晓做了几个手势，示意他可以通过这次连线锁定对方位置。他回答："哟呵，打个电话过来，就为了抖威风？"

"你是警方的人吧？替我转告警方，不要碍我的事，否则，我会把警方的线人一个一个揪出来交给暗光。"

"蜘蛛"的手指在键盘上敲了几下，笑道："我当你搞什么鬼呢，原来是在定位我的位置。"

"蜘蛛"及时发现了对方要的小动作，拦截了对方的查探。

"果然有两下子。不过，找到你是迟早的事。"

朱晓忍不住插嘴了："你以为，就算我们不找你，暗光会放过你吗？你窃取了他们的机密，他们不可能让你活在这个世界上的。趁早投降，警方会将你保护起来。"

"没有人可以找到我的。"对方的语气里透露着无比的自信，"那天晚上，本想试探一下南港支队的实力，没想到，误打误撞，让我偷到了传说中暗光的机密，光是卖上其中的一条，就赚够我的逃亡费了。"

朱晓算是懂了，当天晚上，这名黑客与暗光同一时间攻击南港支队的内网纯属巧合。他是在试探南港支队的实力，以此判断他作案后，警方是否能将他抓住。

"小子，你太嚣张了吧！""蜘蛛"破口大骂，"我把你的主网页锁了，你有本事就给我破开啊！"

"短时间内，我的确没有办法破开你这加密方式，但是，无论什么原因，我都会杀死没有继续点名的那个人。"对方说完，结束了通话。

"蜘蛛"猛地敲击键盘，得到了一个坐标范围："找到了，你派人去这个地方找找。"

朱晓拨通了电话："出警抓人，'滚雪球'暂停了，把最后一个被点名的人保护起来。"

朱晓正要往外走，"蜘蛛"叫住了他："朱队，您可一定要保护我们的安全。现在这个时代，没有不透风的墙，不光是我，范雨希和孔末的命都握在你的手里了。"

朱晓回过头来，藏不住语气里的惊讶："你怎么知道范雨希和孔末的身份！"

"偶然，偶然。""蜘蛛"嬉笑道，"我发现你给我打电话的那个号码时不时往另外两个神秘号码上打电话，虽然你做了反监听和反定位处理，但你往哪个范围打电话，我还是能查出来的。南港达和恭家大院，朱队，您这手伸得够长的！"

"你敢监视我！"朱晓一把将"蜘蛛"揪了起来。

"我的命在你手里，监视你怎么了？我还知道你的其他几个线人是谁，要我说出来吗？""蜘蛛"也发了火，"我都说过好几遍了，不要让你的人进月半网吧，会引人注意，你是想害死我吗！"

小黑屋里昏黄的灯光映在"蜘蛛"肥硕的脸上，他竟是月半网吧的老板周旱。

午夜，范雨希陪着恭爷回到了恭家大院。

恭爷眯着眼笑："小希，还在想这是怎么回事？"

"恭爷，我不明白。"

"这多亏了你啊。"恭爷解释，"你第一次见过杨荣后，就猜到他很有可能嫁祸给我们。我寻思着，他要证据确凿地嫁祸给我，必须拿到我的指纹，所以啊，我早就让人把杨荣留在茶杯上的指纹取下来做成指纹膜，贴在手指上了。"

"原来是这样，杨荣也算是咎由自取了。"

"你想得太简单了。再过不久，恐怕就会有人替他顶罪，证据不足的情况下，杨荣关不了多久的。等他一出来，一定会变本加厉地对付我们。在此之前，我们需要帮助警方找到杨荣走私违禁品的铁证！"恭爷说道，"早些回去休息吧，我让小泽送送你。"

"不用了。"

范雨希离开了恭家大院，拨打了小R的电话。小R正在一家酒吧里买醉，一见到范雨希，就把她也拉到了酒桌上。

"小R，我知道你心情不好。"范雨希有些愧疚，无论怎么说，杨荣被捕和恭家大院有关系。

小R往嘴里灌了一口酒："没有呀，我的心情好着呢。"

小R和杨荣关系不好，但无论如何，他们身体里流淌的都是一样的血液。范雨希能看出来，小R只是嘴上逞强罢了。

范雨希默默地陪着小R，最后将烂醉如泥的她带回了住处。

小黑屋再度被打开，朱晓擦了擦额头上的汗水，对着守候在黑屋里的周旱摇了摇头："按照你给的坐标抓到了一个人，但是，是个半夜瞒着父母看动画片的小孩。"

217

"该死！"周旱骂道，"这家伙了不得，弄了假定位骗我们。"

"最后一个被点名的受害者也失踪了，我们打他的电话一直提示占线。"朱晓竟然无计可施了，"技术队查到，他手机的信号源一直在移动，推测他正在某辆车上，暂时寻找不到目标。"

"我试试。"周旱再度一屁股坐到电脑前，试着拨打受害者的电话，失败了几次后，猜到了原因，"他的手机被人用'电话骚扰'软件不间断地轰炸了，所以一直占线，你们打不进去。"

"怎么处理？我要和他通话。"

被点名者不会轻易地寻求警方的帮助，因为他被曝光的秘密涉嫌犯罪。他除了躲避'屠杀者'的追杀，还要想着避开警方。朱晓不肯放弃，希望在'屠杀者'找到他之前，劝服他到警方自首，保住性命。

"你让运营商设置一个白名单，这样，除了你的号码，其他号码都打不进去，电话轰炸就该结束了。"周旱支了招。

朱晓照做后，电话果然能拨通了，但是依旧没有人接听。打了几次电话后，朱晓开始发短信。

周旱调出了信号源的位置，只见光圈果然在不停地移动着，偶尔才会停下来几十秒时间。周旱敲了几下键盘，对朱晓说："我黑了那片区域街道上所有联网的摄像头，再比对光圈的移动位置和车辆的移动轨迹，倒有可能找到目标车辆。"

朱晓想了想，说："光圈走走停停，一直在一片区域绕圈子，像是寻找客源的出租车。"

"聪明。"周旱说，"夜行的出租车不多，范围一缩小，应该很快能找到。"

果然，一分钟后，周旱锁定了一辆黄色的出租车。但是，朱晓犹豫了："如果他要逃，又坐了出租车，为什么不立刻离开？反而允许司机兜圈子？"

"都什么时候了，先让附近的片警去找人再说。"

朱晓通过对讲机联系到了附近的片警，没多久，对讲里传来了回复：车上没人，只在坐垫下找到了一个调成静音的手机。

出租车司机讲，那名逃亡者的确坐过他的车，但下车后就不知去向了。朱晓派出了大批警察在逃亡者下车的位置搜寻。

"他把手机调成静音留在了出租车上，说明他有危机意识，知道手机可能被定位。"朱晓坐在墙角，不断地安慰着自己，"我们找不到他，'屠杀者'也找不到他。"

周旱拖着肥胖的身体，吃力地站起身，也坐在了地上："朱队，这是我第一次看你这种状态。"

"我没能救下吕烨，不能再救不下下一个人。"朱晓的眼睛布满红血丝，"周旱，范雨希和孔末不是我派到月半网吧去的，真的只是巧合。"

周旱拍了拍朱晓的肩膀："行了，我发脾气时候说的话能当真吗？"

"我发誓，一定不会让你们当中的任何一个人遇到危险。"朱晓把拳头搁在了胸前。

"别介，电影里要是警察对哪个人这么说，那人八成得死了。"

经过一夜的搜索，最终，警方只找到了逃亡者的尸体。技术队在逃亡者的手腕上找到了一块可联网的智能手表，通过检验，证实了智能手表早就被人远程安装了定位程序。

凶手利用南港论坛的用户信息，能够第一时间掌握被点名者的位置。当"滚雪球"的游戏随着周旱将凶手的网页锁定而终止，凶手第一时间入侵了逃亡者的智能手表。

警方还是慢了一步，朱晓得知这个消息后，情绪激动，昏厥了过去。

赵彦辉给朱晓的老师江军打了个电话，说明了情况："江队，朱晓这小子怎么了，他不像是这么脆弱的人啊？"

"老赵啊，你有所不知。当年到我的队里，朱晓办了一件案子，有人称呼它'腊月挟持案'。他没能救下人质，眼睁睁地看着歹徒当着他的面割了人质的喉。他一直很自责，不断地通过破案来赎罪。'滚雪球'的案子，吕烨当着他的面跳楼，又有一个受害者没能被救下，怕是又勾起他的回忆了吧。"

"我需要做点什么吗？"

"不用了，这小子没你想的那么弱，他自己会调整的。"

赵彦辉挂断电话后，去休息室看了正在昏睡的朱晓，而后又去了看守所，见了孔末和吴强。警方没有证据证明杨荣的手下和枪支案有关系，只能按照程序放人了。

吴强出了看守所，目光变得更加阴狠，指着孔末："我会找人替干爹顶罪。在干爹出来之前，我要你到恭家大院去替我监视恭临城。"

"我和你们是一伙的，你觉得恭临城会接纳我吗？"孔末反问。

"我要你和我演一出戏，我看得出来，恭临城和范雨希都对你有好感，只要你背叛了我们，他们自然会接纳你。"吴强把孔末打发走后，才拨通了另外一个人的电话，"孔末会去恭家大院，你给我盯紧他和范雨希的一举一动！我希望干爹一出来，就知道孔末是内鬼！"

杨荣被捕，南港达的大部分人被监视居住，资产也被冻结。吴强能用的只有杨荣好多年前安插在恭家大院里的卧底了。

恭家大院内，恭爷正在喝早茶。

"恭爷，吴强和孔末被放出来了，但他们一出来就大吵了一架，两个人还大打出手。"阿二对恭爷说道，"现在，孔末就在外面呢。"

范雨希坐在一旁，想着这个时间段的孔末肯定是打不过吴强的。

恭爷还没说话，就有人把孔末迎了进来。孔末衣衫褴褛，脸上有好几块淤青，看上去十分狼狈。恭爷立刻起身："伤得这么重！快坐！"

孔末擦了擦嘴角的鲜血，直截了当地问："您当初让我到您手下办事的话还算数吗？"

恭爷微微一愣，立刻点头："当然。小希，把孔末带到客房去。"

范雨希把孔末带进了一间客房，拿来了药箱替他擦药。范雨希一句话也没说，也不敢看孔末的眼睛。

"小希，"孔末微笑道，"我说了，我是我，他是他，你不必躲着我。"

范雨希放下药："我知道，就是觉得有点奇怪，毕竟你们是同一个人。"

范雨希的心里忽然产生了一个奇怪的念头：要是她和两点半之后的孔末谈恋爱，那另外一个孔末和她又是什么关系，难道谈恋爱还要分时间段吗？

想到这里，范雨希狠狠地敲了一下自己的脑袋，不明白自己怎么会冒出这样奇怪的想法。她站起身，终于敢看孔末的眼睛了："那个讨厌鬼、自恋狂、暴力狂、胆小鬼，我是不可能和他谈恋爱的。"

孔末拿起药往自己身上涂："我没说你们要谈恋爱。"

范雨希白了他一眼，开门出去了。她没发现，有一双眼睛正在不远处盯着她。

中午，范雨希又进了孔末的房间，应孔末要求，她带来了一台笔记本电脑。

"你确定不休息一下？"范雨希问。

孔末摇了摇头，轻声问："听说昨晚的命案了吗？"

"听说了。"范雨希也刻意压低声音，"我打了朱晓的电话，但很奇怪，一直没人接。"

"我想，朱队是遇到难题了。凶手是一名黑客高手，我们想通过技术手段找到他恐怕很难。我们需要换条思路。"孔末说。

范雨希无语地指着带来的笔记本电脑："那你让我带这玩意儿来干什么？"

"寻找一些信息罢了。"孔末说道，"我准备从凶手的犯罪动机入手。昨晚的命案证明了凶手具有十分了得的追踪技术，但他放走了陆锡阳。我想，他这么做的目的是让'滚雪球'的游戏在网络上发酵，经过吕烨一事和昨晚的命案，'滚雪球'已经让人闻风丧胆了，这也使凶手达到了目的。"

"他费那么大的劲，昨晚才开始正式犯罪？"范雨希不解。

"不错，比起其他案件，这一起案件的凶手花了很长的时间和精力在犯罪预备阶段，这也更加证明他犯罪的决心。"孔末分析道，"他的犯罪目标不具有特定性，所以，这是一起无差别犯罪。"

无差别犯罪中，凶手选择的目标是随机的，时常发生在众多变态的连环杀人案当中。这一类犯罪，凶手的犯罪动机往往是报复整个社会。

"我们可以想想，凶手为什么要报复整个社会？而且是通过这么特别的方式。"孔末一语中的，"每一次'滚雪球'的游戏，受害者看似只有一人，但事实上，每一个被曝光了秘密的人都是受害者，他们很可能因此入狱，遭人唾弃，比死难受多了。"

"凶手会不会也曾经被社会同样对待？"

孔末打了一个响指："没错。如果凶手的犯罪行为还具备犯罪逻辑，那他很可能曾经遭受了大面积的网络暴力，所以如今他才想着以网络暴力的方式回击整个社会。"

范雨希的思路被孔末打开了："所以，我们可以搜一搜这些年以来，南港发生的网络暴力事件，而且是发生在精通计算机黑客身上的事。"

孔末立刻在电脑上检索了起来，输入了他们所有能想到的关键词后，一条条检索信息跃然于屏幕上。半个小时后，他们找到了一条一年前的报道，报道的标题十分博人眼球：年轻程序员因工作时打盹儿而招致数亿损失。

年轻的程序员名为章恩，曾经在南港最大的网络安全公司上班，这家网络公司开发的网络安全软件深受南港用户喜爱，安装率出奇的高。一年前，一款新型的破坏型病毒出现，这款号称可以抵御一切病毒程序的软件被攻破，没能阻止病毒的蔓延。

南港的无数计算机感染病毒，造成了许多文件被永久性破坏，据媒体估计，总损失高达数亿。事后，网络安全公司的办公室视频曝光，当时正在上班的章恩正伏案打盹儿。顷刻间，无数遭受了损失的网民将矛头纷纷指向了章恩。

不久后，年轻有为的章恩从公司离职。

"查到章恩的信息了。"孔末说，"他夺得过好几届全国计算机技术大赛的冠军。"

范雨希站了起来："朱晓的电话打不通，为防章恩逃跑，我们先去找人吧。"

第 26 章
照片

朱晓猛地从噩梦中惊醒，喘着粗气，随手取过一条毛巾擦干了汗如雨下的额头。

"我睡了这么久！"他扫了一眼时间，大声地喊白洋的名字。

白洋跑了进来："朱队，您醒了？"

"去查一查南港近年来发生的网络暴力事件。"朱晓一边说，一边往外走，"这些天，我们把注意力都放在和黑客技术比拼上了，思维定式了，怪我。"

朱晓走到一个没有人的角落里，掏出了一个手机，手机上足足有几十条未接来电。他拨了一串号码，刚接通，听筒里就传来周旱埋怨的声音："朱队，您还没死呢？跑哪儿去了，还有线人头头不接线人电话的理？"

"什么事？"

"小黑屋见吧。"

半个小时后，朱晓和周旱碰了面。周旱细细地打量朱晓："您这衣服也不换，一身汗臭味，邋遢劲儿远超过我，我甘拜下风。"

"说事。"朱晓坐了下来。

"我不是把凶手的主网站锁上了嘛，我琢磨着，凭他的技术，差不多快要破解开了。"周旱说。

"凶手进行的是无差别犯罪，没有特定的明确目标，整个社会都是他报复的对象，他破解你的加密后，很可能继续实施犯罪。"朱晓沉重道，"你有没有办法再给他的网站加密？"

周旱老实答道："没办法，我已经用了最复杂的加密方式，他能上当一次，下一次，他绝对做好了防御准备。"

"你叫我来就是为了夸奖凶手？"

周旱嘿嘿一笑："不是，有两件事向您汇报。第一，我正在开发一款可以暴力破解对方防定位程序的软件，如果成功了，有可能直接定位到对方的位置，并强行控制他的设备。"

"需要多久？"

周旱眼镜下的两只小眼睛眯成了一条线："不知道。"

朱晓揉着发疼的太阳穴："另外一件事呢？"

"我锁住凶手网页的时候，顺便往他那儿植入了一段代码，这可就厉害了。"周旱得意地道，"一旦他破解了加密，那串代码会向他的设备发出命令，强制开启他的摄像头，悄悄拍下他的照片并传输回来。"

朱晓喜出望外："你怎么不早说！"

"电影里，剧情往往最后才会出现反转。"周旱咧开嘴笑，露出了一口大白牙，话音刚落，电脑上传来了一张照片，"这不，上钩了。"

信号源的另一端，一双细长的手在键盘上飞速舞动着，凶手勾起了嘴角："就凭你，还想和我斗，我说过，我一定会找出你的身份。"

电脑上正播放着一段音频："哟呵，打个电话过来，就为了抖威风……小子，你太嚣张了吧！我把你的主网页锁了，你有本事就给我破开啊！"

范雨希和孔末来到了一栋小别墅前。

"这就是章恩的家。"范雨希说，"章恩赚得不少，看起来生活过得挺滋润的。"

孔末没有回答。

范雨希扭过头，见孔末正刻意地看其他地方，于是扫了一眼腕上的手表，已经两点半了，马上慌神地朝前走去："我去按门铃。"

门铃响了很久，才有人开门。

开门的是一个看上去三十岁左右的男人，他看了两人一会儿，问："你们是？"

"章恩在吗？"范雨希往门里扫了一眼，鞋架上只摆放了一双鞋。

听到章恩的名字，男人的脸色变了，答了一句："不在。"便想关门。

孔末一把将门抵住，将男人推开，闯了进去。男人很着急："你们到底是谁，再不走，我就要报警了！"

范雨希观察了一圈，发现房子里除了男人，的确没有其他人了。男人好像不经常出门，桌上全是外卖盒，沉闷的空气里飘浮着一股奇怪的味道。范雨希说："刚刚章恩给我们惹了一些麻烦，我们必须找到他。"

男人吃惊地抓住范雨希的手腕："你们见过章恩？他在哪儿？"

孔末皱起了眉头，将男人抓住范雨希手腕的手强行掰开，将他推到了沙发上。男人仿佛并不介意，连忙招呼两人坐下，将窗户打开，散去了空气里的怪味："我叫章典，章恩是我弟弟，他已经失踪一年多了！"

章典掩面而泣。

一年前，章恩面临的网络暴力并没有随着他从公司离职而结束，反而愈演愈烈。不少网友人肉了章恩的信息，他的姓名、家庭住址、电话号码都被赤裸裸地公布在网络上。每天章恩都会接到自称因章恩的过失而遭受了损失的人的骚扰电话，每天都会收到辱骂他的邮件，久而久之，章恩的精神状态急转直下。

刚刚，章典以为范雨希和孔末是上门找麻烦的人，才着急将他们赶走。

"我的弟弟小时候干的错事全被人翻了出来。"章典哭得更厉害了，"你们能想象吗？因为年少无知，他曾经说的错话、做过的错事竟然会在他长大后成为别人抨击他的把柄！"

范雨希暗自伤神，点了点头："我能理解。"

"所有人都把责任归咎到他的头上，可是，那不是他的错！"章典一拳砸在了茶几上，"那一天，为了工作，章恩拖着四十摄氏度高烧的身体坚持上班！他实在撑不住了，就趴着休息了十分钟，这是他的错吗？"

对抗计算机病毒并不是你攻我守的实时战，即使再厉害的程序员，也需要时间去分析和开发。即使章恩没有睡着，也无法第一时间阻挡病毒的入侵。

"他们只知道拿着键盘，对着屏幕，释放自己的情绪。有的人或许连章恩是谁都不知道，仿佛跟风谩骂就能彰显他们的正义。他们在现实生活中找不到宣泄口，网络成了他们狂欢的舞台，他们永远也不会知道，也不想知道，他们的狂欢建立在别人的痛苦之上！"

范雨希小心翼翼地问："后来呢？"

"章恩是个有担当的人，他不是被开除了，而是主动辞职。因为他知道，他的公司被推到了风口浪尖上，必须有人站出来承担责任。即使那并不是他的罪过。"章典擦了擦眼角，"可是，就算是再勇敢的人，也无法对网络上铺天盖地的诋毁视而不见。在一个深夜，他走了，再也没有回来过……"

章恩离家出走后，章典报了警。一年多的寻找换来的仍然是杳无音信。

朱晓刚回到南港支队，白洋就前来汇报了："朱队，我们按照您的吩咐，找到了一个可疑的目标，名叫章恩。但是，这个人一年前就失踪了，他的哥哥报了案，到现在还没有找到人。"

"开会。"朱晓并不惊讶。

白洋把章恩的资料派发给了参加会议的警员，朱晓说："章恩是本案最具嫌疑的犯罪嫌疑人，他的犯罪动机已经明朗。一年前，章恩遭受了网络暴力，为了躲避舆论霸凌和骚扰而离家出走。我们有理由相信，这一年的时间，章恩的心态发生了畸形的变化，此次'滚雪球'案件是他对网络世界的报复。"

"我已经派人去接触章恩的哥哥章典了，但是，章恩失踪后，是章典报的警，章典肯定不知道章恩的下落。"白洋说。

"'滚雪球'是一起网络和现实相结合的犯罪，犯罪嫌疑人具备强大的计算机技术和反侦查技术，侦查难点有两个，一是确认犯罪嫌疑人的身份，二是追踪犯罪嫌疑人的位置。"朱晓说着，掏出一张照片贴在了白板上，"凶手身份已经确认，接下来就是想办法抓住他。"

白洋惊讶道："朱队，这张照片是从哪儿弄来的？"

朱晓指着照片："短期内想通过技术手段找到犯罪嫌疑人的位置不太现实，我们能依靠的就是这张照片。"

照片中，章恩穿着白色的长袖衬衫，脸上映着电脑的光，身后是一扇窗户，窗户旁的墙看上去有些泛黄，窗台上摆放着一盆花卉，窗外隐隐约约可以看见几根电线杆上的电线。

"根据墙体判断，犯罪嫌疑人身处的是比较简陋的老房子，窗外有电线杆，说明老房子位于老式街道。"朱晓推理道，"在南港，符合这样条件的街区和房子有不少，但是，这扇窗户的形状有些复古，可以成为筛查的特征之一，我希望你们以最快的速度查出犯罪嫌疑人身处的位置。"

"是！"

散会后，白洋请示："朱队，咱需要给市民群发短信，提醒他们万一被点名了，第一时间寻求警方的帮助吗？"

朱晓陷入了犹豫，这是一个两难的决定。不提醒市民不合适，但是提醒了，会加剧市民的恐慌。朱晓知道，即使提醒了，被点名的市民也未必会照做。

"网民的心思不好拿捏。被点名的人自己的丑闻也被曝了出来，其中大多数人的秘密涉嫌违法犯罪，让他们寻求警方的帮助等于自投罗网。"朱晓无奈道，"比起寻求警方的帮助，他们更愿意自救，逃离南港。"

"不过，我们还没找到凶手的踪迹，这不是他继续作案的最佳时机吗？怎么反而停了下来？"

朱晓也没有想通，凶手已经破解了周昊的加密，照理说，他会更加肆无忌惮地继续作案才对，可是，过去了这么久，新一轮的"滚雪球"并没有开始。

"不要松懈，让技术队二十四小时不间断地盯紧了。"

回恭家大院的路上，范雨希和孔末一路无话。到了恭家大院，范雨希匆匆跑开了，但没跑几步，她又停了下来。

"老躲着他也不是办法。"范雨希自言自语，一咬牙，"还是去和他说清楚吧！"

孔末出了恭家大院，来到了胡同里，四处望了望后，拨通了吴强的电话。

吴强急促的声音传来："让你给我回电话，怎么耽误这么久？"

孔末不耐烦地说："什么事？"

"我还在找人替干爹顶罪，恭临城不会那么轻易让干爹出来，他有什么举动？"

"不知道。"孔末烦躁道。

"不知道？你真以为你去恭家大院做客了吗？"吴强咬牙切齿，"盯紧他，有任何举动都要及时向我汇报。"

孔末挂断了电话，转过身却撞见了范雨希。

范雨希的脸色半阴半晴："你在和谁打电话？"

孔末怔了一会儿，朝前走去："不要你管。"

"是吴强吧！"范雨希拦住了他。

孔末没有否认。

"孔末！"范雨希揪住了孔末的衣领，"你竟然还在替吴强办事！你潜伏到恭家大院有什么目的！"

孔末的眉头蹙成了一团，依旧没有解释。

"枉我和朱……"范雨希的话还没说完，就被孔末按在了墙上。

"死女人，你不相信我！"孔末一字一句地问。

范雨希愣住了，她第一次从孔末的眼神里看到了这样的情绪，那是悲伤吗？

孔末松开手，离开了恭家大院。范雨希默默地站在原地，并没有注意到胡同拐角处那道盯了他们许久的鬼鬼祟祟的身影。

晚饭时，恭爷见关闻泽和孔末都没有上桌，问范雨希："孔末呢？"

"不知道。"范雨希考虑了很久，还是对恭爷隐瞒了孔末和吴强打电话的事。

恭爷放下碗筷："还在想小泽的事？"

"您真的相信关闻泽吗？"

恭爷狐疑地反问："你不相信他吗？"

范雨希忽地想起了朱晓的那句质问："关闻泽有没有问题，我想你已经有了猜测。"

范雨希早就明白，关闻泽再也不是从前那个帮助她走出阴霾的少年了，他这次回来，带着满腹的心事，只是，她仍然不愿意相信关闻泽会沦落至此。

"这些天，小泽在外面走动，我想，他比任何人都更希望找到'滚雪球'案子的凶手，以证清白。"

"恭爷，当年到底发生了什么？"

恭爷把衣领拉开，露出了胸前狰狞的刀疤，目光望向远处，陷入了回忆。

许多年前的一个清晨，天上纷纷扬扬地洒着雪花。关乙提着一把菜刀，推开了恭爷的房门。

恭爷刚醒，冷风从门外灌进来，其中还夹杂着几声尖叫："关管家发疯了！"

恭爷往后退了几步："关乙，你要干什么！"

关乙提着刀，追砍恭爷，霎时间，恭爷身上的白衣被鲜血染红。许多人试图阻止关乙，但他双目猩红，像中了邪一样，所有阻止他的人都被他吓退了。眼看锋利的刀锋即将要了恭爷的命时，关闻泽赶到了。

"爸爸！"

关乙停下了手里的动作，望着还未成年的关闻泽，恢复了理智。刀落在了地上，顷刻间被雪花覆盖。

"孩子，以后要好好照顾自己。"关乙跪倒在地上，仿佛在向恭爷谢罪，"恭爷，我一时糊涂，请你替我好好照顾我的孩子！"

突然，关乙从雪地里拾起刀抹了脖子。

关闻泽撕心裂肺地抱着关乙，却阻止不了如喷泉一样涌出的血液。

关乙被送到了医院，抢救了一天一夜，终于还是咽下了最后一口气。关闻泽一个人坐在遗体旁，静静地守着遗体，一句又一句哀怜的碎语飘过他的耳旁。

"这孩子真可怜。"

"是啊，几年前妈妈抛弃了他，现在爸爸又死了。"

关乙下葬后的又一个清晨，正在上学的范雨希得知了消息，冒着风雪赶回了恭家大院。只是，关闻泽连一封告别的书信都没有留下，离开了南港。

午夜，两道人影在阴暗的天桥下会面了。

吴强见到对方后，笑道："原来是你。"

对方把帽子摘下，露出了一头黄色的头发，竟然是阿二。阿二四处瞅了瞅，这才问："不能是我吗？"

"干爹和我说他在恭临城身边安插了卧底的时候，我就有些惊讶，原本以为是哪个接近不了恭临城的手下。没想到，干爹的这步棋已经下到了恭临城身边去了。"吴强不再拐弯抹角，"我让你盯紧范雨希和孔末，现在怎么样了？"

"他俩吵了一架，孔末离开恭家大院了。"阿二回答。

"为什么吵架？"

"距离太远，没听清。"阿二说。

吴强摸着下巴，想了一会儿："你跟了范雨希这么久，觉得她是警方的线人吗？"

阿二摇了摇头："向来都是她看别人的心思，哪轮得到别人琢磨她的心思。"

"罢了。范雨希自然有人对付。我只需要向干爹证明我没有错就行了。"吴强目露凶光，"孔末一定有问题！看来，我要做两手准备了。"

"你打算怎么做？"

"你知道孔末有一个妹妹吗？"吴强阴笑道，"纸包不住火，虽然孔末把他的妹妹安置得很好，但还是被我找到了。"

第 27 章
分裂

凌晨两点，孔末搬起石头砸碎了一栋房子的玻璃，然后爬了进去。吴强立刻从床上翻身而起，取出匕首，走了出去。

"孔末？"吴强看了一眼时间，放下了戒心，"你来干什么？"

"我的妹妹呢！"

吴强冷冷一笑："孔末，就连干爹都不知道你还有一个妹妹，你果然没有交底。"

孔末疾步向前："她在哪里？"

吴强轻而易举地挣脱，将孔末踢倒在地，把刀架在了他的脖子上："想要你的妹妹，就老老实实地告诉我，你是不是警方的线人！"

汗滴顺着孔末的脸颊滚落下来，他数次欲言又止。

"你可想清楚了，是你线人的身份重要，还是你的妹妹重要。"吴强威胁道。

孔末深吸了一口气："吴强，你不怕杨老板出来追究你的责任吗？"

"你算什么东西！就算我杀了你，干爹也不会责罚我的！"吴强咬牙切齿，"我只不过是要向他证明，他信错人了！"

孔末想要趁机还手，却被吴强识破。吴强又将他踢飞，舔着刀刃："你放心，在你承认你的身份之前，我是不会杀你的。我只给你一天的时间考虑，承认，再供出你的同党，抑或让你的妹妹死！"

天还没亮，新一轮的"滚雪球"无声无息地开始了。

"朱队，怎么办，已经有六个人被点名了！"

南港支队的技术队办公室已经炸开了锅，朱晓望着电脑屏幕，喘不过气来，仿佛有一双手从屏幕里伸出来扼住了他的咽喉。自从他成为警察以来，从未感觉肩头的担子如此沉重。

"要是有办法阻止名单的增加就好了！"白洋愤恨道。

朱晓正在犹豫着，他相信周旱一定有办法像上一次那样暂停"滚雪球"的游戏，但他不敢下这样的命令。一旦"滚雪球"停止了，那最后一个被点名的人将会遭受凶手的追杀，他害怕会因此再害死一个人。然而，一旦放任"滚雪球"的游戏进行下去，将会有越来越多的人陷入舆论风暴。

"朱队，等天一亮，大伙儿起床了，被点名者的名单很可能还会进一步增加。目前被点名的几个人都涉嫌违法和犯罪，咱是抓还是不抓？"白洋请示。

"抓。"朱晓斩钉截铁，说完，攥着振动的手机出去了，到了无人的角落，接起电话，"喂？"

"孔笙不见了。"

朱晓一怔："怎么会？"

"吴强绑了她，威胁我供出我的同党。"孔末急切地求助，"朱队，请你一定要救救她！"

"你先别急。"朱晓安慰道，"我一定会找到她，但是，警方不能直接参与这件事。"

"警方不出动找人的话，她就死定了！"孔末几乎带着哭腔。

"孔末，你冷静一点！吴强一直在怀疑你，你这个时候寻求警方的帮助，不是不打自招吗！"

"我不在乎！"

"那你也不在乎范雨希吗？你的身份一旦被坐实，和你走得那么近的范雨希也会被牵连。"朱晓强压着声音，"是，一个吴强翻不起大浪，警方能把他抓了，你和范雨希都不用怕他，但是暗光呢？"

电话那头沉默了。

"孔末，这件事有更好的处理方法，我向你保证，一定会救出你的妹妹。"朱晓说完这句话，才发现孔末已经挂断了电话，再拨过去，听筒里提示关机。

朱晓忍不住骂了一句脏话，立刻联系了范雨希和周旱。

范雨希揉着惺忪的睡眼，等到了匆匆赶来的朱晓："还让不让人睡觉了！"

"孔末出事了。"朱晓说。

"怎么了？"范雨希顿时睡意全无，但旋即又装作不在乎，"您就别操心了，是该想想他是不是背叛了我们。"

"任何人都可能背叛我们，唯独他不可能。"朱晓的语速很快，"吴强绑了他的妹妹，他失去了理智，独自找人去了。"

"他还有一个妹妹？"范雨希惊讶道，"吴强和他不是一伙的吗，怎么会绑他的妹妹？"

直到此刻，范雨希才意识到，或许她误会孔末了。

"杨荣一直认为孔末因无法通过政审而无缘警察，从而痛恨警方，他不可以向警方求助，否则将会露馅儿。对于孔末的身份，即使在南港支队都是高度的机密，不适合有更多人知道，而且，南港支队的警力全部用在'滚雪球案'上了，我不能抽出警力替他找人。"

"你准备见死不救？"范雨希质问。

"我有更好的方法，可以替他救人。"朱晓说道，"这件事越少人知道越好，杨荣最直接的大部分手下被监视居住了，南港达剩下的都是毫不知情的员工。吴强可以用的人不多，我相信你可以解决。"

"那也总得先找到人吧？不然我跟谁去打？"

"你做好准备，我已经让人去查孔笙的下落了。"朱晓找了一个地方坐了下来，点了根烟。

范雨希只好耐着性子，也坐了下来："你能不能对我讲一讲孔末的事？"

湖水清澈，一个小男孩对着像镜子一样的湖水整理被汗水浸湿的头发。

"孔末这么小就这么臭美，长大了怎么办？"远处，男人溺爱地望着孔末的背影，对身旁的女人笑道。

女人也笑道："随我。"

那一年，孔末才十四岁，孔笙七岁。

男人躺在草地上，搂过正在打盹儿的孔笙，对女人叹了一口气："听说孔末在学校又和人打架了？"

"这该随你了吧？他还不是学了你的臭脾气。你呀，没事就多在家陪陪孩子。"女人埋怨道。

"哪能没事啊，派出所里事多，前两天刚抓了一个抢劫犯，有同伙逃脱了，还没抓着呢。"男人扭头看见女人一脸的幽怨，立即改口，"等过一阵子就该没那么忙了，这不，今儿陪你们出来踏青来了。"

孔末看了一眼手表，两点半了，那是男人送给他的生日礼物。他站起身，正要去找男人和女人，突然觉得双耳轰鸣作响，喊道："爸爸！"

男人和女人听见了孔末的呼唤，不约而同地望了过去。孔末不断地冲他们招手，当男人察觉到危险时，一把尖刀已经刺进了女人的胸口。男人一脚将歹徒踹飞，抱起孔笙，拉着受伤的女人，跑向了孔末。

男人认出对方来，行凶的歹徒正是还没落网的抢劫犯同伙。

歹徒不止一个人，又有十几个人跳了出来，朝着他们靠近。男人将妻儿护在身后："你带孩子们先走。"

女人的身上淌着血，脸色苍白，她感觉天都要塌下来了，不舍地看了男人一眼："我会保护好孩子的。"

女人拖着重伤的身躯，从男人手里接过了哭得歇斯底里的孔笙，拉着孔末朝远处跑去。孔末三步两回头，当他看见男人被十几个人围攻时，甩开女人的手，跑向了男人。

"走！快走！"男人对着孔末吼道，身后被砍了一刀。

孔末停下了脚步，眼睁睁地看着男人倒在血泊中，身中一刀又一刀。终于，男人不再挣扎了。

歹徒持着刀，又向着孔末跑来。

女人不知哪来的力气，将孔末也抱了起来，朝前狂奔。孔末的双眼血红，不敢相信男人就这么死了，而他却无能为力。他在女人的怀里怒吼着，连声音都嘶哑了，恨不得冲上去把那些人全都杀了。

他们不知道跑了多久，荒山野岭上，空无一人，直到天慢慢地黑了下来，筋疲力尽的女人才将他们放下来。他们躲在一片杂草丛里，女人哭着报了警，孔末和孔笙连大气都不敢出。

"孔末，以后一定要好好照顾妹妹。"女人的眼睛快要睁不开了，轻抚着两个孩子的头发，贪婪地想要再多看他们一眼。

"妈妈，爸爸死了，你不要离开我们了。"孔末抓着女人凉得彻骨的手。

女人的嘴唇没有了血色，她还没来得及回答，就永远闭上了眼睛。

周围传来脚步声，孔末捂着自己和孔笙的嘴，强忍着哭意。他也不知道在草丛里藏了多久，至今他都觉得，那几个小时是他这辈子经历过最漫长的时光。

孔笙早已经累得睡着了，孔末看着身边没了气息的女人，终于放声大哭。他拔出了插在女人胸口的匕首，想要就此结束将来未知和孤独的生命。

"哥哥，"孔笙的呼唤声阻止了孔末，"我怕。"

孔末看着孔笙稚嫩的脸，想起了妈妈临死前的嘱托。他放下了刀，将孔笙搂进了怀里，这是最后一个他想要保护的亲人了。

范雨希惆怅地问："孔笙唤醒他的时候是晚上九点吗？"

朱晓点了点头："晚上九点也是警方找到两个孩子的时间。这个世界上只剩下孔笙能给他温暖了。"

"他对两点半那么敏感，原来这个时间是惨剧开始的时间。"范雨希的眼眶发热，"原来他怕荒郊的夜晚不是因为胆小，而是想起了小时候的经历。"

"孔末带着孔笙活了下来，但他被那一天的记忆所纠缠，久而久之，分裂出了两个人格。谁也不知道那两个人格，谁才是真正的孔末。"朱晓叹了一口气，"他看过很多精神科医生，但都无济于事。他甚至试过不去关注时间，但是，对时间越是在意的人就越敏感，到后来，不知不觉中，他掌握了根据环境判断时间的本领，终究没能逃脱时间的折磨。"

"后来呢？"

"孔末和孔笙去了一家福利院，但不肯接受任何人的领养。孔末成年后，带着孔笙搬了出去，一边上学，一边打工养活孔笙。"

"他是因为幼时的经历，这才考取警校的吗？"范雨希终于明白朱晓为什么那么相信孔末不会背叛他们。

"或许吧，又或许是为了继承他爸爸的衣钵。"朱晓说，"曾经，孔末的两个人格都是独立的，记忆并不共享。为了能够成为警察，两个人格都向所有人隐瞒了他的精神状况。你知道吗？两个孔末的性格差异那么大，想要隐瞒不是一件简单的事。"

范雨希突然无比后悔，想起了孔末质问她是不是不相信自己时悲伤的眼神。

"他一定很辛苦吧。"范雨希擦干了眼角的泪花。

"是的，上警校的那几年，孔末白天认真上课，晚上苦练格斗，为的就是成为一名真正的警察。"

"原来是这样，警校白天上的是文课，晚上上的是武课，他们的记忆不共享，所以能力也完全不同。"范雨希疑惑道，"那为什么现在共享记忆了？"

"我向你提过的，我的师娘，著名的精神心理学专家刘佳。"朱晓说，"半年前，师娘替他进行了一段时间的治疗。那次治疗后，他们的记忆便开始共享了。"

范雨希忽然鄙夷地猜测："这是让他成为你的线人的条件吗？"

"是条件之一。"朱晓老实说道，"我答应他，一旦师娘找出人格融合的疗法，就会替他进行治疗。"

"你真卑鄙！"范雨希愤怒道。

"我不否认。"朱晓耸了耸肩，"人格融合对孔末的诱惑太大了，只要他成为一个正常人，就可以重新考取警察。"

范雨希猛地站了起来："你知道这件事对他来说有多么痛苦吗！可你竟然把这当成一种交易！"

朱晓看着满地的烟头："如果是你，你会怎么做呢？"

"我会无条件帮助孔末完成人格融合！"

"那你要让哪个人格消失呢？"

范雨希哑然。

这时，朱晓的手机响了，他接了一个电话后，告诉范雨希："找到了，在东岸的旧车库市场。"

过了中午，孔末茫然无措地走在人来人往的街道上，快要绝望了。

这么多年来，支撑他继续活下去的只有孔笙了，他不能失去唯一的妹妹。

孔末跪倒在了人群里，所有人都像看傻子一样地盯着他。

一只手伸向了孔末，孔末抬起头，看见了范雨希的脸。

"你还真能跑，我让人到处打听你的消息，现在终于找到你了。"范雨希故作轻松。

孔末没有反应。

"想找你妹妹的话，跟我走。"

孔末的瞳孔又有了光，下意识地抓住范雨希的手，站起了身。

他们一路来到了东岸的旧车库市场，范雨希解释道："我观察一上午了，这里有很多车库。你的妹妹应该被绑在最里面的车库，目标有十个人左右，我不敢一个人动手，所以先去找了你。"

"你怎么知道？"

"朱晓给我的消息，我想，应该是他神通广大的线人给的情报吧。"范雨希说着，撸起了袖子，"走吧。"

孔末火急火燎地朝前跑去，范雨希看了一眼时间，刚好两点半，放心地跟了上去。

车库的大门被一脚踢开，看门的两个大汉还没反应过来，就被孔末打晕了。剩下的几个大汉立即抄起铁棍，向孔末攻去。

孔笙果然被绑在一张椅子上，嘴被人封上了，不断地挣扎着。

看见孔笙脸上的淤青，孔末攥紧了拳头，立刻地迎了上去。范雨希紧随其后，赶到时，孔末竟然已经撂倒了大半的人。

范雨希立刻加入了战斗，没过多久，最后一个大汉被孔末按在了地上。孔末像发了疯似的，一拳又一拳砸在大汉的脸上，直至大汉昏厥过去，孔末都没有罢手！

"再打下去就要出人命了！"范雨希喊道，可是，孔末却像没听见一样。

范雨希一把拉起孔末，孔末下意识地将她按在地上，抢起了拳头。范雨希没有躲，躺在地上望着将她按倒的孔末。

孔末终于恢复了理智，范雨希心疼地将他抱住。

忽然间，孔末红着脸跳了起来，大步地走向孔笙，替孔笙松了绑。

范雨希也站起身，脸颊也发起热。她只是想到了孔末的经历，想安慰他而已，但不知怎么，竟然忍不住主动拥抱了他。

南港支队里，朱晓得知孔笙得救的消息后，长舒了一口气。

坐在他面前的赵彦辉凝重地道："有人向警方自首，称陷害了杨荣，还附上了看上去十分可信的证据。将来在公诉环节，杨荣还是有可能逃脱法网的。我们必须尽快找到杨荣贩毒和贩枪的确凿证据！"

"一定是吴强搞的鬼。"朱晓站了起来，"我这就去把吴强抓起来。"

"以什么罪名？绑架？"赵彦辉提醒道，"孔末可没向警方求助，你这个时候抓人，不是害了他吗？"

朱晓擤了擤鼻子："就在刚刚，我们找到了一个目击证人，可以证明吴强涉嫌杀害申靖。"

第 2 8 章
骗局

小黑屋里，周旱累得打了个盹儿，朱晓拍醒了他。

周旱的神经紧绷："您来之前能不能先吱一声？"

"凭你的技术，还怕有人定位到你？"朱晓心情舒畅道。

"总觉得心里不安。"周旱甩了甩油腻的头发，"怎么样，孔末的妹妹找着了？"

"找着了，我要你再帮我找个人，南港达的吴强。"朱晓出动警察抓人时，吴强已经不知去向了。

周旱的脸一黑："朱队，您站着说话不腰疼，孔笙是在家被绑的，您知道我黑了多少个监控、看了多少段录像，才勉强找着她的吗？我的眼睛都要瞎了，您真把我当成找人工具了？"

"甭废话，快点！"

周旱不情愿地试了一下，摇头："不行，吴强住的地方没有安监控。"

朱晓握紧拳头："我让人封锁了南港，我就不信他能跑出去！"

忽然，小黑屋里的电脑屏幕闪了几下，周旱一看，有些着急："朱队，过来看看。凶手又启用了一个'滚雪球'的新网站，同时停止了网络平台的点名直播播报。"

"什么意思？"

"意思就是现在我们不知道谁被点名了。"

朱晓一怔，凝重道："凶手一直有恃无恐，突然这么做，恐怕是想最后杀一个人，然后逃离南港！"

周旱没有闲着，试图黑进凶手启用的新网站，却发现新网站被加密了，需要不少时间破解。

"你抓紧时间破解，我回南港支队部署警力。"

夜间刚过九点，孔末和范雨希重新安顿好孔笙后，回到了恭家大院。

恭爷坐在饭桌前，见了孔末就招手："孔末，过来，我让人准备了你最爱喝的核桃汤。"

孔末的眼眶立即红了，坐到餐桌前便狼吞虎咽地喝了起来。恭爷和蔼地笑了笑，起身进了屋，范雨希跟了进来。

"恭爷，您是怎么认识孔末的？"

"丫头，怎么又来问我？我答应了孔末，要替他保守秘密。"恭爷坐着，叹息道，"你要是想知道，就自己去问他吧。不过，我劝你还是不要去问了。"

"您说的秘密是指他家的惨案吗？"

恭爷的眼底闪过一抹惊诧："他和你说了？"

范雨希点头，恭爷这才愿意对范雨希说起往事。

"我和孔末的父亲是忘年之交，我蒙受过许多他父亲的帮助。虽然他的父亲只是一个派出所的小片警，但他正派、勇敢，是个好警察啊。"

恭爷得知惨案发生后，第一时间提出领养孔末和孔笙。孔末很感激，但不愿意拖累任何人，便拒绝了。恭爷知道孔末的精神状态不好，于是请了许多医生为他诊断，但医生们都束手无策。

"孔末这孩子太可怜了，得知他去了杨荣那儿，我很着急，生怕他误入歧途。还好，现在他离开了南港达。"恭爷说起往事，忍不住伤神，"以前，孔末的父母健在时，我常去他们家做客，他的妈妈总会亲自下厨做一碗热腾腾的核桃汤。孔末最爱喝他妈妈做的核桃汤了，我愣是一口没喝上过，全进了这小子的肚子。"

范雨希从恭爷的房间出来，坐到了孔末的身边。桌上的碗已经空了，孔末失魂落魄地盯着空碗。

范雨希刚要开口，孔末便挤出了一个微笑："对不起。"

"为什么要说对不起？"

孔末朝四周扫了一眼，确认没有旁人后才说："吴强派我到恭家大院的目的是监视恭爷，但事实上，还是想向杨荣证明我有问题。我怀疑，恭家大院里有内鬼，那个人已经监视我们好几次了。"

范雨希捂着嘴站了起来："内鬼？"

"不错。我没有对你说实话，是怕你表现得不自然，露了馅儿。"孔末解释，"你和另一个我吵架的时候，那人就在不远处，他没法儿和你解释，性格使然，他也不会向你解释。"

"内鬼是谁？"

孔末摇头："不知道。"

范雨希的脑海里闪过恭家大院里的每一道身影，却头绪全无。

"吴强已经被通缉了，迟早会被抓。我们要提防的是暗光，现在更重要的是找到章恩，拿到他手里的文件。"

天桥下，吴强心有不甘地抽了一根又一根烟，直到阿二蹑手蹑脚地赶到，才站起来怒斥："你不是说范雨希和孔末吵架了吗？为什么范雨希会帮孔末！"

阿二有些委屈："他们确实吵架了，说不定，他们早已经察觉到有内鬼了，吵架是故意做给我看的。"

吴强一拳打在了墙上："可恶！"

"我现在就去准备，帮你逃出南港。"

"不。"

阿二焦急道："警方正在通缉你！"

"我一定要弄死孔末！"吴强心中的恨意难平，从身上掏出了一块硬盘，"我要你带着这个东西离开南港，等干爹出来之后交给他。"

阿二没敢接："这是什么？"

"是干爹和一些人的交易记录。记住，这东西绝不能落到警方的手里，否则干爹就出不来了。"吴强叮嘱道。

阿二摇着头推辞："这么重要的东西，还是你拿着吧。"

"不扳倒孔末，我不会罢手。现在警方正在通缉我，这东西放在我身上不安全。"吴强咬牙道，"现在，我能用的人只有你了。"

"这么重要的东西，为什么不直接销毁了？"

"不行，这些东西全是买家的把柄，能够帮助干爹东山再起。"

阿二犹豫不决："可是，我要是走了，谁盯着孔末和范雨希？"

"孔末由我对付，至于范雨希，自然有人收拾她！"吴强把硬盘塞进了阿二的手里，"如果出了差错，就算刨地三尺，我也会杀了你！"

阿二战战兢兢地把硬盘收了起来："今晚我就离开南港，我等你和杨老板的消息。"

"我让你给我准备的枪准备好了吗？"

阿二递了一支黑枪给吴强。

又一个难眠的夜晚过去，南港支队通宵达旦，谁也没有下班。刚刚天亮，朱晓便接连收到了好几条坏消息。

技术队和周旱加班加点，仍旧没有破解凶手启用的新网站。上一轮"滚雪球"游戏中，共有三十多名受害者被点名，其中有二十多名涉嫌犯罪，拖家带口准备逃离南港。南港支队不得不抽调警力实施抓捕，阻止这些人离开南港。

吴强下落不明，南港支队联合全市的派出所，四处进行地毯式搜查，仍旧没有找到人。

"朱队，咱又要抓涉嫌犯罪的被点名者，又要查凶手，还得找吴强，南港的警力严重不足啊！"白洋汇报道。

朱晓也有些头痛："查到什么线索了吗？"

"为了找到章恩，我们查了他的资料，也不知道有没有用。虽然章恩是个人才，但是学历不高，没有上过大学，算是自学成才。"

朱晓觉得不太寻常："自学成才？"

"也不奇怪，中学阶段，章恩的学习成绩很好，住校期间，学习刻苦。这样的人智商应该不低。"

"这还不奇怪？"朱晓一语道破，"章恩上中学时是住校，没有太多机会接触电脑，就算他天赋再高，还能一夜之间成为黑客？"

资料显示，章恩在正常年龄入职，朱晓推测章恩的计算机技术是在中学毕业到入职前的几年间学会的。但是，这也令朱晓心生疑虑。章恩的学业成绩很好，对他来说，考上一个好大学的计算机专业并非难事，他的家境条件也允许章恩继续深造。

"天赋较高，有专业的老师教导，能让章恩少走很多弯路，正常人不会放弃上大学的机会。"朱晓突然有了揣测，"除非章恩找到了一个比大学老师更厉害的老师！"

"问问章恩的哥哥不就清楚了吗！我这就去！"白洋忙着往外跑。

这时，朱晓的手机响了，看了一眼短信内容后，他叫住了白洋："这事不急，你先去把照片里的老房子找到。"

一大早，范雨希和孔末便来到了章典的家中。不久前，范雨希通知朱晓，他们要再到章典的家中查探一番。范雨希回忆起章典家里的味道时，仍有种奇怪的感觉。

章典的家门半掩着，范雨希按了几下门铃，没有人反应。孔末想了想，大胆地推开门。

范雨希又喊了几声，还是没有人答应，疑惑道："走得这么急，连门都忘了关。"

客厅的桌上仍旧摆满了脏兮兮的外卖盒，但范雨希没有闻见上一次来时的奇怪味道。

"你说，要是我们把他家搜一遍，章典回来的时候，会不会把我们当成贼？"范雨希的眼神四处打量着。

孔末笑道："进都进来了，就算你不搜，人家也会把我们当成贼。"

"那还等什么？"范雨希说着，开始翻箱倒柜。

孔末也帮着范雨希搜，尽管他也不知道究竟要找什么。

突然间，范雨希对着孔末喊道："找到了！"

孔末上前看了一眼，只见范雨希在一个抽屉里找出了一捆香。范雨希解释："上一次来，我就觉得他家空气里有一股奇怪的味道，不只是外卖的饭菜味，现在明白了，原来是烧香的味道！"

孔末朝周围打量了一圈："没有发现佛像，他在拜什么？"

范雨希又四处找了找，果然在没有收拾的垃圾桶里找到了一个烧香坛。

"章典有问题！上一次来，他那么久才开门，原来是要藏香坛子。"范雨希说着，推开了屋子里的最后一道房门，见到屋子里的场景，她和孔末不约而同地看向对方。

几公里外的南港支队，白洋兴冲冲地跑进了朱晓的办公室："朱队，老房子找到了！"

朱晓从椅子上跳了起来："抓到人了吗？"

"没……没有。"

"那你高兴个屁！"朱晓骂道，"有什么发现？"

"那是一栋即将拆迁的老房子，现在已经没人住了。"

朱晓更加不解："没人住？你确定你找对地方了？"

"确定。"白洋将在现场拍的照片递给了朱晓。

朱晓掏出周旱拍下的那张照片，细细地对比着：墙体一样，窗户一样，就连窗外的电线杆都一模一样。不同的是，那间老房子里已经空无一物。

"他这么快就搬空了？"朱晓愣愣地说。

"我查过了，因为要拆迁，所以那里的网络已经不再覆盖。"

朱晓忽然意识到了什么，拿起了周旱拍下的那张照片，指着窗台上摆放着的那盆花卉："这是什么花？"

"咋的，朱队，您对花感兴趣？"不明所以的白洋凑了上来，"这好像是蜡梅盆景吧。"

朱晓呆住了。

小黑屋里，周旱打了一个哈欠，累得晕头转向："终于搞定了。"

这时，门被推开了，周旱对着走进来的朱晓招手，但朱晓一脸不悦。

"愁眉苦脸的干啥？说件让你高兴的事！我已经破开章恩启用的新网站了！"周旱旋即又庄重道，"不过，最后一个被点名的人没有把雪球滚下去，马上就要满十二个小时了，他很可能会是章恩的下一个目标。"

朱晓立刻将最后一个被点名者的信息传给了白洋，命令南港支队出动警力寻人。

"你到底咋了？一副我欠你八百万的样子。"周旱拍了拍朱晓的肩，"担心抓不到章恩？"

"范雨希告诉我，他们在章典的家里发现了一个香坛子。"

"那怎么了？"

"他们怀疑那是章典在家里祭拜哪个过世的人留下的。"

周旱终于察觉到了一丝不对："什么意思？"

"她还在章典的家里发现了一间摆放了好几台电脑的房间，每一台电脑都被人清空了资料。"

"难道章恩一直藏在家里！"周旱大惊。

"我们都落入了凶手的骗局。"朱晓将照片递给了周旱，"蜡梅盆景，冬天才开花，现在是夏天。"

"什么！"周旱不可思议地接过照片，反反复复地端详后，瘫在了椅子上，"他竟然早就识破了我的手段，摄像头开启的那一刻，给我传了张假照片过来。"

一间幽暗的屋子里，章典面露凶光地坐在电脑前，透过屏幕看着从家里安装的监控探头传输过来的录像：先是范雨希和孔末，而后，一大批警察进到他的家里。

"太慢了，太慢了！"章典轻蔑地笑着，又望向摆放在桌上的遗照，"你放心，从此以后，南港的所有人都会记住网络的可怕，每当他们拿起手机、开启电脑，便会感到惶恐不安！"

被框起来的遗照是章典转移阵地时唯一带的东西。章典看着照片里那么年轻的章恩，伤心欲绝地落了泪："我要让逼死你的那些人都为此付出代价！"

章典仍然记得，一年前，他推开浴室门时看到的那一幕。当时，章恩躺在浴缸里，鲜血染红了浴缸里的水，那柄带血的刀沉进了血水里。章恩给章典留了一封信，他说，他已经对这个充满谩骂和诋毁的世界不抱有任何希望了。

这一年来，章典生活在仇恨和愧疚中，痛恨逼死章恩的每一个人，自责自己带着章恩走上了学习计算机技术的路。

章典抹干眼泪："等我干完这一票，再给南港添上一道疤，我就带你走！"

如今，唯一令章典忌惮的便是一直在网络的另一端对他穷追不舍的警方线人。他移动鼠标，再一次播放那段音频，在键盘上敲了几下后，终于完成了解析。

"原来是你！"

第 29 章
逃杀

"这次的被点名者是一家上市集团的总裁，妻儿定居在海外，他在'滚雪球'中被曝涉嫌重大的经济犯罪，经侦队已经立案侦查。"朱晓敲着桌子，看向一众蓄势待发的警员，"但是现在最要紧的是尽快找到他，一定要赶在凶手杀害他之前找到他！"

距离被点名者被点名已经过去了十二个小时，警方出动寻人后，发现被点名者在三个小时前已经离开家中，并留下了一切可用于追踪定位的设备。而且车库里的车不见了，推测是驾车离开的。由于周旱刚破解章典设立的新网站不久，警方错过了第一时间将被点名者保护起来的黄金时间。

"我们没有被点名者的行踪，不代表章典没有。"朱晓提醒道，"章典一定在他被点名的第一时间就已经开始监视他。你们给我打起十二分精神，无论用什么方法，都要找到他！"

所有警员出动后，白洋将章典的所有资料递了过来。

"章典为人很低调，几乎没有人知道他是一个黑客高手。我们查询了国内所有计算机技术大赛的资料，发现章典在许多年前参加过一个大赛，并以碾压性的优势斩获冠军。”

"看来，章恩的老师就是他的亲哥哥，章典。"朱晓更加确定了，"遭遇了那么严重的网络暴力后，章恩选择了轻生，章典的犯罪动机是替他的弟弟报仇！"

"技术队那边调取了各大收费站的记录，没发现被点名者的车牌记录。"白洋说。

"被点名者很谨慎，既要躲避凶手的追杀，又要防止被警方逮捕，所以一定会选择走小路。离开南港的小路有好几条，沿途没有监控探头，我们关注他的时间比章典盯上他的时间晚了整整十二个小时，恐怕很难在章典之前找到他。"朱晓当机立断道，"他要驾车离开南港，一定会把油加满，让人问问南港所有的加油站！"

半个小时的焦急等待后，白洋带回了一段监控录像："朱队，您还真猜对了，两个小时前，目标去了一个加油站加油。"

监控录像播放后，朱晓发现了端倪：加油站的工作员在替目标车辆加油时，有一个戴着鸭舌帽的男人接近了目标车辆尾部，逗留了好一会儿才离开。根据身形判断，戴帽子的男人很可能就是章典。

"追踪器！"朱晓第一时间想到了章典接近目标车辆的目的，"目标身上没有携带任何可以定位的设备，章典怕跟丢了，所以尾随目标车辆进了加油站，趁机安装追踪器！"

一旦目标车辆驶入偏僻路段，掌握了目标坐标的章典一定会伺机动手杀人！朱晓再也坐不住了，大步地往外走去。

朱晓来到小黑屋后，揪起了正在酣睡的周旱："不就输给章典一次吗？不要自暴自弃，赶紧想办法！"

周旱揉着蒙眬的睡眼："谁说我输了，哪就自暴自弃了，自己看！"

朱晓顺着周旱指的方向看去，屏幕上正运行着一个软件，进度条已经接近百分之百了。

"我不是和你说过，我正在开发一款能够暴力破解防定位的软件吗？成了！"周旱咧开嘴，"惊不惊喜？意不意外？我根据章典设立的新网站，正在破解他的位置。"

朱晓紧张地盯着缓慢的进度条，终于，进度条满了。周旱马上坐到桌前，飞速地敲打着键盘："找到了！"

朱晓掏出对讲机，联系了距离最近的片警前去查探。几分钟后，片警回复："屋子里没有人，只有还在运行的电脑。"

朱晓狠拍脑袋："这个时候，章典不可能还待在电脑前，他追杀目标去了！"

"别急。"周旱说，"我可以强行控制他的电脑，让我看看他在搞什么鬼。"

周旱入侵了章典的电脑，发现了一款软件正在运行。

"这是定位追踪软件，他的电脑实时接收着一个追踪器传输的方位，并不断向一台移动终端传输追踪器的信息。"周旱说，"只要破解这款软件，就能得到目标和章典的位置。"

追踪器安装在目标车辆的尾部，移动终端是章典随身携带的笔记本电脑或手机，章典留在屋子里的电脑则像一座桥梁，连接了追踪器和移动终端。明白了章典的手段后，周旱尝试通过信号传输，破解追踪器和移动终端的实时方位，这时，手机响了，他没接。

但是，手机接二连三地响起。

"是谁，怎么一直打电话过来？"朱晓问。

周旱全神贯注地盯着屏幕："这个手机是我在月半网吧里用的工作手机，应该是预约上网的顾客。"

"就你那破网吧，还需要预约？"朱晓反问。

周旱被手机铃声吵得实在不行，随手按下免提，心不在焉地说："你好，月半网吧。"

"我是章典。"

周旱的手一抖，停下了操作，和不可置信的朱晓对望一眼后，装傻充愣道："上网吗？"

"周旱，不要装了，如果不是我的电脑传来警报，我还真不敢相信竟然有人能定位到我，你果然有两把刷子。"章典的怪笑声传来，"但是，我劝你就此罢手。"

周旱的声音颤抖，仍然不肯承认："我听不懂。"

"不明白？那我就告诉你！你第一次和我通话的时候，我想办法屏蔽了你的变声效果。你应该知道，有种技术叫作声纹识别。"

周旱激动地站了起来："不可能！你没有我的声音建模，怎么可能辨认出我的身份！"

声纹识别技术至今仍不成熟，周旱不敢相信，区区一个章典，竟然能那样精准地识别出他的身份。

"我黑进了一个即时通信平台的数据库，只要你在网络上发过语音，我就能识别出你的声音。"章典冷漠道，"在我的面前，谁都没有隐私。我警告你，只要我发现有警察在追我，我就把你的身份公布出去！"

通话被切断了，周旱面色铁青，身份暴露意味着他将有生命危险。他求助般看向朱晓："朱队，这人，咱能不能不追？"

傍晚，范雨希拦下了正要出门的关闻泽。

"让开。"

"这些天，你去哪里了？现在又要去哪儿？"范雨希想要一探究竟，"你到底是不是猎手？"

在范雨希的印象中，关闻泽从来不会骗她。范雨希希望从关闻泽的口中得到否定的回答，但是她失望了，关闻泽久久没有说话。

关闻泽趁着范雨希晃神时，大步离开了恭家大院。

范雨希在院子里走来走去，忽然想到已经许久没见过阿二了。她打了电话给阿二，但没人接。陡然间，阿二的每一个动作和每一个表情闪过她的脑海，她急忙找到了孔末。

孔末扭扭捏捏的，不敢看范雨希。

"都什么时候了，我都不害羞，你害羞个什么劲！"范雨希无语道。

孔末立即还嘴："死女人，谁害羞了！"

"我猜阿二可能就是杨荣派到恭家大院的内鬼！"范雨希说着，手机响了，是朱晓打来的。

"已经追踪到章典的位置了，他掌握了另外一名线人的身份，威胁警方不能追他。部署便衣警察需要时间，为了防止章典逃跑，你和孔末立刻出发，以最快的速度控制章典！"朱晓很急，说话几乎不带停顿，"没在章典的电脑里发现他窃取的暗光资料，怀疑他将其制作成硬盘，带在身上了。我会向你发送章典的实时坐标，他开得并不快，我算过了，只要你们全速前进，三个小时后有可能追上他！我会带着便衣警察追上你们。"

范雨希来不及多说，拉起孔末的手就往外跑。匆匆忙忙驾车离开的他们并未发现胡同外的关闻泽同时上了车，更没发现远处一辆车里的吴强也踩下油门，悄悄地跟上了他们。

三个小时后，孔末开着车进了一条空无一人的山路。天渐渐黑了下来，山路的两边杂草丛生，范雨希能明显地察觉到孔末的呼吸变得急促。

"不要怕，还有我。"范雨希轻声安抚道。

孔末的心头一暖，但嘴上不肯承认："我不怕。"

范雨希的手机接到了朱晓的电话："目标车辆停下来了。"

孔末也停下了车，范雨希告诉朱晓："看到了，有两辆车，他们应该往山上跑了。你们在哪儿？"

"我们还有一个小时左右才能赶到，你们注意安全！"

范雨希挂断电话后，和孔末下车查探。那两辆车停在了路边，各自的车头和车身凹陷，看样子，章典追上目标车辆后，逼停了对方。范雨希上了其中一辆车，开启了行车记录仪。

果然，目标被逼停后，惊慌失措地爬下车，跟跟跄跄地朝着山上跑去，几秒钟后，持着刀的章典追了上去。

范雨希和孔末不敢耽搁，立即上了山。

四周太黑了，没有手电筒的他们只能勉强靠着月光辨认脚下的路。但很快，他们来到了一个分岔路口。

"怎么办？"范雨希问。

孔末如临深渊，思考片刻后，还是硬着头皮说："分头找。"

章典的身手差，只能靠着凶器在被点名者面前耍横，遇上他们当中的任何一个人，只有束手就擒的分儿。范雨希担心的绝不是他们分开后会对付不了章典。

"你……可以吗？"范雨希小心翼翼地问。

"可以。"孔末选择了其中一条小道，朝前跑了几步，又停了下来，"你不是说还有你吗？"

孔末说完，朝前跑去。范雨希笑了笑，踏上了另一条小道。

山间的路复杂万分，孔末和范雨希沿着小道找了一个多小时都没能找到人。

"自恋狂，你还好吗？"

"嗯。"

范雨希和孔末通过手机进行实时交流。

山下，朱晓带着近十名便衣警察赶到了这里。朱晓下了车，凝神望着路边停着的好几辆车，数了数，马上发现了不对劲："怎么有七辆车？"

一辆是被点名者的，一辆是章典的，还有一辆是范雨希和孔末的，那剩下的四辆车是谁的？朱晓想到了行车记录仪，但是他查探后发现，每一辆车的行车记录仪都被人为损毁了。

朱晓顿时觉得大事不妙。

孔末向前移动的速度很慢，四周的风吹草动不断挑拨着他紧绷的神经。他又想起了那个在山上逃亡的夜晚。

才一愣神，一个拳头从孔末身后袭来。孔末艰难地躲过，往后退了几步，看清了对方的样子，是吴强。

吴强失手后，癫狂地笑了起来："要找到你是线人的证据还真他妈难！现在我改变主意了，我要直接杀了你，大不了等干爹出来以后，被他骂一顿！"

孔末攥紧拳头，做好了搏斗的准备，虽然状态不好，但对付吴强不成问题。孔末挑衅道："就凭你？"

吴强并不急着动手："小子，你要是躲在恭家大院里，我还真拿你没办法。但是，你和范雨希主动送上门来了，我没理由不接受这份大礼。"

孔末的声音沉了几分："你把范雨希怎么了？"

"我追你还来不及呢，哪有工夫管她？"吴强摆着手，奸笑道，"不过，今晚，她恐怕也是活不成了。"

孔末扫了一眼下山的路，想要马上回到分岔路去找范雨希，但是吴强却挡在了他的面前。孔末一拳打在吴强的胸口上，将他击退："滚开！"

吴强好不容易才站稳，又癫狂地迎了上去。

孔末十分着急，几近暴走，打得吴强毫无招架之力，终于将吴强踢翻在地，朝着山下跑去。

突然，趴在地上的吴强掏出了一支枪："不许动！"

另一条路上，范雨希发现孔末迟迟没有回复她的消息后，正要打过去时，接到了朱晓的电话。

"山下发现了四辆可疑车辆，你们要小心。"

范雨希警惕了起来："你们上山了吗？"

"正在往山上走，孔末和你在一起吗？我给他打电话没人接。"

"糟了！"范雨希暗呼不好，"朱晓，不好了，可能有猎手上山了！"

范雨希急急忙忙地挂断电话，想去找孔末，一道身影拦住了她，她看着眼前的身影，惊讶道："小R？"

小R的手里拿着一支枪，枪口对准了范雨希："你果然是警方的线人。"

范雨希不敢乱动："小R，你听着，杨荣他是咎由自取，你不要为了他而走错路。"

"我和他的感情再怎么差，也轮不到别人说三道四。无论如何，他也是我的爸爸，你们把他送进监狱就是不可以！"小R一步一步地逼近范雨希，"就算没有这件事，我也会杀你。"

此刻，像洋娃娃一样可爱的小R如同一个冷面杀手。

"为什么？"

"还不明白吗？"小R冷冷道，"我是猎手。"

范雨希的瞳孔瞬间收缩，简直不敢相信自己的耳朵："你是猎手？那申靖他……他不是！"

"申靖只是吴强故意替南港达招揽的一个客户罢了，目的只不过是让你们误将申靖当成猎手，替我争取时间。"小R说着，给枪上了膛，"我是猎手榜上最擅长跟踪的猎手。"

范雨希的脑海里不断闪现小R的种种古怪表现：在北山岗上，小R突然蹿出了草丛；在南港达外，小R悄然跟在她和孔末身后；她被申靖绑架的当晚，小R忽然出现。接连几次，无论是范雨希和孔末，还是申靖，都没能避开和察觉小R的尾随。

"你从申靖手中救下我的目的也是让我对你放下戒心！"范雨希咬牙。

吴强杀死申靖的真正原因并非嫁祸孔末，而是想让警方和线人们以为猎手已经死了。

小R的身份曝光后，许多范雨希原本想不明白的事情理所当然地说通了。"声音"曾经提供线报，杨荣要求撤回猎手，那是因为就连杨荣都没想到离家出走多年的小R竟然加入了暗光。

南港支队里，赵彦辉再一次提审了杨荣。

杨荣发着呆，此刻，他最担心的就是小R了。许多年前，小R要求接替他的衣钵。为了不让小R像他一样提心吊胆地生活，他毅然决然地拒绝了，至今他仍然记得小R信誓旦旦地对他说的那句话："总有一天，我会证明我不比你差！"

多年之后，小R终于回来了，但他没想到，小R竟是以猎手的身份与他重逢。杨荣与小R大吵一架，怒斥她任性妄为，并要求她脱离暗光。小R拒绝了，因为脱离暗光的代价是性命。

赵彦辉的干咳打断了杨荣的思绪。

"杨荣，事到如今，你就从实招了吧。我知道，这些年，你的手脚不干净，只是苦于没有证据，所以才没有动你。"赵彦辉劝说道，"你我曾经是兄弟，我不想看你一错再错。"

杨荣狡黠地摇头："赵队，您高高在上，哪能把我当兄弟啊。再说，我是真的被人陷害了，我相信，法律会还我公正的。"

"别说虚的！"赵彦辉厉声道，"我劝你尽快招了！还有，我要知道你们联系暗光、雇用猎手的方式。"

杨荣索性闭上了眼睛，不再回答。

"赵队，刚刚有人匿名寄送了这个。"白洋忽然走进来，俯身在赵彦辉的耳旁说了几句话。

赵彦辉大喜："杨荣，你看看这个，再做决定吧。"

杨荣睁开眼，嘴唇顿时失去了血色。

第 30 章
聚首

孔末如临大敌，不再轻举妄动。

吴强从地上爬了起来，擦干嘴角的血丝："你再能打又怎么样，在枪的面前，还不是要忍气吞声！"

孔末警惕地注视着吴强，寻找合适的时机脱身。

"跪下，"吴强兴奋地要求，"跪下给我磕几个响头，说不定我能大发慈悲饶了你！"

孔末站着不动，虽然心中充满戒备，但没有表现出丝毫的恐惧，这让吴强难以接受："你没进南港达之前，干爹从来只信任我一个人！他的接班人只能是我！他真糊涂啊，竟然想把你当作心腹！"

吴强已经将手指放在了扳机上，今夜，他将要把孔末这枚眼中钉彻底除掉。

"我让你跪，你听不懂吗？"吴强抓狂了，但无论他怎么威胁，孔末仍旧直挺挺地站着。

终于，吴强受不了了，他扣动了扳机。

然而，震耳欲聋的巨响并没有如约而至，他这才发现，扳机像被固定了一样，根本无法扣动。吴强有些慌了，又试了几次，但仍然开不了枪。孔末抓住时机，一个箭步上前，夺过吴强的枪并砸向他的脸。

吴强的双眼冒出了金星，嘴里感觉到了一股血腥味。孔末的这一击没有手下留情，生生地打断了吴强的鼻梁骨。吴强倒在地上，好不容易才摇摇晃晃地站了起来。

草丛里突然传来了一阵戏谑的笑声，吴强快要站不稳了，疯了一般嘶吼："谁！出来！"

孔末也戒备了起来。

那道身影举着双手，对孔末提醒："别动手，是我！"

吴强的视线恢复了清晰："阿二？"

"是我。"阿二嬉皮笑脸地点头，又对孔末说，"恭爷让我帮你们一把，孔末，快去救希姐吧，她可能遇到麻烦了。"

孔末不再逗留，飞奔而去。吴强刚想追，阿二拦住了他："怎么样，我给你准备的枪好使吗？"

吴强的牙根被咬得咯咯作响："你背叛了干爹！"

"是你太傻，竟然把杨荣犯罪的证据交到了我的手上。"阿二估摸了一下时间，"我是不是再三拒绝了？你非要给我！这会儿，恭爷应该已经派人把那东西送到南港支队了。"

吴强的脑中一阵轰鸣，他知道，杨荣这辈子都出不来了。

"不仅你傻，杨荣也傻，真不知道你们这生意是怎么做起来的。"阿二无情地嘲讽，"几年前，我投奔了杨荣，原以为跟了他能吃香的，喝辣的，没想到他又把我打发到了恭家大院。"

"所以你就背叛了干爹？"吴强简直不敢相信。

阿二耸了耸肩："是恭家大院的饭不够香，还是菜不好吃啊？他也不掂量掂量自己，凭什么让我对他忠心耿耿？我到恭家大院的第一天就把他的心思抖给了恭爷。"

"卑鄙！"

"您这贼喊捉贼的本事倒挺厉害的，论卑鄙，谁比得上你们啊？"

吴强气得动手了，阿二被吓得惊声尖叫，四处乱跑。已经受了重伤的吴强一边追，一边淌血，竟然拿阿二无可奈何。也不知道跑了多久，吴强的脑袋越来越晕，不由得倒在了地上。

阿二从身上掏出事先准备好的粗绳子甩了甩，将吴强五花大绑在了树干上，得手后，才拍拍手："得来全不费工夫！笨蛋才整天打打杀杀！"

"爸爸知道我的身份后，要求撤销任务。但他不知道，暗光的猎手一旦接受雇用，任务绝不能撤销。"

"流浪汉阿水也是你杀的吧？"范雨希问。

小R没有否认："我向他问了一个问题，但他不肯回答我。"

"他是无辜的！"范雨希怒火中烧，说到底，还是她连累了阿水。

"他见过我的样子，为了以防万一，我必须杀他。"小R一手举着枪，一手从身上掏出了一支录音笔，"我录下来你和朱晓通电话的内容了。杀了你，再把这支录音笔交出去，我的任务就完成了。"

范雨希揶揄道："一个穷凶极恶的犯罪组织，竟然也学着警察查找证据。"

"虽然不明白暗光为什么要求我们这样做，但我不在乎。在回南港前，我听说你有看破人心的本事，现在看来，我的担忧完全是多余的。"小R嘲弄地说，"你不仅认错了申靖的身份，还把我当成了知心小妹妹，真不知道警方看上了你什么，让你当线人。"

小R又一次举起了枪。范雨希万念俱灰，已经做好了中弹的准备。

就在此时，一道急促的脚步声从远处传来，范雨希的心头一喜："孔末！"

但是，来人并不是孔末，而是关闻泽。

"听说你也是猎手。"小R望着驻足在远处的关闻泽，松了一口气，抱怨道，"暗光到底是怎么想的，为什么不让我们知道其他猎手的身份？真麻烦！"

关闻泽慢慢地走近，小R突然起了疑心："站住！章典卖给地下网的情报究竟是不是真的，我无从查证，为了证明你也是猎手，你动手杀了她！"

"我不需要向任何人证明。"关闻泽淡漠道。

"那我杀了她！"小R说着，举起枪，扣动了扳机。

一刹那，关闻泽投出了一柄匕首，为了躲避，小R的那一枪射偏了。子弹与范雨希擦身而过，她觉得耳膜都快被枪声震破了。小R躲过飞刀，站稳了身形："你果然有问题！"

关闻泽没有多说，飞身向小R扑去。小R再次扣动扳机，手腕却被关闻泽抓住，枪口朝向天际连续开了几枪。

关闻泽用力一扭，小R的手腕瞬时骨折，枪脱手了，即将落地时，又被关闻泽踢飞。

小R被甩了出去，身体砸在坚硬的树干上。关闻泽朝着她走去，伸出了手："交给我。"

小R吃力地攥紧录音笔："如果我不交呢？"

"杀了你。"关闻泽面无表情地捡起了枪。

"关闻泽，你当真敢杀我？"小R心存侥幸，"我可是猎手榜排行第九的猎手，杀了我，你怎么向暗光交代！"

关闻泽扣动扳机，对着小R连开了几枪。

不远处的范雨希茫然无措地看着这一幕，从关闻泽身上感受到了真实的杀意。她没有想到，曾经那么善良的关闻泽，如今竟然冷酷得像是一个杀手。

小R惊得闭上了眼睛，直到枪响沉寂下去，才再度睁眼。关闻泽开的每一枪都没有打中她，但无一例外地打中了距离她只有十几厘米的树干。

"尽管在情报曝光前，我不知道你的名字，但早就听说，猎手榜的榜首身手不凡，弹无虚发。"小R将手里的录音笔丢给了关闻泽，"现在我确定了，你就是猎手榜的榜首。"

关闻泽接过录音笔后，将它丢在地上踩碎了。

小R用袖子擦干脸上的血："关闻泽，你这是在向暗光宣战吗？你别妄想我会包庇你！"

关闻泽回头扫了范雨希一眼，回答小R："不是不敢杀你，只是她不希望我杀人。"

关闻泽说完，大步地离开了。范雨希终于反应过来，追了上去。

小R几乎动弹不得，靠在树干上，吃力地想要站起来。这时，一道身影突然来到了她的面前。

小R抬起头，惊恐地望着对方："你想干什么？"

"杀了你。"

小R猛地摇头："有一件事，我相信你会感兴趣！范雨希是警方的线人，关闻泽是猎手。"

"你知道的太多了。"

章典追着目标一直到了山顶，哪知，他还没动手，对方就被吓晕了。章典取出小刀，正要取了他的性命，山下传来的几声巨响让他浑身一颤。

"该死！"章典骂道，"警察来了，周旱，是你自寻死路！"

章典掏出了手机，将早已经编辑好的信息通过网络平台发送了出去。他收起手机，决定尽快动手，然后逃离。可是，身后的一道呼唤声让他吓得魂飞魄散。

"喂！"那是一个慢慢走近的男人，"你太能跑了，都跑到山顶来了。"

"你是警察？别过来！"章典将刀架在了人质的脖子上。

"我不是警察，所以对我来说，你的威胁不管用。"男人一边微笑，一边大步地朝着章典走来。

章典很轻易地就被男人按倒在了地上，挣扎道："你是谁？"

"行不改名，坐不改姓，听清楚了，我叫蒋海。"蒋海踩着章典，"我要的东西是你乖乖交出来呢，还是我在你身上划上一百多刀后，你再乖乖交出来呢？"

章典大惊："蒋海？你是猎手！猎手榜第二的猎手！"

蒋海的声音忽地变得阴冷："我会成为第一的。"

章典不敢再反抗了，手在身上摸索了一番，掏出了一个硬盘："都在里面。"

　　"偷暗光文件的时候，没见你这么胆小。"蒋海接过硬盘，将脚挪开了，"这玩意儿你没留备份吧？"

　　章典跪在地上："没有了。电脑里的记录我全清除了，只留了这个硬盘。求求你，饶了我吧！"

　　"你在网络上玩了这么大一票，我本来还敬你是条汉子，没想到离开了网络，你就成了窝囊废。"蒋海摇着头，嘴里啧啧作响，"我最看不惯的就是窝囊废了。"

　　"我可以替你们办事，我对你们一定大有用处！"章典心惊肉跳地咽了一口唾沫，威胁道，"我看过完整的猎手榜，知道所有猎手的身份，不可以被警方抓住，不然你们都得完蛋！"

　　"不错，我这次接到的任务就是把你窃取的资料销毁，然后把你带回去。暗光刚处决了一名黑客猎手，正缺一个你这样的人呢。"蒋海说，"凭你的能力，说不定能挤进猎手榜。"

　　章典心中的石头落了地，只要得到暗光的庇护，他一定能够逃脱警方的抓捕。

　　"不过，"蒋海的话锋一转，"窝囊废不配和我待在一个猎手榜上。"

　　章典嗅到了死亡的气息，捡起掉落一旁的小刀，如饿狼反扑般朝着蒋海刺去。蒋海用手掌挡刀，刀尖割破手套，生生刺入掌心，只要再深一些，就能将手掌刺穿，然而，他宛如没有痛觉一般，连眉头都没有皱一下，夺过武器，手起刀落。

　　章典的眼睛还没来得及闭上，就彻底断了气。蒋海舔着手掌上流淌的鲜血，又往章典的尸体上扎了几刀："怪就怪你挑错人威胁了，我可是出了名的不听暗光命令。"

　　蒋海拖过昏厥过去的男人，将他的手放在了刀柄上，这才起身拍了拍手："被点名者出于自卫，杀死了凶手。完美！"

朱晓循着小道一路上山。沿途中，他的对讲机收到了其他便衣的通知："朱队，我们发现了吴强，被人绑在了树上。"

"哟呵，今晚还有意外收获啊！"朱晓命令道，"带回去，送他和他干爹团圆去。"

朱晓继续往前走，遇到了孔末和范雨希。

关闻泽早已经不见踪影了，范雨希找了很久也没找到他，反而遇上了火急火燎前来搭救她的孔末。

朱晓和孔末得知小R才是猎手时，都掩饰不住心头的诧异。范雨希还没想好要怎么对朱晓说，于是刻意隐瞒了关闻泽出现的事。

范雨希带着孔末和朱晓，来到了小R被击倒的地方，指着远处闭着眼睛的小R："在那儿。"

朱晓掏出枪，警惕地慢慢靠近，当他发现小R身上被鲜血浸湿的衣衫后，立刻收起枪，摸了摸小R的脖子："死了！"

范雨希愣了愣："怎么可能！"

朱晓掀开小R的衣领，在她的胸口上发现了一道致命的伤痕，伤痕呈"十"字形，通过肉眼判断，凶器刺穿了她的心脏。朱晓的眉头紧蹙："和杀害前任副支队长的凶器特征一样。什么凶器是'十'字形的？"

朱晓四处找了找，没有发现凶器，只好拿起对讲机："山上发生命案，立即派人过来。"

嘈杂的对讲机里传来了回复："朱队，山顶上也发生命案了，死者是章典。"

"真是一个多事的夜晚。"朱晓摸着胡楂儿，问，"人质怎么样了？"

"人质吓晕了，醒来后称不是他杀的人。"

"从死者身上搜出硬盘之类的东西了吗？"朱晓关切道。

"搜过了，没有。"

朱晓咒骂一声，只差一点儿，他就可以得到更多关于暗光的资料。

这时，朱晓的手机响了，是周旱打来的，朱晓说："搞定了，辛苦你了。"

"朱队，救救我！你答应过我的，不会让我暴露！救救我！"

朱晓的心一沉："怎么回事？"

"章典把我的身份公布出去了！"

隔天，南港支队正式宣告"滚雪球案"告破，同时，杨荣和吴强以及南港达的一众犯罪分子因涉嫌走私而落网的消息抢占了南港各大媒体报刊的头条。而月半网吧于昨夜离奇失火，造成多人受伤的新闻则不怎么被人关注。

孔末和范雨希在一间屋子里等了许久，朱晓终于来了，还带了一个穿着拖鞋和短裤的胖子。

"之前你们见过面了，这是周旱，代号'蜘蛛'。"朱晓无奈地介绍道，"范雨希，'猫'。孔末，'影子'。本来不想让你们知道彼此的身份，但是现在，周旱是警方线人的事情也不算是秘密了。"

"天哪，胖大叔，我当初差点儿以为你有嫌疑！"范雨希略带嫌弃地后退了两步。

周旱挠着头憨笑："电影里，其貌不扬的人都是高手。"

"您看的那都是什么奇怪的电影！"范雨希翻了一个白眼，又想起了与周旱初次见面时的尴尬场景。

孔末微笑着，礼貌地和他握了手。周旱问："怎么你一点也不惊讶？"

"我猜到你是线人了。"孔末说，"当朱队让小希不要从黑网吧入手的时候，我就知道了。"

朱晓刚上任没多久，对南港还不算熟悉，但是，他还没听范雨希详细地介绍月半网吧，就要求范雨希不必详查。孔末推测："你开黑网吧是为了让那些不敢实名登记的犯罪分子主动上门，好给朱队提供情报吧？"

"你这脑袋还真好使！"周旱夸奖道，"不过，和朱队的其他几个神通广大的线人比起来，我就是虾兵蟹将。话说回来，朱队起代号的本事是真不行。"

"好了，别说不该说的。"朱晓及时制止了正要往下说的周旱，"你的身份暴露了，我会给你安排一个安全屋，在暗光被端之前，你不能出门。月半网吧失火应该是暗光干的，还好你机警，趁早跑了。"

范雨希坐在一旁，闷闷不乐。

朱晓看穿了她的心思："丫头，认错猎手这事对你打击不小吧？两个月后，我要到京市开会，你准备一下，和我一块儿去。你这引以为傲的本事果然还是出不了师，我带你去向我的师娘取取经。"

范雨希欲言又止，孔末替她开口了："小希妈妈的案子呢？"

"卷宗在京市，去了京市再说吧。"

范雨希燃起了希望："真的吗？"

"但我话可说在前面，虽然南港达被端了，但暗光还在呢。而且，数次陷害杨荣的人还没找着，杀死小R的凶手也没头绪，关闻泽的身份还没确定，还有一堆事！丫头，你得继续给我当'猫'。"

关闻泽到墓园祭拜父亲后，迎面撞上了蒋海。

"我看了硬盘里的资料，章典卖给地下网的资料还真不假。"

关闻泽像是没听见一样，掠过了蒋海。

蒋海对着关闻泽的背影喊道："我是猎手榜第二的猎手。"

关闻泽停下了脚步，回过头："所以呢？"

"还挺冷酷的，现在的女生都喜欢你这样子的吗？"蒋海走近了几步，"听说派去调查范雨希和孔末的猎手死了，是不是你干的？"

关闻泽的目光冷厉如刀。

"不说啊？那我换个问题，你到恭家大院是受谁雇用，难道是恭临城？"蒋海兴致勃勃地来到关闻泽的面前，"又不说？我还有一个问题，听说猎手榜榜首自从加入暗光后，还没杀过线人和警察，你凭什么排在我的前面？"

关闻泽突然出手，抓过蒋海刚包扎好没多久的手掌，用尽全力捏住伤口。蒋海手心的伤口裂开，鲜血染红了纱布，蒋海却岿然不动，一点异样的神色也没有表现出来。

关闻泽微微皱眉："你没有痛觉？"

"这个世界上最可怕的难道不是感觉不到疼痛的人吗？"蒋海扬起了

嘴角，语气变了，"关闻泽，你可要小心一点，你要是死了，我就是榜首了。"

朱晓刚回到南港支队，又接到了一则短信，是"声音"发来的：我要和你见面。

朱晓回复了一个安全的地址后，第一时间到达了这里。他有些紧张，这么多线人当中，最让朱晓放心不下的便是神秘的"声音"。他一直相信自己的直觉：关闻泽是"声音"。今天，他终于可以确认了。

门被推开了："我是'声音'！"

"恭临城！"

【第一部完】

MEMORY
HOUSE